Sina Blackwood

Claire

—

Die Frau, die vom Himmel fiel

Bibliografische Informationen der Deutschen Nationalbibliothek
Die Deutsche Nationalbibliothek verzeichnet diese Publikation in
der Deutschen Nationalbibliografie; detaillierte bibliografische
Daten sind im Internet über http://dnb.de abrufbar.

© 1. Auflage: Februar 2017
Sina Blackwood

Coverbild: 98648354 - Sunny portrait of a relaxing young woman with chic long curly red hair lying on the cracked ground.
© s_lena- Fotolia.com
Umschlaggestaltung: Sina Blackwood
Layout: Sina Blackwood

Die Personen und Namen in diesem Buch sind frei erfunden. Ähnlichkeiten mit heute lebenden Personen sind rein zufällig und nicht beabsichtigt.

Herstellung und Verlag:
BoD – Books on Demand, Norderstedt
ISBN: 9783743134126

Claire

„Was war los?", fragte Mahmud mit zusammengezogenen Augenbrauen, als die weinende Frau an ihm vorbei auf die Straße eilte.

„Eigentlich nichts", entgegnete sein Mitarbeiter Ali völlig verstört. „Sie hat nach dem Preis für die Tour nach Al Jaghbub gefragt. Ich habe ihn ihr genannt, sie ist in Tränen ausgebrochen und davongelaufen."

„Einfach so?"

„Einfach so!" Ali nickte heftig zur Bestätigung.

Mahmud schaute ihn prüfend an, drehte sich um und ging zurück auf die Straße. Sein Blick fiel auf einen alten Mann, der vor einem Café in der Nachbarschaft saß.

„Sei gegrüßt. Hast du hier gegenüber zufällig eine Frau hineingehen sehen?"

„Hab ich, wenn du die Europäerin meinst. Sie ist aber sofort wieder herausgekommen. Suchst du sie?"

Mahmud antworte mit einer Mischung aus Nicken und Kopfschütteln.

Der Alte lachte. „Dir ist wohl ein Geschäft entgangen?"

„Das wüsste ich selber gern", murmelte Mahmud. „Du hast gesehen, welche Richtung sie eingeschlagen hat?"

„Vielleicht, vielleicht auch nicht."

Mahmud zog eine Münze aus der Hosentasche. Die Augen des alten Mannes begannen gierig zu funkeln. Mahmud schaute ihn fragend an, dann warf er ihm das Geldstück zu. Der Alte fing es geschickt auf, ließ es in seiner eigenen Tasche verschwinden und bedeutete Mahmud, sich zu ihm herab zu beugen.

„Sie ist da hinten auf dem schmalen Trampelpfad zwischen den Palmen verschwunden. Du kannst sie eigentlich nicht verfehlen, sie trägt schließlich ein auffälliges Kleid mit großen roten Blüten."

Mahmud nickte, dann machte er sich rasch auf den gewiesenen Weg. Dass ihm der Alte neugierig nachschaute, interessierte ihn nicht. Nicht einmal, weshalb er der Fremden hinterlief. Es geschah einfach. Kismet.

Vielleicht, weil sich schon lange keine Europäer mehr in dieses verlassene Nest gewagt hatten. Seit den Kämpfen kamen keine Touristen mehr und Mahmud lebte, eher schlecht als recht, von den Geschäften mit den Einheimischen.

Inzwischen hatte er die letzten Bäume erreicht. Von der Frau im geblümten Kleid fehlte jede Spur. Entweder hatte ihm der Alte einen Bären aufgebunden oder aber, und das klang wahrscheinlicher, sie hatte gar nicht den Weg zu den letzten Lehmhütten eingeschlagen. Wo mochte sie sein?

Mahmud beschattete die Augen mit der Hand, um in der grellen Sonne überhaupt etwas sehen zu können, das sich außerhalb der Palmenzone befand. Er glaubte, auf einem Mauerrest in der Ferne etwas Rötliches erkannt zu haben, das sich hin und wieder bewegte. Er löste sich aus dem Schutz der Bäume, ging sehr langsam auf den Punkt am Rande der Wüste zu.

Tatsächlich! Die Fremde hatte sich in diese Einsamkeit zurückgezogen, um ihren Gedanken in Ruhe nachhängen zu können. Überrascht hob sie den Kopf, als plötzlich ein Schatten auf sie fiel. Wie von einer Stahlfeder getrieben sprang sie auf. Mahmud hatte fest mit einer Fluchtreaktion gerechnet, also blieb er stehen, zeigte die leeren Handflächen, um zu demonstrieren, dass er unbewaffnet und damit ungefährlich sei. Die Frau entspannte sich, blieb aber erst in gebührendem Abstand wirklich stehen.

Mahmud hatte genügend Zeit gehabt, sie zu betrachten. Sie war eher klein als mittelgroß und ziemlich schlank. Wobei sich die weiblichen Rundungen durchaus sehen lassen konnten und an genau den richtigen Stellen saßen. Sie mochte etwa Ende vierzig sein, war durchaus hübsch zu nennen und die Fältchen, die sie ganz selbstverständlich und unretuschiert trug, machten sie sympathisch. Das halblange dunkle Haar hatte sie zu einem Pferdeschwanz gebunden. Silberner Lotosblütenschmuck vervollständigte das Bild.

„Ich bin Mahmud, der Besitzer der Karawanenstation", stellte er sich vor. „Du hast mich gesucht?"

Die Fremde machte zwei Schritte auf ihn zu.

„Du warst bei Ali, meinem Mitarbeiter", sprach Mahmud weiter. „Ich kann dir sicher einen besseren Preis geben, als er ihn nannte."

Die Frau kam noch näher. „Ich bin Claire", sagte sie leise.

Mahmud merkte erst, als sie ihm antwortete, dass er sie auf Arabisch angesprochen, und die Antwort ebenso erhalten hatte.

„Wo kommst du her?", fragte er erstaunt.

„Aus England", lautete die kurze Antwort.

„Direkt oder auf Umwegen?"

Ein winziges Lächeln huschte über ihr Gesicht als sie mit: „Bist du immer so neugierig?", antwortete.

„Manchmal", schmunzelte Mahmud. „Genau immer dann, wenn mich ein Geschäft, eine Frau oder beides interessiert."

„Ach schau an! Und was hat gerade Priorität?" Sie schüttelte amüsiert den Kopf.

„Gehen wir in mein Büro und finden es heraus", schlug er vor, mit der Hand andeutend, dass er ihr den Vortritt auf dem schmalen Pfad gewährte.

Sie ging darauf ein und Mahmud ließ sehr interessiert seine Augen über ihre Rück- und besonders die Kehrseite wandern. Falls ihm der Wind jetzt nicht falsche Tatsachen vorgaukelte, wenn er sanft den Rock gegen ihre Beine drückte, dann trug sie offensichtlich diesen Hauch von Nichts unter dem Kleid, der die Fantasie schon heftig anheizen konnte. Zudem lebten seine drei Frauen in der Stadt, er sah sie nur alle paar Wochen, wenn er mit einer Karawane gerade in diese Richtung zog. Ein bisschen Abwechslung ...

Mahmud erschrak nicht einmal bei dem Gedanken an etwas Abwechslung. Im Gegenteil überschwemmte die Vorstellung daran plötzlich sein ganzes Denken. Er spürte den Drang, mit beiden Händen diese Rundungen zu umfassen, die sich hier vor seinen Augen im Rhythmus der Schritte wiegten.

„Warum fliegst du nicht nach Libyen?", fragte er plötzlich. „Das ist sicherer und schneller."

Sie blieb stehen, drehte sich sehr langsam um, musterte ihn ein paar Sekunden, schloss die Augen und flüsterte. „Ich kann nicht, man hat mir vor ein paar Tagen mein Gepäck und sämtliche Papiere gestohlen – Ausweise, Reisepass, Kreditkarte..."

Sein Blick streifte ihren Finger, an dem sie, der hellen Stelle auf der Haut nach, bis vor kurzem eindeutig einen Ring getragen hatte.

Sie schluckte. „Das hilft mir auch nicht weiter."

Schweigend machte sie sich wieder auf den Weg und Mahmud folgte ihr. Noch bevor sie die Straße erreichten, hatte er einen Plan gefasst.

Am Ende des Trampelpfades übernahm er die Führung bis zu seinem Haus. Ali schien schon wieder irgendwo in der Siedlung unterwegs zu sein, denn die Tür war zu. Mahmud öffnete, ließ Claire eintreten, und schloss von innen ab. Er führte sie zu seinem Büro, drehte den Schlüssel herum, zog ihn ab und ließ ihn in seine Hosentasche gleiten. Claire wurde nervös. Mahmud bot ihr Platz in der gemütlichen hellen Sitzecke an, stellte Mineralwasserflaschen und Gläser bereit, dann nahm er eine Landkarte von seinem Schreibtisch.

„Per Kamel werden wir etwa zehn Tage unterwegs sein. Über andere wüstentaugliche Beförderungsmittel verfüge ich leider nicht."

Claire nickte. Die, die im Besitz eines Geländewagens waren, wollten sie keinesfalls bis auf die libysche Seite der Grenze bringen, schon gar nicht, als sie merkten, wie es um ihre Barschaft bestellt war. Man hatte sie kurzerhand an Mahmud verwiesen, dem man, hinter vorgehaltener Hand versteht sich, sogar Antiquitäten-, wenn nicht gar Waffenschmuggel nachsagte. Vielleicht war der ja verwegen genug, die Mission auf sich zu nehmen, oder er kannte jemanden, der jemanden kannte, der wiederum jemanden kannte ... Wer sich drei Frauen leisten konnte, musste einfach seine Schäfchen im Trockenen haben.

„Was für einen Preis kannst du mir machen?", fragte sie zaghaft."

„Ich kann dir zwanzig Prozent Rabatt geben."

„Dreißig."

„Fünfundzwanzig und keinen Piaster mehr."

Claire schloss die Augen. „So viel habe ich nicht." Tränen perlten unter ihren Wimpern hervor.

„Du musst also nach Libyen, um jeden Preis, den du aber nicht bezahlen kannst", fasste Mahmud die bisherige Unterhaltung noch einmal zusammen.

Claire seufzte gequält.

„Und möglichst schnell auch noch?", fügte Mahmud noch hinzu.

Ein stummes Nicken antwortete ihm. Claire stand auf, um zu gehen, völlig resigniert, denn das Nichterscheinen zum Tag X in der kleinen Siedlung hinter der Grenze, kam für sie einer Katastrophe gleich.

Mahmud versperrte ihr den Weg zur Tür. „Ich wüsste etwas, das du mir zum Tausch geben kannst", flüsterte er.

„Was?", fragte sie, wobei ein winziger Funke Hoffnung aufglomm.

Er zog sie mit einer Hand zu sich heran, wobei die andere bereits den Saum ihres Kleides zu fassen bekam, ihn hoch schob und sich schließlich an ihren Schenkeln immer höher bewegte, bis sie genüsslich tastend an den warmen festen Pobacken ankam, um sie diese zu streicheln, wohin sofort und ungehindert, die zweite Hand folgte.

Claire wehrte sich nicht. Es war lange her, dass sie solch ein leidenschaftliches Streicheln gefühlt hatte. Und ob sie es jemals wieder fühlen würde, wusste sie nicht. Also ließ sie es geschehen, schmiegte sie sich in die Arme dieses fremden Mannes und genoss die unerwarteten Zärtlichkeiten.

„Was hältst du von meinem Angebot?" Mahmuds Fingerspitzen glitten an dem winzigen Stück Stoff des Tangas entlang, schoben es zur Seite und wanderten zielstrebig weiter, ehe sie rasch die Richtung wechselten und tief in ihren Schoß eindrangen.

„Ich glaube, ich sollte es annehmen", stöhnte Claire lustvoll auf.

„Sei morgen früh acht Uhr hier, wir werden dann sofort mit der Karawane losziehen. Am Tag werde ich dir die Schönheiten der Wüste erklären und nachts deine genießen", flüsterte er ihr ins Ohr. Er tastete nach seiner Gürtelschnalle, um ihr in den nächsten Minuten noch detaillierter zu demonstrieren, was er mindestens darunter verstand, als es laut und ziemlich unwirsch an der Bürotür klopfte.

Mahmud verdrehte genervt die Augen, schaffte es aber noch, Claire zum Höhepunkt zu streicheln, bevor der letzte Hauch der knisternden Atmosphäre verflog.

Claire strich rasch ihr Kleid glatt, setzte sich in einen Sessel und nahm die Karte in die Hand, während Mahmud mit einem zufriedenen Grinsen die Tür aufschloss. Ali stürmte herein, stutzte beim Anblick der Frau, stammelte ein paar Entschuldigungen und blieb ziemlich irritiert am Schreibtisch stehen.

Claire erhob sich.

„Dann sind wir uns also handelseinig?", stellte Mahmud im Tonfall einer Frage fest.

„So ist es." Claire griff nach ihrer Handtasche.

Ali schaute ihr überrascht hinterher. Noch mehr, als er begriff, dass die Papiere für die Safari kaum in das kleine Täschchen gepasst hätten.

„Du hast ihr den Vertrag gar nicht mitgegeben?", fragte er schließlich.

Mahmud fasste sich an die Stirn, als sei er tief betroffen. „Mist, das hab ich in der Aufregung, weil du wie ein Irrer geklopft hast, glatt vergessen."

„Für wann hat sie denn gebucht?"

„Wir nehmen sie morgen mit."

„Sag mal, bist du verrückt geworden? Bei der Fracht, die wir geladen haben?"

„Das Risiko ist ohne sie auch nicht geringer", winkte Mahmud ab.

„Für uns nicht, für sie schon", warf Ali ein.

Mahmud zog die Augenbrauen zusammen. „Hör auf, dir meinen Kopf zu machen. Es hat alles seine Gründe. Ich habe meine, sie hat ihre."

Ali wagte nicht, weitere Bedenken anzumelden. Wenn der Boss so ein Gesicht zog, dann war allerhöchste Alarmstufe.

Der Umstand, dass Mahmud abgeschlossen hatte, statt das Schild ‚Bitte nicht stören' aufzuhängen, mehrte die Geheimnisse um die Fremde. Warum war sie überhaupt noch einmal zurückgekommen, wo sie doch kurz vorher halb in Panik ausgebrochen war? Und dann die Sache mit dem Vertrag ... Mahmud war knallhart, wenn es um Geschäfte ging. Ali konnte einfach nicht an ein Versehen glauben. Mühsam verscheuchte er all diese Gedanken und begann die Safari akribisch vorzubereiten. Eine Person mehr, hieß auch, mehr Wasser und Nahrungsmittel mitzunehmen. Ali überrechnete das Zusatzgewicht und entschloss sich, neben dem Reitkamel für den Gast, noch ein Lastkamel mitzunehmen, welches auch das kleine Gästezelt tragen sollte.

Mahmud kam ins Büro zurück, schaute Ali kurz über die Schulter.

„Wasser für zehn Tage reicht."

„Wie?" Ali hob den Kopf. „Aber die Safari dauert doch für gewöhnlich vierzehn Tage."

„Wir machen keine Safari. Wir reiten auch die übliche Route, nur mit einer Person mehr. Ich glaube nicht, dass sie den Weg erklären könnte oder gar wiederfinden würde, fragte man sie danach. Ich halte es auch für ausgeschlossen, dass sie sich von einem Mal sehen alle Sternenkonstellationen merken kann", erklärte Mahmud ungerührt. „Sie interessiert sich mit Sicherheit auch nicht für unsere Waren. Sie will einfach nur von A nach B und das so schnell es irgendwie geht."

„Warum?"

„Ich denke, das werde ich in den nächsten Tagen schon herausbekommen."

„Jetzt verstehe ich gar nichts mehr", murmelte Ali und schloss den Ordner im Schrank ein. Noch eine Ungereimtheit. Mahmud wusste meist mehr von seinen Safarigästen oder Geschäftspartnern, als die von ihm. Und wenn nicht, dann ließ er es sich nicht anmerken, kitzelte ihnen aber schon am ersten Tag die nötigen Informationen heraus. Wahrscheinlich hatte er ihn, durch sein unwirsches Klopfen, gerade dabei gestört, die begehrten Informationen zu ergaunern. Ali seufzte. Auf alle Fälle war nun seine Neugier angestachelt und er würde höllisch aufpassen, Mahmud nicht mit der Nase darauf zu stoßen. Den Boss und seinen Dolch wollte er keinesfalls als Gegner haben. Der muskulöse Mittvierziger mit den stechend schwarzen Augen war in mehreren Kampfsportarten ausgebildet und konnte beinahe lautlos jemanden aus dem Leben befördern, wenn es die Situation erforderte. Vor einem halben Jahr waren sie erst wieder nachts im Schlaf überfallen worden. Mahmud hatte drei der vier Männer allein erledigt. Den Vierten hatte Ali mit dem Messer schwer verletzt und es war beinahe ausgeschlossen, dass dieser in der Wüste überlebt hatte.

Ali löschte überall das Licht, dann ging er zu Bett. Der Wecker stand auf fünf Uhr und es würde ein hektischer Morgen werden.

Mahmud war noch im Nebengebäude zugange. Er schliff seine beiden Dolche, putzte und lud seine Pistole. Prüfend schaute er sich noch einmal um, ehe er ebenfalls schlafen ging. Seine Waffen lagen dabei griffbereit unter seinem Kissen. Der letzte Gedanke, vor dem Einschlummern, galt Claire, auch wenn es Mahmud nicht mehr bewusst wahrnahm.

Aufbruch

Nach einer traumlosen Nacht frühstückte er mit Ali gemeinsam, wie sie es immer taten, wenn sie sich wieder einmal auf ihren gefährlichen Weg begaben. Ali verkniff sich jede Frage, die fremde Frau betreffend. Im Augenblick glaubte er noch nicht einmal daran, dass sie tatsächlich erscheinen würde. Mahmud spulte das übliche Programm ab, als hätte er vergessen, dass sie unter erschwerten Bedingungen reiten sollten. Omar und Farid trafen ein, füllten die Behälter mit Trinkwasser, welche sie sofort auf die Kamele luden. Ali schaute verstohlen auf die Uhr. Die Fremde hatte noch genau zehn Minuten. Mahmud überprüfte eigenhändig die Packtaschen, den Sitz der Sättel, dann schloss er die Türen ab. Wenige Sekunden vor Ablauf der Frist trat eine tief verschleierte Frau in den Hof. Mahmud hatte nicht die geringsten Zweifel, seine ungewöhnliche Begleiterin vor sich zu haben. Er nickte ihr wortlos zu, wobei er kaum merklich mit einem Auge blinzelte, half ihr auf eines der herumstehenden Tiere und gab das Zeichen zum Aufbruch, womit er die beiden zuletzt gekommenen Männer völlig verblüffte. Fragend schauten sie Ali an, der als Antwort mit einer hilflosen Geste die Schultern hob. Fast zwei Stunden ritten sie schweigend, dann trieb Mahmud sein Kamel neben Claires Reittier.

Mit unbewegter Miene erklärte er: „Nun gibt es kein Zurück mehr."

„Das spielt keine Rolle. Ich habe keine Wahl. Komme ich nicht pünktlich an, kannst du mir eine Kugel in den Kopf jagen", gab sie leise zurück.

„So schlimm?"

„Schlimmer."

Mahmud zog die Augenbrauen zusammen. Er setzte sich wieder an die Spitze des Zuges. Im Augenblick gab es nichts Besonderes über das Gebiet zu erzählen, welches sie soeben durchquerten.

„Wer ist das?", raunte Farid Ali zu.

„Keine Ahnung. Ich habe sie gestern zum ersten Mal gesehen."
Drei Augenpaare beobachteten Claire, aber auch Mahmud, der sich verhielt, als ginge ihn die ganze Sache nichts weiter an. Er machte auch keine Anstalten den charmanten Fremdenführer zu spielen, wie er es sonst immer tat, sobald Frauen mit der Karawane reisten.

Omar kratzte sich nachdenklich am Kinn. „Ist sie so hässlich?"
Nun kam Leben in Alis Augen. „Eher das Gegenteil. Ihr hättet sie gestern sehen sollen!"

„Warum?"

„Ist eine europäische Lady mit ziemlich heißen Kurven", verriet Ali flüsternd.

„Ach, schau an", murmelte Omar. „Das hätte ich unter diesen unscheinbaren Gewändern nicht vermutet. Wo ist eigentlich ihr Gepäck?"

Ali schnaufte genervt. „Was fragst du mich? Meinst du, ich wäre unter die Hellseher gegangen? Ich weiß doch selber nicht mehr als ihr!"

Für die nächste Stunde hüllte er sich in Schweigen, während Mahmud nun doch noch, der unbekannten Reisenden von den Wundern der Wüste zu erzählen begann. Die Männer machten große Ohren. Vielleicht gab es ja ein paar sachdienliche Hinweise zu ergattern. Außer der Tatsache, dass die Frau Arabisch sprach und, was die Trockenzone betraf, ziemlich bewandert war, gab es vorerst nichts Aufregendes zu erfahren. Das änderte sich, als Mahmud das Zeichen zur Mittagsrast gab und ein Sonnensegel aufbauen ließ. Die geheimnisvolle Fremde streifte ihren Schleier ab, worauf sie neugierige Blicke trafen, was sie geflissentlich ignorierte.

„Nicht ganz, was ich erwartet habe, aber ziemlich hübsch, für das Alter", gab Omar bekannt, als er mit den beiden anderen am Rande der Kamelgruppe zusammentraf.

Ali fuhr herum. Wenn der Boss ihre Unterhaltung mitbekäme, dann würde garantiert die Luft brennen. Farid winkte beruhigend ab. Er deutete zum Sonnenschutz, unter dem Mahmud den vollendeten Gentleman herauskehrte. „Er hat im Augenblick nur Augen und Ohren für sie. Bin gespannt, was daraus noch wird."

„Halt bloß die Klappe!", zischte Ali. „Mein Bedarf an Aufregung ist bereits gedeckt." Dabei beobachtete er ebenfalls, aber völlig unbewusst, was zwischen den beiden im Schatten ablief, ohne auf diese Entfernung die Unterhaltung hören zu können.

„Ich bin überrascht, dich ohne jegliches Gepäck zu sehen." Mahmud schaute Claire prüfend an.

Ein leichtes Zucken in ihren Mundwinkeln verriet, wie schwer ihr die Antwort fallen würde. „Ich habe dir doch erzählt, dass man mich bestohlen hat. Alles, was gestern noch in meinem Besitz war, habe ich für das getauscht, was ich heute am Leibe trage. Ich bin dir ohne Zweifel in jeder Weise ausgeliefert."

„Was habe ich von deinem Mann zu erwarten, wenn ich dich pünktlich und unversehrt nach Al Jaghbub bringe?"

Claire schaute Mahmud lange nachdenklich an. „Eine Kugel zwischen den Augen."

Er antwortete mit einer Geste der Verblüffung.

„Ich meine es ernst. Wenn er es irgendwie herausbekommen sollte, dass ich mit dir Sex hatte, um die Reise bezahlen zu können, dann sind wir vermutlich beide sofort tot. Dabei spielt es keine Rolle, ob wir es ein Mal oder hundert Mal getan haben."

„Wer bist du?" Mahmud fixierte Claire mit zusammengekniffenen Augen.

„Claire Nightingale, die Frau des Waffenmoguls."

„Scheiße!" Mehr bekam Mahmud nicht heraus, wurde aber zusehends blass.

„Wie du selbst schon sagtest – nun gibt es kein Zurück mehr", flüsterte Claire resigniert.

Omar fasste Ali am Handgelenk. „Da! Scheint keine gute Nachricht gewesen zu sein. Ihm ist ja jede Farbe aus dem Gesicht gewichen! Interessiert mich brennend, wer die Frau ist und was sie ihm da gerade erzählt hat."

Ali schüttelte Omars Hand ab. „Ich will es lieber gar nicht erfahren. Der Boss wird schon wissen, was er tut. Hoffe ich …" Er ließ ihn stehen und suchte in seiner Satteltasche nach ein paar getrockneten Datteln als Nervennahrung. Wie auf dem Kriegspfad fühlte er sich. Wie damals, als sie den feindlich gesinnten Stämmen nicht in die Quere kommen durften und mitunter sogar nur nachts geritten waren. „Wenn ich die Tour überlebe, suche ich mir einen anderen Job", murmelte er, um sich selbst irgendwie zu motivieren. „Oder einen anderen Boss", schränkte er sofort ein. Er liebte die Wüste und Touristen führen machte ja auch Spaß – so sie denn wirklich welche zu führen hatten.

Mahmud befahl indes den Weiterritt. Mit wenigen Handgriffen war der Sonnenschutz verladen, die Karawane formierte sich. Diesmal ritt er mit Claire am Ende des Zuges, um sich ungestört mit ihr unterhalten zu können. Ihren Worten zufolge hatte er den Kopf seit gestern in der Schlinge und so beschloss er, alle Freuden mit Claire auszukosten, bevor sie sich endgültig zuzog. Seine Männer saßen unfreiwillig im selben Boot. Er würde sich also nicht einmal die Mühe machen, zu verheimlichen, dass er mit ihr andere Dinge tat, als gepflegte Konversation zu führen. Zwar waren da irgendwo noch seine drei Frauen … Mahmud zuckte mit den Schultern. Man lebte nur ein Mal und er noch dazu auf einem Pulverfass, dessen Lunte seit gestern brannte, wie er heute erfahren hatte. Ein Grinsen huschte über sein Gesicht. Er würde die verbotene tödliche Frucht doppelt und mit wirklich allen Sinnen genießen.

„Ich habe trotz allem nicht vor, meinen Plan zu ändern", gab er ihr darüber Auskunft. „Ich werde mir nachts holen, was du mir versprochen hast."

Claire nickte kaum merklich. „Kann ich verstehen."
Mahmud schaute sie prüfend an.
Sie lächelte melancholisch. „Ich freue mich darauf."
„Bist du sicher?"
„Ja." Und ihr Blick sprach deutlich: *Du wirst es begreifen, wenn du herausgefunden hast, warum.*

Mahmud ließ seine Augen über die Kamele schweifen. „Heh! Ihr da vorn! Wir sind hier nicht auf einem Trauerzug! Oder hat euch jemand Sprechverbot erteilt?"

Die drei Männer drehten sich erschreckt um.

Claire schüttelte amüsiert den Kopf. „Geselle dich zu ihnen. Ich komme schon klar. Tu als wäre ich nicht da. Okay?"

„Fällt nicht ganz leicht." Mahmud knotete einen Lederbeutel von seinem Sattel los, reichte ihn ihr mit den Worten: „Damit du mir nicht vor Durst vom Kamel kippst. Rufe, wenn du irgendetwas brauchst." Dann ritt er zu seinen Männern.

Im Beutel waren zwei Wasserflaschen und Trockenobst, wie Claire äußerst dankbar feststellte. Sie band ihn an das Gestell ihres Sattels, dann ließ sie sich vom sanften Schaukeln des Rittes einfangen. Mit halb geschlossenen Augen gab sie ihrem Tier die Zügel frei. Es folgte ohnehin den anderen.

Die Anspannung der Männer löste sich, so wie Mahmud bei ihnen auftauchte. Endlich kam auch die Abenteuerstimmung auf, die sonst bei jedem Zug durch die Wüste geherrscht hatte.

„Ihr könnt offen sprechen. Sie hat genug eigene Probleme", gab Mahmud noch bekannt, während er den Rastplatz für die Nacht bestimmte.

Ali durchsuchte das Gepäck der beiden Kamele, die er zusätzlich mitgenommen hatte. Er war sich absolut sicher, das Gästezelt eigenhändig aufgeladen zu haben und nun konnte er keine Spur davon entdecken. Ihm wurde vor Aufregung regelrecht übel.

„Probleme?", fragte Mahmud mit süffisantem Grinsen.

„Ja, verdammt noch mal!", brauste Ali auf. „Ich werde noch wahnsinnig! Ich weiß genau, dass ich das kleine Zelt bereitgestellt und sogar selber festgeschnallt habe und nun ist es spurlos verschwunden! Tut mir leid. Ich kann es mir nicht erklären."

„Nimm es leicht", grinste Mahmud. „Ich habe es zu Hause gelassen. Claire wird bei mir schlafen."

„Wie?" Ali klappte der Unterkiefer bis auf die Schuhspitzen. „Und was sagt sie dazu?"

„Das ist der ungeschriebene Vertrag, den du vermisst hast. Sie stattet mir auf diese Weise die Reisekosten ab." Er klopfte ihm auf die Schulter und trollte sich schmunzelnd.

Ali kratzte sich am Ohr. „Dann muss sie aber gewaltige Probleme haben und er wird sie bekommen", murmelte er, langsam mit dem Abladen der beiden anderen Zelte beginnend.

Es bereitete ihm einige Mühe, beim Abendessen nicht in Claires Gesichtszügen zu lesen. Sie saß ganz nah beim Feuer, versuchte, die klammen Finger zu wärmen, und konnte das Zittern von der Kälte der Nacht kaum verbergen. Farid überlegte, wie sie wohl in der dünnen Kleidung zurechtkommen sollte, als ihr Mahmud eine wärmende Decke um die Schultern legte.

„Komm her", sagte er, einladend auf seinen Schoß deutend. „Du erfrierst sonst noch."

Claire fror in der Tat jämmerlich. Sie nahm die Offerte ohne Zögern an, kuschelte sich an Mahmud, der sie zusätzlich mit in seinen weiten Kamelhaarumhang hüllte. Die verblüfften Blicke von Omar und Farid ignorierte er. Allerdings schenkte er ihnen am Ende das strahlende Lächeln eines Siegers, als er mit ihr in sein Zelt abtauchte.

Omar machte, kaum, dass die beiden verschwunden waren, eine eindeutige Geste, die Ali mit einem kurzen Nicken bejahte. Fünf Minuten später wären allerdings auch so alle im Bilde gewesen. Farid spitzte die Lippen und schüttelte eine Hand, als habe er sich verbrannt.

„Geht ziemlich heiß her", kicherte Omar. „Da kriecht ja fast der Neid hoch."

„Auf das, was er drauf hat oder darauf, was sie ihm gibt?", hinterfragte Ali, während er die Ohren in Richtung des anderen Zeltes spitzte.

„Kommt auf die Umstände an", feixte Omar. „Mit ihr würde ich sicher auch viel Spaß haben. Sonst möchte ich keinesfalls mit ihm tauschen. Hätte keine Lust drei Frauen zufrieden zu stellen. Bin froh, wenn ich es einer ordentlich besorgen kann."

„Schwächelst du etwa?", stichelte Farid.

Omar zog eine Augenbraue hoch. „Du hast ja keine Ahnung, unter welchen Röcken ich in letzter Zeit gewildert habe!"
„Solange es nicht bei mir zu Hause ist", winkte Farid ab.
Omar zog den Mund in die Breite. „Bestimmt nicht. Ich nehme sie alle mit zu mir."
Farid lachte, dann wurde ihm plötzlich bewusst, was Omar eigentlich gesagt hatte. Er schnappte nach Luft. „Untersteh dich, meine Frau anzufassen!"
Ali brach in wieherndes Gelächter aus. Farid war krankhaft eifersüchtig, dabei war seine Frau so dürr, dass man Omar hätte K.O. schlagen müssen, um ihn zu ihr ins Bett zu bringen.
„Vernachlässigst sie wohl oder warum denkst du, dass sie anfällig für heiße Anträge ist?", konterte Omar sofort.
Farid blieben glatt die Worte weg.
Omar drehte sich feixend um und wickelte sich in seine Schlafdecke.
„Träumt schön", gähnte Ali.
„Du auch", entgegneten die beiden anderen, dann zog Stille in das Zelt.
Nebenan war zwar auch kein Laut mehr zu hören, was aber nicht hieß, dass Claire und Mahmud schon schliefen. Sie gaben sich nach dem ersten Ansturm der Gefühle nur etwas sinnlicher den Verlockungen der gemeinsamen Nacht hin, wobei Mahmud auf jeden, ihrer Atemzüge reagierte, eine Erfahrung, die Claire völlig neu war.
„Deine Frau ist zu beneiden", seufzte sie, als sie sich spät in der Nacht eng aneinandergeschmiegt zum Schlafen einrichteten.
Mahmud küsste sie auf die Nasenspitze. „Ich hab drei."
Claire schaute ihn überrascht an.
Mahmud lächelte melancholisch, löschte das Licht und flüsterte: „Aber mit dir macht es wesentlich mehr Spaß, weil es neu und überdies verboten ist."
„So unterschiedlich kann es sein. Ich hatte das letzte Mal vor ungefähr drei Jahren Sex", hauchte Claire. „Nun kannst du dir an

wenigen Fingern abzählen, warum ich die Tage mit dir genießen werde."

Mahmud setzte sich mit einem Ruck auf. Er schaltete sogar das Lämpchen noch einmal an, um in Claires Augen lesen zu können. War er gerade noch der Meinung gewesen, dass sie, trotz ihres beinahe perfekten Arabisch, vielleicht Monate und Jahre verwechselt hatte, wich das schnell der Überzeugung, die Aussage als völlig zutreffend zu klassifizieren.

„Mangel an Gelegenheit wegen räumlicher Trennung?", fragte er leise.

Das Kopfschütteln und der bittere Zug um Claires Mund verrieten ihm andere Gründe.

Er nahm sie zärtlich in die Arme, streichelte ihr Haar. „Ich werde es dich vergessen lassen."

„Das halte ich heute schon für sehr wahrscheinlich."

„Warum verlässt du deinen Mann nicht, wenn er dich derartig abserviert?"

„Egal, was ich auch tu, er hat mich in der Hand. Er würde mir das Leben restlos zur Hölle machen."

„Hast du nicht vor der Hochzeit gemerkt, dass er ein Schuft ist?"

Claire seufzte. „Sam ist ein verdammt guter Schauspieler, wenn er ein Ziel unbedingt erreichen will. Er hat sich zwei Jahre lang vor Nettigkeit fast zerrissen, mir jeden Wunsch von den Augen abgelesen, war charmant und witzig."

„Aber du wusstest, dass er mit Waffen dealt?", warf Mahmud fragend ein.

„Im Gegenteil, er gehörte damals einer Organisation an, die gegen internationale Waffenschieber vorging. Ich hatte gerade ganz frisch meine Doktorarbeit zu diesem Thema abgeliefert. Hin und wieder arbeiteten unsere Institute an gemeinsamen Projekten. Das war auch der Punkt, wo wir uns kennen lernten", erzählte Claire. „Alles passte, die Chemie stimmte und ich sagte irgendwann freudestrahlend ‚ja' zu ihm. Am nächsten Tag änderte sich alles – Sam kündigte seinen Job und begann meine Analysen für das genaue Gegenteil zu verwenden, als wofür ich sie erstellt hatte. Ich wurde entlassen, man unterstellte mir, ich hätte mit ihm gemeinsame Sache gemacht. Das war für mich das Ende aller Lieder." Claire zog die Nase hoch. „Skrupellos, wie Samuel ist, scheffelte er in kürzester Zeit Millionen."

„Scheiß Spiel", murmelte Mahmud angewidert.

Claire schmiegte sich in seine Arme. „Mein Leben ist schlimmer als russisches Roulette".

Sie schloss die Augen, um fast im gleichen Moment einzuschlafen.

Mahmud lag noch lange wach, wobei er die Wärme des Frauenkörpers auf seiner nackten Haut genoss und immer wieder mit den Fingerspitzen ihre Hüftpartie nachmodellierte. Er freute sich trotz allem jetzt schon auf den Morgen, wo er ihr gegen die beißende Kälte, kräftig zwischen den Schenkeln einheizen würde.

Und da er selten ein Vorhaben nicht in die Tat umsetzte, mussten sich die Männer etwas länger mit dem Frühstück gedulden, bis ihr Boss mit seiner Gespielin aus dem Zelt auftauchte.

„Wie ist die Lage?", fragte Farid, als Omar am anderen Zelt vorbeiflanierte, um sich zu ihm ans Feuer zu setzen.

Ein breites genüssliches Grinsen. „Sie unten er oben, vermute ich."

„Ich wollte wissen, ob irgendetwas darauf hindeutet, dass die beiden bald kommen!"

Omar feixte. „Das dürftest du bis hierher hören, wenn er sie so weit hat."

„Blödmann."

Omar zuckte lachend mit den Schultern und hängte den Wasserkessel in die Flammen.

Ali sagte keinen Ton. Ihm wäre es lieber gewesen, wenn er die Gesamtlage ihrer gefährlichen Unternehmung hätte überhaupt irgendwie einschätzen können. Der Risikofaktor Claire machte ihm Sorgen. Er schaffte es nicht einmal, das hocherotische Hörspiel von nebenan zu genießen. Die beiden anderen klebten beinahe mit den Ohren am Stoff, obwohl sie körperlich an der kleinen Feuerstelle saßen.

„Sehen müsste man es können! Sehen!" Omar spitzte genüsslich die Lippen. „Ein Wunder, dass das Zelt kein Feuer fängt, so heiß, wie es darin her geht."

„Tu mir einen Gefallen – halt einfach die Klappe!" Ali trat wütend nach einem Käfer, den die Wärme hervorgelockt hatte.

„Kriegst wohl sonst die Hälfte nicht mit?", stichelte Omar.

Ali sprang auf. Er taxierte Omar mit zu Schlitzen verengten Augen. „In einem Punkt hat Farid Recht, du bist wirklich ein Blödmann. Offensichtlich geht es nicht in deine Rübe, dass die Frau auf uns angesetzt sein könnte. Kein Gepäck dabei und Mahmud reagiert auf sie wie ein rolliger Kater. Ich hoffe inständig, dass irgendeine seiner Gehirnregionen noch an etwas anderes als Sex denken kann. Jetzt muss sie nur noch verheiratet sein und er ihr ein Kind anhängen – dann gute Nacht und kein Bett!"

„Bisher wusste der Boss immer genau, was er tat", versuchte Omar, einzulenken.

„Bisher war er auch nicht schwanzgesteuert!" Ali ließ sich wieder bei den Männern nieder. Schweigend starrte er in das glimmende Holz, bis endlich Claire und Mahmud auftauchten, um so zu tun, als wäre nie etwas gewesen.

„Gut geschlafen?", fragte Mahmud in die Runde.

Omar ritt schon wieder der Teufel. „Eher, interessant geweckt worden."

Claire vergrub sich hinter ihrem Kaffeebecher, während Mahmud herzhaft lachte. Er schien nicht einmal sauer zu sein, wegen des vorlauten Mundwerkes Omars. Ali zog die Augenbrauen hoch.

„Ich habe doch gesagt, es wird alles wie immer sein, nur, dass ich halt ein bisschen Spaß mehr habe, als ihr", erklärte Mahmud mit Siegermiene. Er blinzelte Claire zu, die ziemlich erfolglos einen heftigen Anflug von Röte zu verdecken suchte.

„Ach, noch was, ehe ihr vor Neugier platzt, sie ist die Frau des Waffenmoguls Nightingale. Wie ich seine Gaben unters Volk verteile, dürfte ihm gefallen, was ich mit seiner Frau treibe, weniger. Es sollte also durchaus in eurem ureigensten Interesse sein, das Wissen darum für euch zu behalten."

Ali nickte. „Klare Ansage." Deshalb war dem Boss gestern also die Farbe aus dem Gesicht gewichen. Er hatte wohl gerade die Identität seines geheimnisvollen Gastes herausgefunden.

„Und die Sache mit dem Gepäck?", fragte Omar ungeniert.

Claire räusperte sich. „Man hat mich vor ein paar Tagen ausgeraubt. Das, was mir dabei geblieben war, habe ich komplett für unauffällige landestypische Kleidung eingetauscht. Mahmud hatte keine Ahnung, auf welch tödliches Spiel er sich einlässt, als ich auf seine Bedingungen für den Ritt eingegangen bin. Ich vermute inzwischen sogar, dass mein Mann hinter all dem stecken könnte." Sie schluckte. „Sollte einer von euch Schweigegeld verlangen, dann bin ich bereit, den Betrag einmalig zu zahlen, in der gleichen Währung wie Mahmud bekommt, aber keinesfalls gern."

Die Männer rissen ungläubig die Augen auf, Mahmud ließ vor Schreck den heißen Kaffee fallen. Mit dieser Wendung der Dinge hatte er nicht gerechnet.

„Was euch blüht, sollte ich euch dabei erwischen, brauche ich euch sicher nicht erklären", stieß er düster hervor.

Verschüchtertes Schweigen.

Schließlich war es wieder Omar, der die Situation entspannte. „Aber träumen wird man wohl noch dürfen?"

„Meinetwegen kannst du es dir in den buntesten Farben ausmalen und mit den schmutzigsten Fantasien, zu denen du fähig bist", entgegnete Mahmud. Das Funkeln seiner Augen erklärte deutlich, dass einige seiner wildesten Träume in der vergangenen Nacht Erfüllung gefunden hatten.

Claire lief dunkelrot an.

Sie war froh, als sie endlich wieder auf ihrem Kamel saß, wo sie nicht ständig den neugierigen Blicken der Männer ausgeliefert war. Wobei die Silbe ‚neu' fast schon Beiwerk war. Sie konnte sich locker ausmalen, was für Stürme unter den Galabiyas von Farid, Ali und besonders Omar tobten. Für Mahmuds eindeutige

Worte war sie ebenfalls sehr dankbar. Unter seinem Schutz fühlte sie sich sicher. Bis zur Mittagsrast hing sie ihren Gedanken nach. Jetzt, im Februar, erreichten die Tagestemperaturen hier in der Wüste knapp über zwanzig Grad und so genoss sie in vollen Zügen die Sonne, wohl wissend, dass ihr zuviel des Guten einen heftigen Sonnenbrand einbringen konnte. Die erheblich höher pigmentierte Haut der Männer hielt einiges mehr aus, wie sie auch Mahmud auf Nachfrage erklärte, der sich wunderte, weshalb sie den Schleier nicht ablegte.

Begegnungen

Die Wegstrecke bis zum Nachtlager verlief genau so unspektakulär, wie die erste Etappe. Allerdings war beim abendlichen Zusammentreffen am Lagerfeuer deutlich die Spannung zu merken, die sich Stück für Stück aufbaute. Mahmud konnte es kaum erwarten, mit Claire ins Zelt zu kommen, die anderen, dabei zuzuhören. Wie sich Claire fühlte, interessierte niemanden, also machte sie gute Miene zum bösen Spiel. Im Grunde genommen war das, was hier ablief, noch harmlos zu dem, was ihr Sam schon angetan hatte. Kurz nach der Hochzeit brachte er einige Callgirls angeschleppt, vergnügte sich mit ihnen im Ehebett, ohne sich darum zu scheren, dass sich Claire im Haus aufhielt. Einige Monate später gipfelte seine Perversität darin, dass er sie zwang bei seinen Spielchen zuzusehen. So war es auch nicht verwunderlich, wie sie es stets genoss, wenn er irgendwo auf Reisen war und sie ganz in Ruhe gelassen wurde. Dass sie aus lauter Angst nicht wagen würde, den Spieß umzudrehen, konnte Sam bisher ganz sicher sein und hätte Mahmud nicht das Spiel eröffnet, dann wäre das auch weiterhin so geblieben. Die Angst, Samuels Forderungen in aller Öffentlichkeit nicht zu erfüllen, wog noch viel schwerer und so hatte sie den Ball bereitwillig angenommen.

„Was zwingt dich eigentlich, spätestens am ersten März in Libyen zu sein?", fragte Mahmud, nach zwei Stunden siedendheißem Kuschelsex.

Claire stützte sich auf die Unterarme. „Zuallererst die Tatsache, dass ich jemandem auf dem Sterbebett ein Versprechen gegeben habe." Sie machte eine kurze Pause. „Und dann gibt es da noch meinen Mann, der nur darauf zu warten scheint, dass ich den Termin nicht halten kann."

„Eine große Erbschaft?" Mahmud konnte sich durchaus denken, um welche Beträge es in Nightingales Nähe gehen konnte.

„Möglicherweise. Das wird sich zeigen, wenn das Testament eröffnet wird."

„Wessen Testament?"

Claire runzelte die Stirn. „Sag mal, was soll die Neugier?"

„Sagen wir lieber, ich bin vorsichtig", stellte Mahmud klar. „Ich habe keine Lust zur Zielscheibe zu werden, nur weil ich dich nach Libyen bringe. Dein Gatte steht nicht gerade in dem Ruf, sehr zartfühlend zu sein, wenn ihm etwas gegen den Strich geht."

Claire schwieg. Das Argument wog schwer und entsprach, Buchstabe für Buchstabe, der Wahrheit.

Mahmud zog sie in seine Arme. „Tut mir leid. Schließlich war ich es, der die blöde Idee hatte, dich mitzunehmen. Schlaf schön."

„Du auch", murmelte Claire. Das Spielzeug für ihn zu sein, hatte sie selbst so bestimmt, nur seine Fragerei ging ihr auf die Nerven. Andererseits würde sie, an seiner Stelle, auch nicht anders auf die Situation reagieren. Sie seufzte schwer.

Das ferne Knattern eines Hubschraubers weckte sie am nächsten Morgen. Mahmud sprang auf, und steckte den Kopf aus dem Zelt. „Du bleibst hier, bis ich Entwarnung gebe!", gebot er Claire.

Ali erschien fast zur gleichen Zeit, beschattete die Augen mit einer Hand und suchte den Horizont ab.

„Hast du ihn gesehen?", fragte Mahmud.

„Leider nicht oder glücklicherweise nicht – ganz wie du willst", entgegnete Ali. „Er macht mich ziemlich nervös. Hierher kommen sonst nicht mal die Geier."

„In welche Richtung mag er wohl geflogen sein?", sinnierte Mahmud.

Omar schnäuzte sich. „Wohin weiß ich nicht, aber woher, hab ich ziemlich gut mitbekommen."

„Mensch, dann rede endlich! Oder glaubst du, dass ich dir die Information bezahle?", blaffte Mahmud.

Omar zog den Kopf ein. „Der kam eindeutig aus Al Jaghbub."

„Scheiße!" Mahmud wandte sich um und ging zum Zelt zurück. „Im Augenblick ist die Luft rein", gab er Claire bekannt.

Das Frühstück nahmen sie schweigend ein. Jeder horchte unbewusst nach ungewöhnlichen Geräuschen aus.

„Du reitest heute direkt hinter uns", wies Mahmud Claire an. „Könnte durchaus sein, dass wir schnelle Entscheidungen treffen müssen. Dann habe ich keine Zeit, mich zu kümmern, ob du uns da hinten verstehst oder nicht."

Claire nickte. Sie wusste, dass man sie im Notfall opfern würde. Also beschloss sie, auf der Hut zu sein, um die Befehle sofort befolgen zu können. Eigentlich lächerlich, sich in der Wüste vor einem Hubschrauber verstecken zu wollen. Dann fiel ihr plötzlich ein, dass sie ja mit Waffenschmugglern reiste, die möglicherweise das nötige Gerät dabei hätten, um einen Helikopter vom Himmel zu holen. ‚Dein Gatte steht nicht gerade in dem Ruf, sehr zartfühlend zu sein, wenn ihm etwas gegen den Strich geht', hatte Mahmud am Vorabend zu ihr gesagt. Wer gab ihr eigentlich die Garantie, dass Mahmud weiterhin zartfühlend wäre, wenn sie ihm die Antwort auf seine Fragen schuldig blieb? Claire fühlte Unbehagen aufsteigen. Sie begann ihn, der genau vor ihr ritt, argwöhnisch zu beobachten. Es dauerte keine zwanzig Minuten, dann drehte sich Mahmud um, mit einem stummen Mienenspiel nach ihrem Befinden fragend. Claire schenkte ihm ein, in jeder Weise, befreites Lächeln. Mahmud blinzelte mit einem Auge und widmete sich wieder der Unterhaltung mit seinen Männern. Claire fielen ganze Gebirge vom Herzen. Völlig egal war ihm ihr Schicksal nicht, selbst wenn es nur aus Mitleid oder reinem Pflichtgefühl geschah – Begriffe, die es in Sams Sprachschatz nie gegeben zu haben schien. Sie freute sich schon jetzt auf die Zärtlichkeiten der kommenden Nacht. Claire ließ ihr Leben mit Sam Revue passieren. Es bestand aus Alleinsein, Demütigungen und einer Aneinanderreihung schmerzhafter Erfahrungen in Form der unmöglichsten Unfälle, jedes Mal dann, wenn Sam Urlaub in den nobelsten Ferienorten der Welt gebucht hatte. Immer geschahen diese Missgeschicke, wenn er wegen irgendwelchen geschäftlichen Dingen eher abreisen musste. Nicht ein Mal war er zurückgekommen, um sie im Krankenhaus zu besuchen oder zu trösten. Mahmud hingegen hatte ihr am ersten Abend am Lagerfeuer eine

Decke gebracht und sogar die Wärme seines Körpers mit ihr geteilt.

Claire starrte mit weit aufgerissenen Augen in die Wüste. Oh Gott! Wenn Sam so eindeutig hinter dem Raub steckte, denn daran gab es für sie gar keinen Zweifel, dann hatte er mit Sicherheit auch bei all den anderen Widrigkeiten die Finger im Spiel gehabt. Mit ihrem Tod hätte er mehrere Probleme auf einmal vom Tisch. Vor allem aber wäre er mit einem Schlag um etliche Millionen US-Dollar reicher durch die Auszahlung ihrer Lebensversicherung.

„Claire? Claire??? Claire, was hast du gesehen?"

Buchstabenweise drang es in Claires Bewusstsein, dass jemand mit ihr sprach.

Mahmud erschrak, als sie ihm ihr kreidebleiches Gesicht zudrehte. „Claire, was ist mit dir?" Er half ihr vom Kamel.

Sie schmiegte sich schutzsuchend an. „Ich … ich … ich habe wohl gerade begriffen, dass mich mein Mann schon seit Jahren umzubringen versucht", flüsterte sie verzweifelt.

„Hat das was mit dem Hubschrauber zu tun?"

„Ich weiß nicht", entgegnete Claire tonlos.

Mahmud streichelte sie. „Soll ich dich woanders hinbringen, als nach Al Jaghbub?"

„Das wäre sinnlos. Er würde mich finden, egal wo ich mich verstecke."

„Wir treffen morgen auf eine andere Karawane, wenn du möchtest, kannst du mit ihnen reiten. Sie sind auf dem Weg zur Küste …"

Claire schüttelte stumm den Kopf.

Mahmud wischte mit sorgenvollem Gesicht eine Träne von ihrer Wange. Welche finsteren Geheimnisse würde er wohl noch erfahren, bevor er sie vielleicht nie wiedersah.

„Probleme?", fragte Ali, als er mit Mahmud das Sonnensegel für die Mittagsrast aufbaute.

„Wenn ich es wüsste, wäre mir wohler." Mahmud schaute ihm beschwörend in die Augen. „Es wäre besser für euch, wenn ihr nicht zu viel über sie erfahrt. Da tun sich Abgründe auf, vor denen es mich schaudert."

Ali schaute überrascht auf. „Und das will wirklich was heißen."

„Wir werden morgen die ganze brenzlige Fracht an Ibrahim übergeben. In Al Jaghbub setzen wir Claire ab, nehmen Wasser und Verpflegung auf und verschwinden sofort wieder. Sämtliche Freizeitvergnügungen fallen aus."

Ali nickte.

„Ich werde keinerlei Rücksicht nehmen. Wer beim Abmarsch nicht da ist, wird gnadenlos zurück gelassen."

Ali widmete sich der Zubereitung des Mittagessens. Farid hatte bereits Kaffee angesetzt, welchen er nun ausschenkte. Omar beobachtete Claire, die stumm und in sich gekehrt, mit angezogenen Knien, etwas abseits saß. Hin und wieder warf ihr auch Mahmud einen Blick zu. Sie schien es nicht einmal zu bemerken. Das, was sie plötzlich über sich herausgefunden hatte, nahm ihr ganzes Denken in Anspruch. Sie schreckte sogar heftig zusammen, als Ali die Suppenschale neben sie stellte, weil sie auf Ansprache nicht reagiert hatte.

„Tut mir leid", murmelte Ali.

„Meine Schuld." Claire versuchte zu lächeln, was so gequält ausfiel, dass sogar Farid kaum merklich den Kopf schüttelte.

Mahmud gönnte ihr vor dem Weiterritt noch etwas Ruhe. Er traf sich mit seinen Männern bei den Kamelen, um ihnen kund zu tun, was er Ali bereits gesagt hatte. Was die beiden in dem Augenblick dachten, war ihnen nicht anzusehen. Mahmuds Hand wanderte, wie zufällig, an die Lederscheide seiner Dolche. Farid schaute kurz auf. Höchste Alarmstufe! Omar verkniff sich jeden Kommentar. Ali hatte genügend über Nightingale gehört, um voll und ganz hinter der Entscheidung Machmuds zu stehen. Der Gedanke, Claire hätte Mahmud gelinkt, war bereits in seinem tiefsten Inneren beerdigt. An ihrer Stelle hätte er auch nach jedem Strohhalm gegriffen.

„Weiter!", befahl Mahmud soeben. Er half Claire beim Aufsteigen und wartete, bis sich ihr Tier erhoben hatte. „Wirst du bis heute Abend durchhalten?"

„Ich muss."

„Bleib bitte in meiner Nähe." Mahmud setzte sich an die Spitze der Karawane.

Je näher die Männer dem neuen Lagerplatz kamen, umso öfter suchten sie den Horizont ab. Am späten Nachmittag erreichten sie das Etappenziel. Von Ibrahim und seinen Männern war noch nichts zu sehen.

„Du gehst sofort ins Zelt, wenn ich dir das Zeichen dazu gebe. Bis der Handel abgeschlossen ist, brauchen die anderen nicht zu wissen, dass eine Frau anwesend ist. Solltest du dich doch noch dafür entscheiden, mit Ibrahim zu reiten, kann ich es ihm auch später noch schonend beibringen." Mahmud berührte mit seiner Nasenspitze die von Claire. Ihm entging nicht die stumme Frage.

„Keine Sorge, Ibrahim ist ein Ehrenmann, er würde dich nicht anrühren. Omar wird auf dich aufpassen, solange ich mit ihm verhandele."

Claires Magen krampfte zu sich zusammen. Ausgerechnet Omar, der sie seit Tagen fast mit den Augen auszog!

Zwei Stunden später nahten die anderen Reisenden. Sie bauten ihre Zelte gleich neben dem von Mahmuds Männern auf. Claire bemühte sich, möglichst keine Geräusche zu machen. Das Stimmengewirr ließ darauf deuten, dass die andere Karawane von mindestens zwölf Männern begleitet wurde. Einem der Neuankömmlinge begegneten alle mit ausgesuchter Höflichkeit. Offenbar war dieser mehr, als nur der Herr über die gerade anwesenden Männer. Als sie den Titel Scheik vernahm, war Claire im Bilde. Dann entfernten sich die Stimmen, um sich an einem gemeinsamen Ort, vermutlich am Lagerfeuer, zu versammeln. Gleichzeitig tauchte Omar auf. Er grüßte stumm und ließ sich, fast auf Tuchfühlung zu ihr, nieder. *War ja klar,* dachte Claire resigniert. Nicht einmal fünf Minuten später drückte er sie mit einer Hand zu Boden, wobei er ihr mit den anderen den Mund zuhielt.

„Ich hole mir jetzt das versprochene Schweigegeld", raunte er ihr, aufs Äußerste erregt, ins Ohr.

Claire hatte nicht den Funken einer Chance, sich zu wehren. Wie Stahlklammern fühlte sich der Druck seiner Hände an. Mit wenigen Griffen streifte er ihr Kleid nach oben, den Slip ab, presste seinen Oberschenkel zwischen ihre Knie, um ungehindert zum Ort seiner Begierde zu kommen. Gierig betastete er ihren Körper.

„Ich nehme jetzt die Hand von deinem Mund. Gib keinen Ton von dir! Hast du verstanden?", zischte er.

Claire versuchte zu nicken. Sie erwartete, in den nächsten Sekunden brutal von ihm vergewaltigt zu werden. Stattdessen ging das feste Zufassen in beinahe sanftes Streicheln über. Ihre verkrampfte Abwehrhaltung entspannte sich.

„So ist es gut", flüsterte Omar, ließ seine Lippen über ihre Brüste huschen, wobei seine Fingerspitzen zwischen ihren Schenkeln alles für eine ungehinderte Aufnahme vorbereiteten. Immer wieder rieb er ihre feuchte Lustperle. Dabei murmelte er kaum hörbar etwas, das Claire wahrscheinlich auch nicht verstanden hätte, wäre es akustisch laut genug gewesen. Inzwischen war Claire an dem Punkt angekommen, wo sie sehnlichst erwartete, endlich seine Männlichkeit in sich eindringen zu fühlen. Mit einem wahrhaft zufriedenen Grinsen tat ihr Omar endlich den Gefallen. Er genoss die Wärme ihrer Haut, wie sie seinen Körper umfing, an sich zog, die leidenschaftliche Erwiderung seiner sanften Stöße und schließlich wie sie ihr Gesicht an seine Brust drückte, um das lustvolle Stöhnen zu ersticken. Omar blieb, trotz aller Erregung, Herr der Lage. Er ließ seinen Samen auf den Boden neben dem Teppich tropfen, wischte sofort mit der Hand Sand auf die Stelle, um anschließend noch einmal tief in Claires Schoß einzudringen, wo er einfach nur noch einige Augenblicke das Gefühl genießen wollte, sie zu besitzen.

Fast bedauernd raffte er sich endlich auf, richtete seine Kleider, reichte Claire den winzigen Slip, um ihr anzudeuten, dass es besser wäre, die letzten Spuren zu beseitigen. Sie griff mechanisch danach. Omar setzte sich neben den Eingang des Zeltes. Claire hüllt sich in ihre Decke und schlief schnell ein. Sie merkte nicht einmal, dass sich irgendwann Mahmud zu ihr legte. Am Morgen brauchte sie eine Weile, um sich zu orientieren und ihre Gedanken zu ordnen. Verstohlen schaute sie zu jener Stelle, an der Omar dafür gesorgt hatte, in und an ihr keine Spuren zu hinterlassen. Mahmud hatte nichts gemerkt und schob ihre Unsicherheit auf ihre Entdeckungen bezüglich ihres Gatten.

„Warum hat er dich eigentlich geheiratet, wenn er dich nur der Versicherungssumme wegen umbringen will? Hat er keine Hässliche für diesen Zweck gefunden?", fragte Mahmud schließlich. „Und wovon lebst du, so wie er deine Karriere zerstört hat?"

Claire seufzte. „Ich arbeite als Übersetzerin für Hilfsorganisationen. Das macht nicht reich, aber glücklich und sichert mir die finanzielle Unabhängigkeit"

„Ach, deshalb sprichst du so fantastisch Arabisch! Ich hab mich schon bei unserer ersten Begegnung gewundert." Mahmud hielt ihr die Hand hin, zog sie auf die Füße. Gemeinsam gingen sie zu den anderen frühstücken.

Omar zuckte kaum sichtbar mit einem Augenlid, als er ihr den Kaffeebecher reichte. Sie schloss als Antwort für den Bruchteil einer Sekunde beide Augen, um ihm anzudeuten: Ich habe dir verziehen.

Ibrahim und seine Leute schauten hingegen sehr ungläubig, als sie plötzlich eine Frau gewahrten. Weder die Zelte, noch die Art der Waren, hatten auf sie hin gedeutet. Niemandem war aufgefallen, dass Omar nicht bei den Verhandlungen zugegen gewesen war. Im Trubel des allgemeinen Aufbruchs fand Claire den passenden Moment, um allein mit ihm sprechen zu können.

„Ich habe gestern nicht verstanden, was du mir sagen wolltest."

Omar wiederholte seine Worte leise, nachdem er sich forschend umgeschaut hatte.

Claire schüttelte den Kopf. „Was bedeutet das?"

„Meine Frau ist beschnitten. Es war faszinierend, mit dir die Lust zu entdecken."

„Ich dachte, so etwas sei verboten worden?"

„Schon. Nur hält man sich nicht überall daran."

Claire packte das Geschirr zusammen, drehte sich noch einmal kurz um. „Es war schön mit dir."

Omars Herz schlug schneller. Dass sie ihm nicht böse war, erfüllte ihn mit Freude und mit einem verbalen Lob hatte er schon gar nicht gerechnet. Er war sich gestern Nacht nicht einmal wirklich sicher gewesen, dass es ihr auch Spaß gemacht hatte, zumal er sie anfänglich nicht gerade sanft angefasst hatte. Das Risiko, von Mahmud ein Messer zwischen die Rippen zu bekommen, hatte er billigend in Kauf genommen, um wenigstens ein Mal im Leben mit einer Frau zu schlafen, die garantiert im Vollbesitz aller Geschlechtsmerkmale war, die kochende Lust beim Sex versprachen.

Am nächsten Nachtrastplatz genoss er das Hörspiel aus Mahmuds Zelt unter ganz anderen Gesichtspunkten, als die beiden anderen.

„Ist deine Frau eigentlich beschnitten?", fragte er nach einer heißen Diskussion über das, was im anderen Zelt gerade ablief, Farid.

„Wozu willst du das wissen?", stellte der die Gegenfrage, mit weit aufgerissenen Augen.

Omar grinste. „Damit ich nicht selber nachschauen muss."

Ali begann amüsiert zu kichern. Farid guckte derart dumm aus der Wäsche, dass er gar nicht anders konnte.

„Ich meine ja nur, wenn sie es nicht ist, dann hast du viel mehr Spielraum für deine Fantasien", erklärte Omar, wobei er mit einem Ohr weiterhin voll auf Empfang blieb.

„Du sprichst aus eigener Erfahrung?", fragte Farid neugierig.

Omar warf sich in die Brust. „Ja klar. Hab beim Wildern ein ganz heißes Vollweib erwischt."

Farids Augen begannen zu funkeln. „Ist der Unterschied wirklich so riesig?"

„Ohhhh jaaaaa!" Omar nickte genüsslich.

Ali schwelgte sofort in wohligen Erinnerungen. Ihm war es auch schon gelungen, ziemlich einsame Touristinnen über mangelnden Sex hinweg zu trösten.

Farid kratzte sich am Ohr. „Na ja, so wie sich Mahmud seit Tagen ins Zeug legt, scheint der Unterschied wirklich gigantisch zu sein."

Omar lächelte still in sich hinein und fügte in Gedanken hinzu: *Der ist so groß, wie zwischen der Eiswüste und unseren Breiten!*

„Übermorgen wird er sich von ihr trennen müssen", hörte Omar gerade wie durch eine Watteschicht Ali sagen und dachte: *Ich mich auch. Was würde ich geben, noch ein einziges Mal bei ihr liegen zu dürfen!*

Ein kleiner erschreckter Laut aus dem anderen Zelt, dann tobte dort noch einmal der Wahnsinn. Omar reimte sich aus den wenigen halbwegs verständlichen Wortbrocken zusammen, dass Mahmud es Claire soeben von hinten besorgte und dafür nicht, die beabsichtigten Pluspunkte bekam. Mit einem schadenfrohen Schnaufen wickelte er sich in seine Decke, um den Rest der Nacht wenigstens davon zu träumen, dass Claire ihn Mahmud vorzog.

Jetzt, kurz vor dem Morgengrauen, war der jedenfalls schon wieder darum bemüht, seine Scharte von gestern auszuwetzen. Noch dazu so intensiv, dass die anderen ewig mit dem Frühstück warten mussten. Ali blies geräuschvoll die Luft durch die Nase.

„Hast Recht, es wird Zeit, dass wieder geregelte Verhältnisse einziehen", kommentierte Omar.

„Eins sage ich dir, entgegnete Ali, „ich will nie wieder Frauen auf Schmuggeltour dabei haben."

„Und wenn, dann wenigstens für jeden eine", witzelte Omar, dem inzwischen der Magen in den Kniekehlen hing.

Farid nickte kommentarlos.

Ankunft in Al Jaghbub

Irgendwann ging der Ritt weiter. Mahmud schaute sich auffallend oft nach Claire um, die mit jedem Kilometer, den sie der Oasensiedlung näher kamen, nervöser wurde. Bei der Mittagsrast wies sie seine Offerten so heftig zurück, dass er es für besser hielt, sie in Ruhe zu lassen.

Omar fühlte eindeutiges Mitleid in sich aufsteigen. Nightingale galt in der Branche als Monster, das er ganz offensichtlich auch bei seiner Frau herauskehrte. Zweifellos würde er ihr eigenhändig den Hals umdrehen, bekäme er heraus, was auf der Reise gelaufen war.

Unwillig zog Omar die Augenbrauen zusammen, als sich Mahmud abends wesentlich mehr nahm, als Claire zu geben bereit war. Ein unterdrückter Schmerzenslaut ließ ihn, wie von einer Stahlfeder getrieben, aufspringen. Ali packte ihn am Handgelenk, zog ihn auf seinen Platz zurück und schüttelte stumm den Kopf.

Widerwillig setzte sich Omar und starrte in die Flammen. Ali hatte ja Recht, Vertrag war Vertrag, egal ob geschrieben oder ungeschrieben. Claire hatte schlechte Karten. Nach reiflichem Nachdenken konnte er auch Mahmud verstehen.

Farid staunte. Unter Omars stacheliger Schale schlummerte ein ungeahnt weicher Kern. „Beschützerinstinkt?", sinnierte er halblaut.

Omar fuhr herum. „Halt die Klappe!"

„Oder wurmt es dich, dass du keine Möglichkeit hast, an das Schweigegeld zu kommen", stichelte Farid.

„Das ist das erste Mal, dass du vernünftige Gedanken kund tust", teilte Omar mit gleicher Münze aus. „Dabei juckt es dir sicher nicht weniger zwischen den Lenden."

„Aber er hat es nicht so gut drauf wie du, die richtigen Fantasien zu entwickeln", hackte Ali in dieselbe Kerbe. „Während du dich schon mitten im heißesten Liebesspiel siehst, überlegt er noch, ob er sie erst sanft streicheln oder lieber gleich ..." Ali winkte lachend ab.

„Streicheln?" Farids Augen wurden immer größer.

Die beiden anderen brachen in wieherndes Gelächter aus.

Omar wollte gerade ansetzen zu schwärmen, wie herrlich es sein konnte, mit den Lippen die Brüste einer Frau zu erkunden, als ihm einfiel, dass Farids Frau flach wie ein Brett war. Vorne nichts, hinten nichts. Was gab es da schon zu streicheln, wenn sich Farid nicht einen Schiefer einreißen wollte?

An seiner statt begann nun Ali zu erzählen, wie er das erste Mal einer Touristin ins Hotel gefolgt war und eine wahre Explosion der Gefühle erlebt hatte. Ungeniert und detailliert beschrieb er, wie er die Sexualität völlig neu entdeckte. „Bis dahin habe ich geglaubt, alles über Frauen zu wissen." Ali lachte leise. „Und plötzlich war alles anders. Es gab Dinge, von denen ich nicht einmal geahnt hatte, dass es so etwas geben konnte. Ich war wohl mehr mit schauen und staunen beschäftigt, als damit, sie wirklich zu befriedigen." Er lächelte melancholisch. „Vier lange Nächte habe ich die neuen Erfahrungen genossen. Dann flog sie wieder nach Hause."

„Hast du sie wiedergesehen?", wollte Omar wissen.

Ali schüttelte den Kopf. „Sie nicht, und die anderen, die nach ihr kamen, auch nicht. Mich hat an ihnen nur an eine Stelle wirklich interessiert." Er rollte sich in seine Decke ein. „Gute Nacht."

Omar lag noch lange wach und grübelte. Die besagte Stelle hatte er bei Claire nicht einmal zu Gesicht bekommen. Er hatte sie gestreichelt, mit den Fingerspitzen erkundet und plötzlich festgestellt, wie erregend es sein konnte, einfach nur nackte warme Haut zu spüren, Hände die über den eigenen Körper glitten, um sanft oder fordernd den Rhythmus der Vereinigung zu bestimmen. Bisher war er derjenige gewesen, der festgelegt hatte, wann das Liebesspiel beendet war. Claire hatte ihm, ohne dass er es sofort merkte, ihre Wünsche diktiert und im Zauber des Fremdartigen gefangen. Die plötzliche, überaus heftige Gefühlsaufwallung brachte Omar sehr in Bedrängnis. Schnell und beinahe lautlos verschwand er aus dem Zelt, um sich im Schatten der Kamele auf eine Weise Erleichterung zu verschaffen, die er bisher für äußerst verwerflich gehalten hatte. Kopfschüttelnd kroch er ein paar Minuten später wieder unter seine Decke.

Claire bekam in derselben Nacht heftige Alpträume. Mahmud musste sie mehrfach wecken, um selbst wenigstens einigermaßen schlafen zu können. Weil sie um sich schlug, versuchte er, ihre Hände festzuhalten. Sie wehrte sich mit einer Kraft, die er diesem zierlichen Körper niemals zugetraut hätte. Kurz vor dem Morgengrauen fuhr sie Schweiß gebadet mit einem Schrei empor, der Mahmud aufspringen und nach seinen Waffen greifen ließ.

„Du treibst mich noch in den Wahnsinn", flüsterte er. „Was ist denn bloß mit dir los?"

„Ich sehe ständig ein riesiges Messer vor mir oder eine Machete … alles ist voller Blut … jemand schreit unter Qualen … es ist so real … ich kann sogar das Blut riechen." Sie zitterte.

„Schreit ein Mann oder eine Frau?", fragte Mahmud beschwörend.

Claire schluckte. „Ein Mann."

Mahmud atmete tief durch. Hoffentlich war dieser Traum keine düstere Vorahnung. Er konnte sich auch so plastisch genug ausmalen, was passieren würde, käme er Nightingales Leuten in die Finger. Er zog Claire in seine Arme, deckte sie sorgsam zu. „Versuche, noch ein wenig zu ruhen."

Zwei Stunden später schwor Mahmud noch einmal seine Männer darauf ein, nur Wasser und Lebensmittel aufzunehmen. Claire hockte mit leerem Blick neben ihm. Die Träume hatten deutlich Spuren hinterlassen.

„In etwa acht Stunden werden wir in Al Jaghbub sein. Wir bleiben in der kleinen Station im Außenbezirk", erklärte Mahmud. „Von da sind es nur etwa zwanzig Minuten zu Fuß bis zum Basar. Du gehst einfach immer geradeaus die kleine Gasse runter", wandte er sich an Claire, die stumm dazu nickte.

Ali hob überrascht den Kopf. Wenn sich Mahmud dazu hinreißen ließ, sie allein durch dieses Nest laufen zu lassen, dann musste er wahrhaft schwerwiegende Gründe haben.

In entsprechend gedrückter Stimmung nahmen sie die letzte Etappe in Angriff. Die nächste Rast verkürzten sie auf ein, gerade noch vertretbares, Minimum. Mahmud küsste Claire zum Abschied noch einmal leidenschaftlich. Dass ihm die anderen diesmal dabei zusehen konnten, interessierte ihn nicht. Am Zielort war es sicher nicht angebracht, die Frau eines anderen zu küssen. Schon gar nicht, wenn man wusste, um wen es sich dabei handelte. Kurz danach tauchten auch schon die ersten Silhouetten von Palmen und Gebäuden auf. Claire wurde vor Angst und Aufregung übel. Das sanfte Schaukeln auf dem Kamelrücken war auch nicht gerade geeignet, den Mageninhalt wirksam zurückzudrängen. Schließlich sprang sie vom Kamel, um sich heftig zu übergeben. Sofort war Mahmud bei ihr. Ali und Omar wechselten einen schnellen Blick.

„Hoffentlich hat er ihr kein Andenken hinterlassen", brummte Ali verstimmt.

Omar zuckte mit den Schultern. Möglicherweise käme er in diesem Fall genau so infrage. Er wollte lieber nicht daran denken, was dann alles geschehen könnte. „Vielleicht ist ihr schlecht, weil sie zu einem wahren Scheusal von Mann zurückkehren muss", warf er leise ein.

„Frauenversteher?", grinste Ali.

„Unbestritten."

Farid schnaufte. „Könntet ihr beide ausnahmsweise mal ernst bleiben? Mir geht hier langsam der Arsch auf Grundeis."

„Warum?", fragten Ali und Omar gleichzeitig. „Du bist doch mit Sicherheit derjenige von uns, der am wenigsten ausgefressen hat."

„Eben. Die Unschuldigen trifft es immer zuerst."

Mahmud hatte vom Wortgeplänkel seiner Männer nichts mitbekommen. Er half Claire soeben wieder auf ihr Reittier und gab das Zeichen zum Weiterritt. Ohne Zwischenfälle erreichten sie die kleine Karawanserei am Rande der Oase.

Mahmud fiel der Abschied nicht leicht.

„Ich wünsche dir alles Glück dieser Welt. Lebewohl." Er streichelte unbemerkt ihre Hand.

Claire nickte, versuchte zu lächeln und entgegnete mit kratziger Stimme. „Danke für alles. Auch dir viel Glück." Sie wandte sich der schmalen Gasse zu, die sie zu ihrem eigentlichen Ziel bringen sollte.

„Pass gut auf dich auf", hörte sie Omar raunen, als sie an ihm vorüberging.

„Ich werde es versuchen", gab sie genau so leise zurück, ohne stehen zu bleiben. „Lebewohl."

Auch wenn er sehr geschäftig die Wasserbehälter ablud, schaute er ihr hinterher, bis sie hinter einer Biegung in der Ferne verschwunden war.

Claire hielt mit einer Hand den Schleier fest, damit er sie nicht beim schnellen Laufen behinderte. Immer wieder folgten ihr die erstaunten Blicke der Einheimischen, wenn sie an ihnen vorbeieilte.

Mahmud sollte Recht behalten. Nach etwas mehr als einer viertel Stunde trat sie in den Hof des Hauses, wohin sie Samuel bestellt hatte. Kaum hatte sie die ersten Schritte getan, packte sie eine Hand grob an der Schulter.

„Halt! Hier hast du nichts zu suchen! Mach dich davon, bevor es Ärger gibt!"

Claire riss sich los, streifte den Schleier ab und taxierte Sams ,Wachhund' mit finsterem Blick.

Der wurde blass. „Oh, Mrs. Nightingale, verzeihen Sie. Ich bringe Sie zu Ihren Räumen."

Das Zimmer im ersten Stock wirkte hell und freundlich. Dusche und Telefon waren vorhanden, wie Claire zufrieden feststellte. Sie entließ den Bodyguard für den Moment mit den Worten: „Besorgen Sie mir was Europäisches zum Anziehen." Wie er es machen und was er anschleppen würde, war ihr völlig egal. Kaum hatte sich hinter ihm die Tür geschlossen, riss sie sich die Kleider vom Leib, die sie nun, seit über einer Woche, Tag und Nacht getragen hatte. Claire sehnte sich nach Sauberkeit. Wohlig ließ sie das warme Wasser über Gesicht und Körper laufen. Beim Einschäumen mit der Duschcreme, fühlte sie ständig Mahmuds Hände über ihre Haut huschen. Claire seufzte. Lieber wäre sie seine vierte Frau, als von Sam jahrelang unbeachtet auf dem Abstellgleis zu stehen. So potent, wie sich Mahmud präsentiert hatte, würde der sicher seine drei Frauen auf einmal, statt an aufeinanderfolgenden Tagen beglücken. Wirklich beneidenswert. Claire drehte den Wasserhahn zu, trocknete sich ab, wickelte sich in das Duschtuch und spähte ins Zimmer. Erstaunlich – über der Stuhllehne hing ein weites Kleid mit farblich passendem Gürtel. Die Sache mit der Unterwäsche wollte sie schon lieber selber in die Hand nehmen, falls sie denn, irgendwie, an ihr Konto kommen würde. Drei Anrufe und eine Stunde Wartezeit später, erhielt sie per Boten ein Bündel Bares. Von Sam war noch immer nichts zu sehen und zu hören. Claire hatte es sich im Lauf der Jahre abgewöhnt, nach ihm zu fragen. Mit ihren düsteren Vermutungen im Hinterkopf fiel ihr das nun besonders leicht. Am liebsten wäre sie erst in London, bei der Testamentseröffnung, wieder mit ihm zusammengetroffen. Jetzt streifte sie über den Basar, ganz in der Nähe, um sich wenigstens mit den nötigsten Dingen einzudecken. Sie ahnte nicht, dass sich wenige Minuten vorher, an genau dieser Stelle, ein Drama abgespielt hatte, das beinahe unbeachtet geblieben war, sonst hätte sie sicher in panischer Angst sofort den Platz verlassen.

    Omar war, auf der Suche nach Trockenobst für die überstürzte Heimreise, hier gewesen. Den beiden Jeeps vor dem kleinen Café maß er keinerlei Bedeutung bei. Nicht einmal der Tatsache, dass die fünf Insassen Tarnkleidung trugen. Erst als drei der Männer ausstiegen und sich neben ihn an den Stand des Händlers stellten, wurde ihm unbehaglich zumute. Da fühlte er auch schon ein Messer im Rücken, links und rechts Hände wie Stahlklammern an seinen Handgelenken, wobei eine Stimme zischte: „Eine falsche Bewegung und du bist tot."

    Man zerrte ihn in eines der Fahrzeuge, das, eskortiert von dem Zweiten, langsam die Gasse hinunterrollte.

Der Gemüsemann kannte Omar vom Sehen her. Er wusste, dass dieser immer nur mit den Karawanen von Mahmud hier auftauchte und auch, dass selbiger oft brisante Fracht geladen hatte. Also schickte er seinen siebenjährigen Sohn in die Karawanenstation zu Mahmud, um ihn zu warnen. Das findige Bürschlein rannte davon, damit die Nachricht sofort ihren Empfänger erreichen konnte. Es fand den Gesuchten damit beschäftigt, die bereits gefüllten Wasserbehälter auf die Kamele zu laden.

„Mahmud! Mahmud!"

„Was ist denn los? Hast du was ausgefressen?"

Der Kleine pumpte in vollen Zügen Luft in die Lungen, schüttelte wild den Kopf und sprudelte heraus: „Mein Papa schickt mich. Fremde Männer haben Omar mitgenommen."

Mahmud zuckte zusammen, Ali und Farid kamen hinzu. „Hast du sie gesehen?"

„Hab ich. Die hatten so komische Anzüge an, wie Soldaten, die in die Wüste ziehen."

„Und Omar ist einfach so mitgegangen, ohne sich zu wehren?"

Der Junge schüttelte den Kopf. „Mm, mm, das waren so viele." Er hielt die fünf gespreizten Finger einer Hand hoch. „Die haben ihn in ein Auto gezerrt. Der eine Mann hat ihm sogar ein Messer in den Rücken gedrückt! Ich habe Blut an Omars Galabiya gesehen. Papa sagt, du sollst ganz schnell hier verschwinden." Er drehte sich um und tauchte selbst wie der Blitz zwischen den anderen Gästen der Station unter.

Mit fliegenden Fingern luden Mahmuds Männer das restliche Gepäck auf die Tiere, Mahmud zahlte für Wasser und Futter, dann zogen sie eilig davon, immer wieder argwöhnisch in alle Himmelsrichtungen lauschend. Keiner sprach ein Wort, aber alle dachten dasselbe – Nightingale. Vielleicht hatte man sie ja schon seit ihrer Ankunft beobachtet? Immerhin waren mehrere Männer in der Station gewesen, die zu keiner der Karawanen gehörten. Mahmud brütete finster vor sich hin. Omar hatte wohl zufällig das Schicksal ereilt, wie es jeden von ihnen hätte treffen können, wenn er auf dem Basar gewesen wäre.

„Ich schätze, wir werden Omar nicht mehr lebend wiedersehen", murmelte Ali, als sie die erste Rast einlegten.

Mahmud nickte düster. „Und wenn er einen Ton verrät, dass ich mit Claire geschlafen habe, dann lässt Nightingale Jagd auf mich machen und er wird mich finden, egal, wo ich mich verstecke."

„Und Claire?", fragte Ali.

Mahmuds Mundwinkel zuckten. Er wollte sich lieber nicht detailliert ausmalen, was sich ihr rachsüchtiger, überaus brutaler Gatte für sie ausdenken würde. Dann wäre wohl eine Kugel im Kopf, wie Claire das ausgedrückt hatte, das wünschenswertere Ende. Farid schwieg. Omar hatte ihn regelrecht gedrängt, die Wasserkanister zu befüllen, damit er selbst auf den Markt gehen konnte. Missmutig hatte er dessen Job übernommen und nun dies. Farid ahnte nicht, dass sich Omar das Schweigegeld geholt hatte, sonst würde er alles glatt für die Strafe Allahs gehalten haben.

„Wohin reiten wir eigentlich?", wollte Ali schließlich wissen. „In Siwa und auf dem Weg dorthin, sucht Nightingale garantiert zuerst nach uns."

„Wir folgen Ibrahim an die Küste nach Bardiyah. Dort vermutet uns keiner", legte Mahmud fest. „Wenn irgendwann die Luft rein ist, können wir ja nach Ägypten zurückgehen. Im Augenblick sind wir hier besser aufgehoben. Euern Lohn werdet ihr, wie abgemacht, bekommen."

„Soll Recht sein", brummte Farid. Ihm war es völlig egal, wo er sein Geld verdiente, solange es nur weit außerhalb der Gefahrenzone war.

Claire kehrte nach einer Stunde ziemlich zufrieden ins Haus zurück. Sie warf die Beutel auf das Bett, dann ließ sie sich in einen Sessel sinken. Der Tag war verdammt anstrengend gewesen. Sie freute sich darauf, endlich wieder einmal in einem richtigen Bett schlafen zu können.

Es klopfte. Claire fuhr erschreckt zusammen. Ein kurzer Blick auf die Uhr – Abendbrotzeit.

„Treten Sie ein!", rief sie.

Eine junge Frau balancierte geschickt ein volles Tablett herein, deckte den Tisch und schenkte Tee ein. „Ich habe Ihnen einen Brief neben das Telefon gelegt", sagte sie, als sie den ungeöffneten Umschlag liegen sah.

„Danke. Ich bin erst vor wenigen Minuten vom Basar zurückgekommen", entgegnete Claire. „Ich werde ihn aber sofort lesen."

Kaum hatte sich die Tür wieder geschlossen, riss sie den Umschlag auf, den sie sonst wohl erst sehr viel später bemerkt hätte. Er enthielt ein Flugticket und einen Zettel mit zwei Zeilen, ohne Anrede und ohne Unterschrift – typisch Sam. „Morgen Flug nach London. Treffen uns übermorgen im Gerichtsgebäude." Claire atmete tief durch, dann steckte sie beides in ihre Handtasche. Kein Privatflug. Eine große Passagiermaschine würde Sam wohl kaum vom Himmel holen, obwohl sie sich da auch nicht mehr ganz sicher war. Dass er nur Touristenklasse für sie gebucht hatte, obwohl er sonst doch immer so darauf bedacht war, seinen Wohlstand zur Schau zu stellen, hinterließ einen seltsamen Beigeschmack. Claire zitterte vor dem Gedanken, Sam könnte etwas über ihren Deal mit Mahmud erfahren haben. Sie drückte den Männern die Daumen für ihren Weg nach Hause. Wie sollte sie auch wissen, was schon geschehen war?

In der Nacht plagten Claire wieder die gleichen Alpträume wie auf dem Weg nach Al Jaghbub. Sie hörte Schreie, sie roch das Blut und irgendwann fuhr sie entsetzt aus dem Schlaf auf. Nur diesmal ging der Alptraum in wachem Zustand weiter. Irgendwo hinter dem Haus, oder im Hof eines der Nachbarhäuser, sie konnte den Ort nicht genau lokalisieren, gab es wohl eine Prügelei. Zwei Männer brüllten Worte, die sie nicht verstand, sie hörte die Geräusche von Tritten und Schlägen, jemand stöhnte. Hin und wieder ein gemeines Lachen, schließlich ein ersticktes Röcheln, dann klang es, als würde jemand mit einem Metallgegenstand auf den sandigen Boden schlagen, schließlich Stille. Claire schlief wieder ein.

Kaum, dass die Autotüren zugefallen waren, verbanden die Männer Omar die Augen mit einem Tuch und fesselten ihm die Hände hinter seinem Rücken mit Draht. Ein paar Minuten fuhren sie kreuz und quer durch den Ort, um ihm die Orientierung zu nehmen, falls ihr Boss beabsichtigte, den Mann wieder laufen zu lassen. Omar versuchte, die Finger zu bewegen, denn schon nach wenigen Augenblicken stellte sich ein taubes Gefühl ein, Blut sickerte aus den aufgescheuerten Stellen, rann an seinen Händen entlang und hinterließ deutlich sichtbare Spuren an seiner Galabiya. Er hatte zwar keine Ahnung, wem er hier in die Hände gefallen war, aber die Art, wie man ihn gekidnappt und gefesselt hatte, erstickte alle Illusionen, den nächsten Tag noch zu erleben. Mit jedem gefahrenen Meter schloss er mehr mit seinem Leben ab. Irgendwann stoppte der Wagen, mit einem Tritt in den Rücken wurde er hinaus befördert. Er stürzte neben dem Fahrzeug auf die staubige Erde, wo er verkrümmt liegenblieb. Jemand packte seine Fesseln, riss ihn auf die Beine, ohne sich daran zu scheren, dass ihm der Draht ganze Fleischfetzen von den Gelenken riss. Der Schmerz raste durch Omars Körper. Wie durch eine Watteschicht drang das Brüllen eines Befehls an sein Ohr. Als er nicht sofort reagierte, weil er durch das Tuch vor den Augen zudem völlig orientierungslos war, trat ihm jemand von hinten in die Kniekehlen. Omar ging wie ein gefällter Baum zu Boden, was einen anderen dazu veranlasste, ihn mit der Stiefelspitze brutal in die Seite zu treten. Um einen Schmerzenschrei zu unterdrückten, presste Omar das Gesicht auf den Boden, atmete Sand ein und begann zu husten, weil die staubigen Partikel die Lunge reizten. Er hatte nicht damit gerechnet, dass das für seine Peiniger Anlass sein könnte, ihn noch tiefer in den Sand zu drücken. Omar begann zu würgen, da prasselten auch schon unzählige Schläge und Tritte auf ihn ein. Als er besinnungslos liegen blieb, unterbrachen die Männer das makabere Spiel.

„Wasser!", befahl der Anführer.

Omar kam zu sich, als man einen ganzen Eimer schmutzigen Wassers über ihn entleerte. Jemand richtete ihn in sitzende Stellung auf und nahm ihm das Tuch ab. Zum ersten Mal konnte er in die völlig gleichgültigen Gesichter der Männer schauen. Alle drei trugen Tarnanzüge und waren bis an die Zähne bewaffnet.

„Du hast bis Sonnenuntergang Zeit, dir zu überlegen, ob du mir etwas über die Reise hierher und Claire Nightingale erzählen willst", zischte der Wortführer.

Er winkte seinen Männern, die daraufhin den Hof verließen, ohne ihren Gefangenen noch einmal zu misshandeln. Seine Häscher waren offensichtlich bestens informiert. Omar schloss resigniert die Augen. Die nächsten Stunden würden auch so die Hölle werden. Das Karree des Hinterhofes lag in der vollen Sonne, ihn plagte schon jetzt wahnsinniger Durst und außerdem waren seine Hände noch immer auf dem Rücken gefesselt. Es dauerte auch nicht lange, bis er immer wieder in kurze Phasen der Bewusstseinstrübung hinein glitt. Er spürte Claires Körper, hörte ihr lustvolles Seufzen, vernahm ihre Stimme ... Omar lächelte glücklich.

Ein brutaler Stiefeltritt in die Nieren weckte ihn. Mühsam versuchte er die Augen zu öffnen, die zugeschwollen waren und fürchterlich brannten.

„Ich höre!", blaffte eine Stimme.

Omar versuchte zu sprechen, was mit dem ausgetrockneten Mund und aufgesprungenen Lippen nur schwer möglich war.

Ein Wink, dann kippte ihm jemand ein Glas Wasser ins Gesicht. Omar sog jeden Tropfen auf, den er mit der Zunge in seinem Gesicht erreichen konnte.

„Von wo seid ihr aufgebrochen?", lautete die erste Frage.
„Von Siwa", presste Omar mit kratziger Stimme hervor.
„Mit der Frau?"
„Ja."
„Wo ist ihr Gepäck abgeblieben?"
Omar schluckte. „Sie hatte keins."

Die drei Männer wechselten beredte Blicke.

„Was hat sie für die Reise bezahlt?"

„Ich weiß es nicht. Der Boss handelt den Preis immer selber aus", versuchte Omar, zu erklären.

„Womit hat sie bezahlt?", zischte der Wortführer, Omar am Kragen packend und diesen zusammendrehend, bis Omar kaum noch Luft bekam.

„Ich … ich … ich weiß es nicht", brachte Omar mühsam hervor.

Ein Schlag mit einer Eisenkette in den Rücken zwang Omar in die Knie.

„Ich warte", sagte der Anführer mit gefährlichem Unterton.

Noch ein Schlag.

„Ich weiß es nicht." Sicher, sein Leben in jedem Fall verwirkt zu haben, versuchte er wenigstens Claire zu schützen, falls man ihr nicht schon ähnliches angetan hatte. Claire. Omars Herz begann zu rasen. Vielleicht hatte man aus ihr heraus gepresst, dass er mit ihr geschlafen hatte und dies hier war nun die Quittung? Andererseits hätte man ihm dann sicher andere Fragen gestellt …

Der Boss der Dreiergruppe zog seine Pistole, entsicherte sie genüsslich, ehe er sie Omar an die Schläfe drückte. In Erwartung des Schusses hielt Omar den Atem an.

„Womit hat sie bezahlt?", brüllte der Mann, jede einzelne Silbe langsam aussprechend.

„Ich weiß es nicht", wiederholte Omar stereotyp.

Der Druck an der Schläfe nahm ab, dafür schlug ihm Nightingales Scherge die Waffe ins Gesicht. Blut quoll aus der tiefen Platzwunde.

„Ihr hattet nur zwei Zelte dabei", führte ihm sein Peiniger vor Augen. „In einem schliefen drei Personen im anderen zwei."

Der Hubschrauber! Infrarot oder was auch immer! Omar versuchte, mit der Zunge die Lippen zu befeuchten.

„Hat sie mit Sex bezahlt?", zischte der Anführer und drehte Omars Kragen noch fester zusammen.

Omar bemühte sich, mit dem Kopf zu schütteln. Plötzlich stieß ihn sein Peiniger von sich. Omar stürzte rücklings genau vor die Füße der beiden anderen. Er spürte eine Stiefelsohle in seinem Gesicht, dann wurde es dunkel.

„Hat sie mit Sex bezahlt?", war das Nächste, was er hörte, als er irgendwann wieder zu sich kam.

Omar antwortete nicht.

„Vermutlich also doch", grinste der Mann vor ihm dreckig. „Bringt es zu Ende!"

Omar sah eine Machete im Mondlicht aufblitzen, ehe sich sein Schmerz in einem markerschütternden Schrei entlud, der in einem Röcheln endete.

Das Testament

Am Morgen, kurz nach dem Sonnenaufgang, wurde Claire durch Tumult im Haus geweckt. Sie sprang aus dem Bett, zog sich rasch an und spähte in den hinteren Hof, wo mehrere Männer lautstark debattierten. Sie standen um einen riesigen dunklen Fleck herum und schauten ziemlich ratlos drein. Eine Bedienstete brachte das Frühstück. Claire fiel auf, dass sie ungewöhnlich blass aussah und mit den zitternden Händen kaum die Kaffeetasse vom Tablett nehmen konnte.

„Was ist da unten los?", fragte sie.

Die Frau wurde noch blasser, schüttelte heftig mit dem Kopf und verließ fluchtartig das Zimmer. Nun war Claires Neugier endgültig angestachelt. Sie huschte auf den Flur, um vorsichtig durch eines der kleinen Seitenfenster zu schauen.

„… schaufelt es weg und dann kippt ihr Sand drauf …", hörte sie jemanden im Befehlston sagen.

Claire wechselte auf die andere Seite der Öffnung. Nun hatte sie freien Blick in den Innenhof. Sie schlug die Hände vor das Gesicht. Dieser riesige Fleck war eindeutig Blut, das noch nicht einmal richtig eingetrocknet war. Irgendwer hatte in den letzten Stunden irgendjemanden bestialisch umgebracht und sie hatte es als banale Schlägerei abgetan. Irgendwer, war sicher auch nicht richtig – es konnten nur Samuels Leute gewesen sein, andere würden kaum wagen, in seiner Residenz solch ein Verbrechen zu begehen. Ihr wurde übel. Mit weichen Knien schleppte sie sich zurück ins Zimmer. In der unteren Etage palaverten noch immer die Männer und Claire konnte deutlich das Wort ‚taadib', Folter, verstehen. Ihr allererster Gedanke galt Mahmud. Andererseits hätte Samuel sich in diesem Fall sicher das zweifelhafte Vergnügen gegönnt, sie dabei zusehen zu lassen, wie man diesen zu Tode foltert. In Claire krochen Verzweiflung und erste Anzeichen von Panik hoch. Sie raffte ihre Habseligkeiten zusammen, verstaute alles in einer Tasche und schaute alle paar Minuten auf die Uhr. Vielleicht hätte sie doch Mahmuds Angebot annehmen, und mit Ibrahim reiten sollen? Vielleicht, hätte, wäre, wenn – zu spät. Sie hatte nicht einmal eine Waffe, um ihr Leben im Notfall beenden zu können. Aus einem Fenster im ersten Stock zu springen, war sicher die denkbar sinnloseste Aktion.

Es klopfte. Claire schnellte vom Sessel hoch.

„Mrs. Nightingale, wenn Sie mir bitte folgen würden, ich bringe Sie zum Flugzeug."

Claire nickte stumm. Dass der Mann selber gekommen war, statt das Dienstmädchen nach ihr zu schicken, irritierte sie mindestens so sehr, wie die Tatsache dass er reinstes Oxford-Englisch sprach, obwohl er optisch nicht von den Einheimischen zu unterscheiden war. Auch die Art, wie er nach ihrer Tasche fasste, ihr die Türen aufhielt und beim Einsteigen in den Geländewagen behilflich war, erinnerte sie eher an einen Butler der alten Schule, als an einen von Sams Rohlingen.

„Fliegen Sie mit nach England?", fragte sie während der Fahrt.

Der Mann lächelte melancholisch. „Definitiv nicht. Mr. Nightingale möchte nur davon unterrichtet werden, ob Sie unbehelligt das Flugzeug erreicht haben."

Er parkte den Wagen, trug ihr die Tasche zur Abfertigung und verabschiedete sich mit den Worten: „Ich wünsche Ihnen einen angenehmen Flug."

Da war es wieder, dieses dumpfe Gefühl der Angst. Ich drehe noch durch, dachte Claire. Jetzt bekomme ich schon bei einer harmlosen Floskel Magenschmerzen.

Das Flugzeug war ein kleines und schon ziemlich betagtes Modell. Claire wurde immer unbehaglicher. Ihr fiel in der Aufregung nicht einmal ein, dass ja die richtig großen Maschinen gar nicht auf dem herunter gekommenen Flugplatz hätten landen können und sie in Tripolis noch einmal umsteigen musste. Mit rund zwanzig weiteren Passagieren hob das kleine Flugzeug eine dreiviertel Stunde später ab. Nach der Landung in der Hauptstadt reichte die Zeit gerade aus, dass sich Claire in einer Apotheke ein Beruhigungsmittel holen konnte, ohne welches sie die Weiterreise keinesfalls antreten wollte. Immer wieder schweiften ihre Gedanken zu dem zurück, was letzte Nacht geschehen war. Wer mochte das Opfer gewesen sein? Was hatte es verbrochen, um so grausam enden zu müssen? Was würde Sam tun, wenn er erführe, dass sie mit Mahmud …? Angstschweiß sammelte sich in ihrem Nacken, um als eiskaltes Rinnsaal den Rücken hinunter zu fließen und das dünne Kleid unangenehm an der Haut kleben zu lassen. Claire fror vor innerer Kälte, so dass sie sich bis an die Nasenspitze in die kleine Reisedecke hüllte, als endlich der Anschlussflieger abhob. Sie tauschte sogar ihren Fensterplatz mit einem jungen Mann, nur um nicht ständig an das erinnert zu werden, was unter der trügerisch-heiteren Oberfläche da draußen noch passieren konnte. Claire schlief irgendwann ein und kam erst wieder in die Realität zurück, als sie ebenjener junge Mann vorsichtig anstieß. „Sie müssen sich anschnallen."

„Was? Jetzt schon?" Claire griff mechanisch nach dem Gurt, um seinem guten Rat zu folgen.

England empfing sie mit einer kalten grauen Nebelsuppe, die beinahe hervorragend zu ihrer momentanen Gefühlswelt passte. Die Formalitäten waren schnell erledigt, ein freies Taxi gefunden, das sie in ein Hotel in der Nähe des Gerichtsgebäudes brachte. Claire scheute sich, nachhause zu fahren. Immer wieder sah sie den riesigen Blutfleck vor ihrem geistigen Auge. Das Opfer musste unter unsäglichen Qualen gestorben sein. Auch wenn sie Sam nirgends gesehen und niemand von ihm gesprochen hatte, so fürchtete sie trotzdem, er könnte in jener Nacht persönlich bei der Untat zugegen gewesen sein. Sie fürchtete sich davor, ihm allein gegenüber zu stehen, in seine eiskalten Augen zu blicken und noch mehr davor, zu erfahren, dass er selbst bei dem Mord Hand angelegt haben könnte. Claire beschloss, gleich nach der Testamentseröffnung, zu einer lieben Bekannten nach Saudi-Arabien zu fliegen und sich ein paar Tage richtig zu erholen. Sie ließ sich ihren Reserve-Reisepass von Sams Personal direkt ins Hotel bringen. Etwas später kam der Eilbote von der Bank und händigte ihr eine neue Kreditkarte aus. Claire schaute auf die Uhr. Sie brauchte keine Luxuskleidung aus der Edelboutique, Dezentes von der Stange genügte ihr vollauf. Also noch ausreichend Zeit, um sich komplett neu einzukleiden, einen Reisekoffer zu bestücken, zum Friseur zu gehen, und, ganz in Ruhe, Mittag zu essen. Als sie gerade das Radio ausschalten wollte, lief der Werbespot zu einer Lebensversicherung. Claire ließ die Hand sinken. Mit weit aufgerissenen Augen blieb sie stehen. Lebensversicherung. Allein das Wort jagte ihr Angstschauer über den Rücken. Vielleicht konnte ihr Karim, der Mann ihrer arabischen Freundin, einen brauchbaren Rat geben. Immerhin war der ein sehr erfolgreicher Anwalt. Sam einfach zu sagen, dass sie über eine Scheidung nachdächte, wäre mit Sicherheit eine riesengroße Dummheit, mit zu erwartenden tödlichen Folgen.

Eine halbe Stunde später fand sie sich im Trubel der Ladenpassagen wieder. Ihre erste Beute waren eine weiße taillierte Bluse und ein anthrazitfarbener Nadelstreifenanzug, um den geschäftlichen Teil am Nachmittag professionell über die Bühne zu bringen. Dann besorgte sie sich von Badebekleidung bis Abendgarderobe alles, was man im gehobenen Kreis mindestens benötigte. Mit Tragetaschen überladen, steuerte sie schließlich noch vor dem Friseurbesuch das Hotel an. Nachdenklich betrachtete sie sich im Spiegel und entschied, den Hairstylisten zu umgehen, indem sie einfach ihr Haar hochsteckte. Statt nach dem reichhaltigen Mittagessen zu ruhen, begann sie ihre Kleidung in den, ebenfalls neuen, Koffer zu packen, welchen sie schließlich als Geschäftspost an die Adresse ihrer Freundin aufgab, mit der Information, in den kommenden beiden Tagen folgen zu wollen. Claire atmete auf, als sei ein Teil von ihr mit dem Gepäckstück auf die Reise gegangen. Dann setzte sie sich ins nächste Taxi, um sich zum Gerichtsgebäude bringen zu lassen. Samuels schwarzer Porsche stand bereits davor und der Mercedes seiner Wachhunde hinter diesem. Claire schaute auf die Uhr. Es war noch genügend Zeit bis zum vereinbarten Zeitpunkt. Sie überquerte die Straße und stieg langsam die Stufen zum Portal hinauf. Sam hatte mit seinen Männern auf einer Polsterbank Platz genommen. Er nickte ihr zu und deutete wortlos neben sich. Claire antwortete in gleicher Weise, ehe sie sich niederließ. Schweigen.

„Du wirst nicht in der Villa übernachten?", fragte Sam plötzlich.

Claire zog die Augenbrauen zusammen. Der Satz drückte genau das aus, weshalb sie es nicht tat. Dieses Haus war für sie kein Zuhause. Wie eine Fremde fühlte sie sich jedes Mal, wenn sie dahin zurückkehrte. Dieses Gebäude strahlte seit Jahren genau so wenig Wärme aus wie sein Besitzer.

„Nein", entgegnete sie kurz.

„Wo hast du dein Gepäck?", wollte Sam wissen.

Claire wandte sich ihm zu. „Das habe ich vor einigen Stunden Richtung Saudi-Arabien geschickt. Ich werde morgen wieder abreisen." Sie zog den Beleg aus der Tasche.

Claire musste ihn mit dieser Aktion völlig überrascht haben, denn er griff beinahe hastig nach dem Papier und warf einen ungläubigen Blick darauf. Ohne nennenswerte Gefühlsregung reichte er schließlich das Blatt zurück.

„Ich bin hier, weil ich es deinem Vater versprochen habe", erklärte sie leise. „Daran, dass du mich ständig unter Druck zu setzen versuchst, habe ich mich inzwischen gewöhnt."

Samuel fuhr herum und starrte Claire in einer Mischung aus Unbehagen, Hass und Neugier an. Er hatte keine Ahnung, was seine Leute aus dem Kameltreiber in Al Jaghbub herausgeprügelt hatten. Noch nicht. Aber so, wie es sich darstellte, ahnte Claire wohl inzwischen, dass er hinter all den Gemeinheiten und Ungereimten der letzten Jahre steckte. Vielleicht hatte ja auch einer seiner Leute ‚gesungen'. Er musste sie loswerden, je eher, desto besser. Saudi-Arabien ...

Der Aufruf zur Testamentseröffnung unterbrach jäh seinen Gedankengang.

Als Claire den Raum betreten hatte, schloss sich die schwere Eichentür.

Zwei Stunden später öffnete sie sich wieder, um einen vor Wut kochenden Samuel und eine sehr stille Claire zu entlassen. Sir

William Nightingale hatte seiner Schwiegertochter die Hälfte seines immensen Vermögens vermacht, unter anderem eines der Grundstücke in Al Jaghbub. Dem Text des Testamentes zufolge, hätte er am liebsten seinen missratenen Sohn enterbt, es aus Rücksicht auf Claire aber unterlassen. Sie würde es auch so schwer genug haben, die Wutausbrüche ihres unberechenbaren Gatten abzufedern. Die finsteren Blicke, mit denen Sam Claire bedachte, unterstrichen die Ausführungen seines verstorbenen Vaters. Dass er ihr nun sogar die Ausgangstür genau vor der Nase zuschlug, passte ebenfalls nahtlos dazu. Er warf sich in seinen Porsche und raste mit durchdrehenden Reifen davon.

Claire ließ sich zum Flughafen bringen. Sie suchte nach einer schnellen Verbindung nach Libyen und wurde fündig. Genau zwei Stunden Zeit, um aus dem Hotel auszuchecken und wieder zum Airport zurückzukehren. Sie ahnte nicht, dass sie bereits unter Beobachtung stand.

„Und?" Nightingale hob den Kopf, als sein Sekretär ins Zimmer trat.

„Sie nimmt den Flug nach Libyen 19:20 Uhr", bekam er zur Antwort.

„Libyen?" Sam grinste dreckig. „Perfekt!" Er warf den Kugelschreiber auf den Schreibtisch. „Pack meine Klamotten und buche den Flug."

„Sehr wohl." Leise schloss sich die Tür.

Samuel Nightingale trat ans Fenster, schaute in den trüben Himmel und rieb sich zufrieden die Hände. Claire hatte offensichtlich keine Ahnung, was augenblicklich für Chaos in Tripolis herrschte. Er würde diesen Umstand zu seinen Gunsten nutzen.

Claire flog, wie meist, Touristenklasse. Sam und seine vier Bodyguards bekam sie so gar nicht zu Gesicht. Umso erstaunter schaute sie, als die fünf am Zielort plötzlich vor ihr standen. Sie hatte bereits erfolglos versucht, einen Flug ins Landesinnere zu bekommen.

„Na so ein Zufall!", wunderte sich Sam gut gespielt. „Ich dachte, du wolltest nach Saudi-Arabien?"

„Morgen", entgegnete Claire. „Ich muss mich zuerst um die Modalitäten mit dem Grundstück kümmern."
„Verständlich."
Claire hob ruckartig den Kopf. Sam schien seinen Groll vergessen oder zumindest verdrängt zu haben. Blendend gelaunt, beobachtete er das Treiben in der großen Halle.
„Wohl dem, der einen Hubschrauber hat", kicherte er, beim Anblick der immer länger werdenden Gesichter der Reisenden, die plötzlich hier fest hingen.
Claire nickte mechanisch. „Die Busse scheinen auch nicht zu fahren", erklärte sie resigniert.
Sam grinste breit. „Willst du mitfliegen?"
„Wenn ich darf." Claire schaute ihn überrascht an.
„In einer Stunde da hinten." Nightingale deutete über seine Schulter zum Landeplatz des Heli. „Besorg dir Männerkleidung." Er drehte sich um und ließ die verblüffte Claire einfach stehen.
Es dauerte einige Sekunden, bis sie seine Worte begriffen hatte. Männerkleidung. Sie eilte aus dem Flughafengebäude, um sich die unauffällige Kleidung der hiesigen Männer zu besorgen. Dem Händler erklärte sie, dass sie sie für ihren Sohn bräuchte, der in etwa die gleiche Statur wie sie hätte. Die Art, wie sie um den Preis feilschte, ließ auch keinen Zweifel daran, dass Galabiya und Co. für einen Halbwüchsigen gedacht wären, der nicht unbedingt vorsichtig damit umgehen würde.
Auf der Toilette eines Restaurants zog sie sich um, öffnete vorsichtig die Tür einen Spalt und huschte aufatmend hinaus. Nicht auszudenken, wenn man einen ‚Mann' im Damenklo entdeckt hätte und vielleicht noch schlimmer, eine als Mann verkleidete Frau. Ihren Hosenanzug stopfte sie in einen Mülleimer, genau wie die Handtasche, deren Inhalt nun in einem unscheinbaren Beutel steckte.
Einer von Samuels Männern erwartete sie am Landeplatz, wohin sie die Sicherheitsleute sonst nie gelassen hätten. Samuel taxierte sie stumm von Kopf bis Fuß. Was er dachte, war ihm nicht anzusehen. Auch von seiner betont guten Laune, war nichts mehr

zu merken. In Claire stieg eine unbestimmte Furcht auf. Sie überwand sich und stieg ein. Kaum saß sie auf der harten Bank im Bauch des Hubschraubers, wo sonst die Fallschirmspringer hockten, ließ der Pilot die Rotoren an. Einen Augenblick später hob das Fluggerät ab und nahm Kurs auf die Wüste.

Claire kam der Flug ungewöhnlich lang vor. Normalerweise hätte Al Jaghbub schon längst in Sichtweite sein müssen. Vielleicht flog der Pilot ja auch der Unruhen wegen die Oase nicht direkt an.

Der Helikopter überflog inzwischen die tieferen Wüstengebiete.

Samuel drehte sich plötzlich zu ihr um. „Wie hast du es eigentlich vor dem Termin in England geschafft, ohne Geld von Ägypten nach Al Jaghbub zu kommen?"

Claire hob erstaunt den Kopf. Woher wusste er, dass man sie bestohlen hatte? Sie hatte kein Wort darüber verlauten lassen.

„Ich bin mit einer Handelskarawane gereist", antwortete sie wahrheitsgemäß.

„Und die haben dich einfach so mitgenommen?" In Sams Frage schwang ein Unterton mit, der sie nervös werden ließ.

Claire nickte stumm.

„Sie hat mit Sex bezahlt", hörte sie jemanden in reinstem Oxford-Englisch sagen, den sie bisher nur am Rande wahrgenommen hatte, weil er ganz vorn neben dem Piloten saß. Claires Herz begann zu rasen.

Sam schien nicht sonderlich überrascht zu sein. Er richtete den stechenden Blick seiner fast wasserblauen, immer verschlagen schauenden Augen auf sie. „Stimmt das?", zischte er.

Claire schluckte.

„Stimmt das?", wiederholte Sam scharf, wobei er sich drohend vor ihr aufrichtete.

Das ängstlich gehauchte „Ja", konnte er kaum verstehen. Ein widerliches, fast schon diabolisches Grinsen huschte über sein Gesicht. „Geh runter!", befahl er dem Piloten und zeigte ihm mit dem Daumen ein Zeichen an, das Claire nicht deuten konnte. Der Heli ging so schnell tiefer, dass sie das Gefühl hatte, in einem

Fahrstuhl zu sitzen. „Du lässt dich also von Kameltreibern vögeln", stellte Sam in den Raum, ohne wirklich eine Reaktion zu erwarten. Gleichzeitig öffnete er die Seitentür des Helis.

In Claire stieg Panik auf.

„Hoch", brüllte Sam.

Claire gehorchte.

Er zog seine Pistole. Wortlos deutete er auf die andere Wand, genau jene mit der offenen Seitenklappe. Claire zitterten die Knie, als sie den Platz wechselte. Eine kurze Bewegung mit dem Lauf der Waffe und sie tastete sich bis an die Öffnung heran, den Rücken an die Wand gepresst. Die Kälte der Nacht drang herein, hin und wieder winzige Sandkörnchen, die der Rotor aufwirbelte.

„Viel Spaß mit deinen Kameltreibern, vorausgesetzt du überlebst den Absprung und sie finden dich zeitig genug, ehe du verdurstest.

„Bitte! Nein!" Claire liefen Tränen über das Gesicht. „Sam, bitte!" Sie krallte sich mühsam an einer Metallstrebe fest.

Samuel ging langsam auf sie zu, noch immer die Pistole im Anschlag. „Raus! Oder ich knalle dich ab, wie einen räudigen Schakal."

Claire schloss resigniert die Augen. Sie erwartete das Geräusch, mit dem er die Pistole entsichern würde. Das dreckige Grinsen sah sie nicht, als ihr Sam einfach die Beine wegtrat. Mit einem gellenden Schrei stürzte Claire rücklings aus dem Hubschrauber.

Der Schmerz beim Aufprall schien ihren ganzen Körper zu zerreißen. Sie wurde bewusstlos.

Samuel Nightingale schloss die Tür und befahl den alten Kurs wieder aufzunehmen. Im Stillen verleibte er sich bereits das Vermögen ein, welches seine ‚verstorbene' Frau hinterließ.

„Dieses Weib hat neun Leben, wie eine Katze", fauchte er, als er sich wieder neben seinen Bodyguard setzte, der mit unbewegtem Gesicht, der Exekution zugesehen hatte. Anders konnte man das, was Nightingale soeben seiner Frau angetan hatte, kaum bezeichnen.

„Also wirst du sie wiedersehen", gab Ahmed sarkastisch zurück.

„Dann schneide ich ihr die Kehle durch." Nightingale machte mit der Hand die entsprechende Bewegung und lehnte sich gemütlich zurück.

Die Frage, warum sein Boss sich nicht scheiden ließ, stattdessen bisher ständig erfolglos versuchte, sie, als Unfall getarnt, umbringen zu lassen, erübrigte sich. Er hatte sie vor fast zehn Jahren, sehr hoch versichern lassen, schon mit dem Vorsatz im Hinterkopf, so schnell wie möglich die Prämie ausgezahlt zu bekommen. Der Raubüberfall vor einigen Monaten war nur ein weiterer Schlag ins Wasser gewesen. Das Fahrzeug, in dem sie saß, war den Verbrechern entkommen, lediglich ihr Gepäck fiel ihnen in die Hände, was sich in einem der anderen Jeeps befunden hatte. Laut Zeitungsberichten hatte es einige Verletzte gegeben und den Totalverlust aller geladenen Koffer und Taschen. Claire war in den ganzen Jahren nicht einmal misstrauisch geworden. Sie zog, ihrer Meinung nach, einfach jegliches Unglück magisch an. Sie hätte nicht im Traum daran zu denken gewagt, dass Samuel hinter all den seltsamen Unfällen steckte. Bis zu jenem Überfall, wo sie einen seiner Männer gesehen zu haben glaubte. Dieser letzte Coup stand in unmittelbarem Zusammenhang mit der Testamentseröffnung seines Vaters, den Claire die letzten Jahre gepflegt und der ihr einen Großteil seines immensen Vermögens vermacht hatte.

Samuel ahnte das zu diesem Zeitpunkt allerdings nur, als er erneut versuchte, sie aus dem Weg zu räumen.

Im Augenblick entfernte sich der Helikopter rasch von jenem Ort, an dem sie wohl endgültig den Tod finden würde, wie Samuel inständig hoffte. Er würde sie auf die Vermisstenliste setzen lassen und ganze Ströme von Krokodilstränen in der Öffentlichkeit vergießen.

In letzter Sekunde

Claire spürte nicht einmal die Eiseskälte der Nacht. Ihr Körper lief ganz einfach auf Sparflamme, die Körpertemperatur sank, das Herz schlug langsamer. Erst die aufgehende Sonne brachte sie wieder zu Bewusstsein. Claire lag noch immer, wie sie nach dem Fall aufgeschlagen war, auf dem Rücken. Bei jedem Atemzug schmerzte die Lunge. Mit geschlossenen Augen tastete sie neben sich – Sand, überall Sand. Wie kam sie hierher?
Sie wollte aufstehen – es ging nicht, rasende Schmerzen in allen Gliedmaßen. Woher kamen nur plötzlich die Schmerzen? Mit spaltbreit geöffneten Augen schaute sie sich vorsichtig um. Feiner heller Sand und Dünen, wohin sie auch schaute. Warum hörte sie nicht das Meer rauschen? Mühsam wälzte sie sich auf den Bauch, stemmte sich auf die Knie, um schwankend aufzustehen. Der ganze Körper brannte wie Feuer. Es dauerte ein paar Sekunden, bis sie begriff, dass das kein Strand, sondern ein Punkt inmitten einer riesiggroßen Wüste war, an dem sie stand. Sie wusste weder, wo sie genau war, noch, wie sie überhaupt hier hingekommen war. Nicht einmal ihren Namen wusste sie mehr. Nur, dass sie Wasser finden musste, fühlte sie instinktiv. Claire lief einfach los. Ein schmerzhafter Schritt und noch einer, und noch einer ... Sie lief und lief und lief, wie ein Roboter, der sein Programm abspult. In der Mittagshitze brach sie vor Erschöpfung zusammen. Kam irgendwann wieder zu sich, um sich weiter vorwärts zu schleppen, bis der geschundene Körper endgültig aufgab.

Yasin, der jüngste Sohn Bilals, vertrieb sich die Zeit am Rande der Oase, indem er Löcher in die Luft guckte. Sein Vater hatte ihn mitgenommen, damit er das ehrbare Handwerk des Schmuggels lernen sollte, dem auch seine beiden älteren Brüder nachgingen. Gerade dem Knabenalter entwachsen, hatte er tausend verrückte Ideen im Kopf und bereitete seinem Vater eher Kummer als Freude. Hassan, der Boss, befand den jungen Mann für völlig untauglich, dieses Geschäft zu betreiben, hatte aber noch keine unverfängliche Gelegenheit gefunden, Bilal dies schonend beizubringen. Also gab er ihm Aufgaben, bei denen er ihnen nicht allzu viele Probleme bereiten konnte.

Im Augenblick saß Yasin gelangweilt herum und träumte von großen Abenteuern. Ein Punkt in der Ferne erregte plötzlich seine Aufmerksamkeit. In der flimmernden Luft sah es aus, als liefe jemand auf die Oase zu. Ein Ding der völligen Unmöglichkeit. Yasin rieb sich die Augen und starrte angestrengt auf das seltsame Objekt. Immer mehr gewann die Überzeugung Oberhand, dass das da ein Mensch sein musste. Ein Mensch in einer Galabiya. Ein Mensch, der plötzlich schwankte, stürzte und nicht mehr aufstand.

Yasin sprang von dem Palmenstumpf auf, rannte zum Lagerplatz, riss ein Pferd aus dem Pferch und galoppierte davon. Nach einer halben Stunde fand er endlich, was er suchte. Da lag doch tatsächlich eine Gestalt auf dem Boden. Der Kleidung und Größe nach, wohl ein halbwüchsiger Knabe. Yasin sprang vom Pferd, erfühlte ein kaum merkliches Pochen unter der dünnen Haut am Hals, hievte den Unglücksraben quer über den Rücken des Tieres und ritt langsam zurück.

Die anderen hatten ihm verblüfft hinterhergeschaut und erwarteten nun neugierig sein Wiederkommen.

„Scharfes Auge", kommentierte einer der Männer beeindruckt.

„Das Kerlchen hat sich wohl etwas überschätzt. Wie kann man nur so bescheuert sein, allein in der Wüste herumzureiten", warf ein anderer ein.

„Seine Mutter wird Yasin die Füße küssen", sagte Hassan.

Bilals Sohn zügelte sein Pferd genau vor den anderen.

„Ich werde mich um den Bengel kümmern." Hassan zog den Bewusstlosen vom Pferd. Er umfasste, um ihn besser halten zu können, von hinten dessen Oberkörper genau unter den Achseln. Ein kurzes Stutzen, ein nachdenkliches Innehalten, dann rief er: „Bilal, fass mal vorsichtig mit an. Vorsichtig! Denk dran!"

Bilal krallte seine Finger in den Stoff der Hosenbeine an den Knöcheln des fremden Jungen. Auf dem Weg zu Hassans Haus betrachtete er den schmächtigen Körper. Vom Gesicht war fast nichts zu sehen, denn der Knabe hatte sich das Tuch vor Mund und Nase gebunden. Bei den Händen überlief Bilal ein Schauer. Sie waren schwarzblau angelaufen, geschwollen und voller Risswunden. Das ging nicht mit rechten Dingen zu, es denn, sein Reittier hätte ihn gründlich niedergetrampelt. Erstaunt registrierte Bilal, dass Hassan den direkten Weg zu seinem Bett ansteuerte. Mit einer Behutsamkeit, die er seinem Boss nie zugetraut hätte, legte dieser den fremden Jungen ab.

„Holt den Arzt und beeilt euch!", wies er Bilal an. „Außerdem folgen zwei von euch der Fährte, ehe es dunkel wird. Ich will wissen, was hier passiert ist!"

Bilal rannte davon, schickte Yasin nach dem Arzt und beauftragte zwei andere mit der Suche nach Spuren.

Hassan knotete inzwischen vorsichtig das Tuch auf. Halblanges dunkles Haar wallte ihm entgegen. Hassan nickte, er hatte sich also nicht geirrt. Vor ihm lag eine Frau, der Schreckliches widerfahren sein musste. Er befeuchtete das Tuch mit Wasser und tupfte ihre aufgesprungen Lippen ab. Sie stöhnte auf.

„Na wenigstens lebt sie noch", murmelte er und legte ihr das Tuch auf die Stirn.

Mit zwei anderen Tüchern begann er ihre Hände zu kühlen. Es konnte im schlimmsten Fall Stunden dauern, bis der Arzt endlich eintreffen würde. Also öffnete er noch zwei Knöpfe an ihrer Galabiya, damit sie freier atmen konnte. Wieso, um alles in der Welt, trug sie Männerkleidung? Wo kam sie her? Ganz bestimmt nicht hier aus der Oase. Sie hatte, für hiesige Verhältnisse, erstaunlich helle Haut. Hassan überlegte kurz, dann öffnete er noch die restlichen Knöpfe, schob den Stoff ein wenig beiseite, genau wie den Rand ihres BHs, ein Streifen richtig weißer Haut kam zum Vorschein. Hassan hatte vorerst genug gesehen. Rasch knöpfte er das lange Hemd wieder etwas weiter zu. Finderlohn, Lösegeld oder eine Prämie für sie würde er mit den anderen teilen, die Frau nicht, so viel stand jetzt schon fest. Dabei stand es noch in den Sternen, ob sie überleben würde. Im Augenblick sah es nicht gut für sie aus. Ein Schmerzenslaut riss ihn aus seinen Gedanken. Die Fremde erwachte gerade aus ihrer Ohnmacht. Hassan goss wenige Tropfen Wasser in eine Schale, die er ihr an die Lippen setzte. Gierig schluckte die Fremde. Hassan kannte das.

„Du musst langsam trinken." Er füllte noch einmal, nun etwas mehr, nach.

Sie leerte das Gefäß in kleinen Schlucken.

„So ist es gut", sprach Hassan, ihr Wasser gebend, bis ihr Durst wirklich gestillt war.

Als er die Schale wegstellte, kamen Yasin und Bilal mit dem Arzt herein.

„Euer Patient sieht mir aber ganz und gar nicht wie ein Knabe aus", kicherte der Doktor amüsiert, während die beiden anderen große Augen machten.

Hassan winkte ab. „Schau sie dir an, und sage mir, ob du etwas für sie tun kannst. Wir haben keine Ahnung, wer sie ist, wo sie her kommt und was mit ihr passiert ist. Vor allem gib ihr etwas gegen Schmerzen."

Der Arzt nickte und zog ein weißes Papiertütchen mit einem Pulver aus der Tasche. Er löste das Mittelchen in etwas Wasser auf und flößte es seiner geheimnisvollen Patientin ein. Nach wenigen Augenblicken entspannten sich ihre Gesichtszüge. Zufrieden nickte der Doktor. „So, jetzt werde ich sie gründlich untersuchen."

„Raus mit euch!", gebot Hassan seinen beiden Männern, die sich schulterzuckend davon machten, obwohl sie liebend gern etwas mehr davon gesehen hätten, was unter dem weiten Kleidungsstück steckte.

„Der Boss wird vielleicht himmlische Dinge zu sehen bekommen, aber er wird dafür teuer bezahlen", lachte Bilal.

„Im Ernst?" Yasin schaute seinen Vater groß an.

„Na klar! Oder denkst du, der Doc arbeitet kostenlos?"

„Ach so! Ich dachte, du meinst es im übertragenen Sinne!"

Bilal wiegte den Kopf. „Das wird sich erst im Laufe der Zeit zeigen."

Unterdessen entkleidete Hassan seinen unfreiwilligen Gast, der es mit der Ruhe eines starken Betäubungsmittels willenlos über sich ergehen ließ. Dieser Hauch von fast gar nichts, der unter der Hose zum Vorschein kam, zog die äußerst interessierten Blicke beider Männer auf sich, was beide auch sofort mit einem ertappt-verlegenen Grinsen quittierten, weil jeder sehen wollte, wie der andere gerade reagierte. Der Doc zog ein Stethoskop aus der Tasche. Sein Gesichtsausdruck verfinsterte sich zusehends.

„Es würde mich nicht wundern, wenn sie Blut zu spucken beginnt. Die Lunge ist mindestens stark gequetscht, wenn nicht gar schlimmeres. Sollte sie die nächsten drei Tage überleben, wäre es schon fast ein kleines Wunder."

Hassan Augen huschten über das Gesicht der Verletzten. Ob sie wohl ahnte, wie es um sie stand?

„Hilf mir, sie umzudrehen", bat der Arzt.

„Bei Allah! Was ist denn das? Solche massiven Verletzungen habe ich bisher nur bei Folteropfern gesehen!", rief er.

Rücken, Beine, Arme, alles war genau so schwarzblau geschwollen, wie die Hände, von der riesigen Beule am Hinterkopf ganz zu schweigen.

„Jedenfalls ist sie weder von einem Reittier gefallen, noch von einem solchen getrampelt worden", stellte er nachdenklich fest. „Ich verstehe es einfach nicht!"

„Ich auch nicht", murmelte Hassan. „Achtung!", rief er plötzlich und deutete auf das Bett. Vor Mund und Nase der Frau bildeten sich schaumige Blutblasen, sie röchelte.

„Dreh sie auf die Seite, so kann sie besser atmen." Der Doktor begann inzwischen heilende Salbe auf den flächendeckenden Bluterguss zu streichen. „Hier sind zwei Rippen gebrochen", stellte er wie nebenbei fest. „Es muss alleine heilen, ich kann ihr, in diesem Zustand, nicht mal einen Verband anlegen."

Er strich die Salbe auf ihren Nacken, zog die Augenbrauen zusammen und beugte sich fast mit der Nasenspitze an seine Patientin heran. „Noch etwas, das ich nicht verstehe."

Hassan schaute ihn fragend an. Der Arzt nahm Hassans Hand und führte dessen Fingerspitze langsam und unter etwas Druck über die Stelle, die seine Aufmerksamkeit geweckt hatte. „Kannst du es auch fühlen?"

Hassan nickte, und holte sogar noch eine Taschenlampe, um ganz genau erkennen zu können, was sich da unter der geschwollenen Haut befand, denn beide hatten einen Fremdkörper ertastet, der einem großen Reiskorn nicht unähnlich war.

„Was ist das?"

„Das kann ich dir erst einigermaßen sicher sagen, wenn die Schwellungen zurückgegangen sind", gab der Arzt leise bekannt.

Er half Hassan, die Patientin in halb sitzende Stellung zu bringen, um die Lunge zu entlasten. Hassan griff nach der Kleidung.

„Lass das. Deck sie einfach gut zu. Sie braucht jetzt sehr viel Ruhe und am besten jemanden, der sich vierundzwanzig Stunden um sie kümmern kann. Sie könnte momentan ja nicht einmal allein essen und trinken. Komm, lassen wir sie ein wenig schlafen."

Sie gingen ins Nebenzimmer zu den beiden anderen.

„Also Zusammenfassung: Sie hat zwei gebrochene Rippen, eine verletzte Lunge, Blutergüssen fast am ganzen Körper, womöglich auch noch gebrochene Finger, was ich im derzeitigen Zustand nicht ausschließen kann. Sie ist dehydriert und steht unter starkem Schock. Mehr kann ich im Augenblick nicht sagen", erörterte der Arzt. „Fakt ist, dass sie nicht von einem Reittier gestürzt sein kann. Das sieht, auch wenn es unglaublich klingt, nach einem Sturz aus großer Höhe aus."

„Und damit wirst du wohl Recht haben", sagte eine Stimme aus dem Hausflur. Der Suchtrupp war zurück.

„Wir sind Yasins Spur gefolgt, bis zu jeder Stelle, an der er den Fremden gefunden hatte. Dessen Fährte folgten wir etwa eine

Stunde lang, in fast schnurgerader Richtung. Und, ob ihr es glaubt oder nicht, sie beginnt mitten in der Wüste!"
„Wie?" Hassan glaubte, sich verhört haben.
„So, wie der Sand dort an einer Stelle verwirbelt ist, scheint man ihn mit einem Hubschrauber bis dahin gebracht und einfach aus ein paar Metern Höhe hinausgeworfen zu haben. Wir konnten nämlich keine Indizien einer Landung entdecken, keine Kufenabdrücke und so."
„Das würde sämtliche Verletzungen erklären!", rief der Arzt.
„Sie ist zäher als eine Katze, wenn sie das überlebt hat!"
„Sie?", fragten die Neuankömmlinge.
„Ach, das wisst ihr ja noch gar nicht. Unser Findling ist eine Frau, offensichtlich europäischen Ursprungs."
„Aber bei dem Wort Katze ist mir gerade eingefallen, was ich nicht in ihrem Beisein sagen wollte", erklärte der Arzt noch. „Das, was unter ihrer Haut steckt, erinnert mich an einen Mikrochip, wie man ihn für Haustiere verwendet."
Die Männer schwiegen betroffen.
„Ob sie davon weiß?", fragte Hassan schließlich.
„Auf alle Fälle werde ich das Ding bei erster Gelegenheit heraus operieren. Ich habe ein äußerst ungutes Gefühl." Er schickte einen kurzen Blick zu Hassan.
„Spionage?"
„Keine Ahnung. Vielleicht auch Totalüberwachung ihrer Person. So etwas kann nur ein ganz krankes Hirn ausbrüten." Der Arzt stand auf.
Hassan begleitete ihn vor das Haus, wo er ihm einen ziemlichen Betrag Geldes in die Hand drückte.
Der Doktor nickte. Honorar und Schweigegeld. Hassan konnte sich auf ihn verlassen.
Hassan kehrte ins Haus zurück, wo seine Männer vor der angelehnten Schlafzimmertür standen und beinahe ratlos die Schwerverletzte betrachteten, der ein dünner Blutfaden aus dem Mundwinkel rann. Hassan scheuchte sie weg, um sich ganz in Ruhe seiner ungewöhnlichen Aufgabe widmen zu können. Er zog sich

einen Stuhl neben das Bett. Kopfschüttelnd setzte er sich zu ihr. Irgendwie war die ganze Situation schizophren – er saß neben seinem eigenen Bett, in dem eine fremde Frau lag, die buchstäblich vom Himmel gefallen war und die ihn eigentlich so gar nichts anging. Eigentlich. Das was er heute von ihr gesehen hatte, ließ ihn sich wünschen, eines Tages mit ihr gemeinsam in seinem Bett zu liegen und das zu entdecken, was der letzte schützende Stoff verhüllte. Vielleicht blieb sie ja gar bei ihm in der Oase, um ihren Peinigern nicht noch einmal in die Hände zu fallen. Ob man sie wohl wirklich mittels dieses Dinges unter der Haut orten konnte? Fragen über Fragen. Hassan steckte eine neue Kerze als Nachtlicht auf den Halter, dann übermannte ihn der Schlaf. Er sank einfach mit dem Kopf nach vorn, wo ihn die Matratze seines Bettes sanft stoppte.

Ein Blitz aus heiterem Himmel

Ungewohnte Geräusche weckten ihn am nächsten Morgen. Er brauchte ein paar Sekunden, um sich zu orientieren. Sein Gast öffnete soeben die Augen und schenkte ihm ein dankbares Lächeln.

Hassan lächelte befreit zurück. „kayfa haluki?", fragte er. „Wie geht es dir?"

„bi-hayr", gab sie leise zurück. „Gut."

„Lügnerin", sagte er fast liebevoll, froh darüber, dass sie Arabisch sprach. Das würde so einiges erleichtern.

„Ich lebe", hauchte sie, weil ihr ein Hustenanfall die Stimme raubte. Stöhnend schloss sie die Augen und versuchte, mit der Hand die schmerzende Stelle in ihrem Brustkorb zu berühren. Es ging nicht. Hassan zog behutsam ihre Arme unter der Decke hervor. Die Frau schaute gleich zweimal hin, dann malte blankes Entsetzen ihr Gesicht.

„Was ist mit mir geschehen?"

„Du hattest einen schweren Unfall", log Hassan.

„Aber das ist doch kein Krankenhaus", flüsterte die Frau nach einem kurzen Blick durch das Zimmer. „Wo hat man mich hingebracht?"

„In diesem Teil Siwas gibt es kein Krankenhaus", erwiderte Hassan. „Du bist in meinem Haus. Meine Leute haben dich schwer verletzt in der Wüste gefunden."

„Siwa? In Ägypten? Wie komme ich denn da hin?", fragte die Frau völlig verzweifelt.

„Ich habe gehofft, dass du mir das erklären kannst." Er goss für sie Kräutertee in die Trinkschale. „Ich bin Hassan", stellte er sich endlich vor. Und wie ist dein Name?"

„Mein Name ist ... Ich heiße ..."

Hassan konnte sehen, wie sehr sie sich zu erinnern versuchte.

Sie schloss die Augen. „Ich ... ich ... ich weiß nicht mehr, wie ich heiße."

„Ich werde dich Muna nennen, bis dir dein richtiger Name wieder einfällt." Hassan half ihr beim Trinken.

„Du wirst sicher hungrig sein. Ich bin gleich mit dem Frühstück da." Er eilte in die Speisekammer. Schnell brannte ein Feuer im Herd. Hassan warf zwei Eier ins siedende Wasser, raffte Fladenbrot, Marmelade und verschiedene frische Früchte zusammen und hoffte, etwas dabei zu haben, was ‚Muna' mochte. Er stellte das Essen auf dem Tisch, schob Muna noch ein Kissen in den Rücken, wobei sich die Bettdecke selbstständig machte.

„Oh verzeih", stammelte Hassan. „Der Doc hat gemeint, nur zudecken, wäre für dich besser. Ich gebe dir etwas zum Überziehen." Er öffnete den Kleiderschrank, holte eines seiner Oberhemden heraus, welches er wirklich mühsam über ihre aufgedunsenen Arme zu ziehen versuchte. „Wird nichts", sagte er niedergeschlagen. „Aber ich habe eine andere Idee." Aus einem Fach weiter unten nahm er zwei traditionelle Männerkopftücher, die er einfach an zwei Ecken zusammenband, und ihr über den Kopf streifte. „Nicht schön, aber es erfüllt seinen Zweck." Er blinzelte ihr zu.

„Danke." Muna wusste diese Fürsorge sehr zu schätzen. Sie war nicht nur fast nackt, sie fühlte sich auch so. Schon, weil ihr Hassan bei den einfachsten Dingen helfen musste. Mit Schrecken dachte sie an das dringende Bedürfnis, welches sie schon seit ein paar Minuten quälte. Er ahnte schließlich, weshalb sie von Minute zu Minute immer unruhiger wurde.

„Das packen wir auch noch irgendwie", beruhigte er sie. „Ich helfe dir beim Aufstehen."

„Da gibt es noch ein anderes Problem", seufzte Muna. „Der Slip."

„Vorschlag", sagte Hassan nach reiflichem Nachdenken. „Lass ihn gleich hier. Dort könnte es eng werden."

Muna nickte und er streifte ihr den winzigen Tanga ab. Dass sich dabei noch ganz andere Gefühle als blanke Hilfsbereitschaft regten, hatte er schon erwartet. Nur die Intensität überraschte und erschreckte ihn. Er genoss den winzigen Moment, zwischen den Tüchern hindurch etwas zu sehen, das seine Fantasie sehr beflügelte. Unverhohlen freute er sich auf den Augenblick, wo er die Heilsalbe auf ihrer Haut verteilen würde. Nun führte er sie erst einmal zur Latrine des Lehmgemäuers.

Später blieb sie neben dem Bett stehen und versuchte mühsam, im Spiegel etwas mehr von ihrem schmerzhaften Problem zu erkennen.

„Du wirst dazu einen zweiten Spiegel brauchen", erklärte Hassan. Er hielt ihr einen kleinen Handspiegel in die richtige Position und zog mit der anderen Hand das Tuch, das ihren Rücken verdeckte, beiseite. Da war es wieder, das heftige Verlangen, diesen fast nackten Körper berühren und verführen zu müssen. Muna war, trotz allen Entsetzens über das, was sie an sich entdeckte und der dazugehörigen Schmerzen, der Wechsel seines Mienenspiels nicht entgangen. Es wirkte auch völlig natürlich, als sie sich, durch ihr Handicap unbeholfen, etwas weiter drehte, wodurch Hassan sehr viel mehr zu sehen bekam, als er sich für den heutigen Tag erhofft hatte. Er legte den Spiegel zurück an seinen Platz. Als er sich umdrehte, sah er ihren Blick ziemlich eindeutig auf die Stelle seiner Galabiya gerichtet, wo darunter ganz heftig der Sturm der Gefühle tobte, was sich wohl doch nicht völlig verbergen ließ. Hassan griff nach dem Salbentiegel und schloss die Tür ab. Muna kam die Situation irgendwie bekannt vor, woher auch immer. Mühsam schleppte sie sich ins Bett zurück. Es war wohl doch schon zuviel Anstrengung gewesen.

„Lege dich doch einfach auf die Seite", schlug Hassan vor, als er ihr ratloses Gesicht sah, weil sie, auf dem Bauch liegend, sofort einen schweren Hustenanfall bekam. „Ich werde schon keine Stelle auslassen."

Hoffentlich nicht, dachte Muna, wobei sie nicht die Blutergüsse im Sinn hatte.

Er begann damit, ihre Hände und Arme einzucremen, machte mit dem Rücken weiter, sehr bemüht, die Stelle mit dem seltsamen Ding unter der Haut nicht zu berühren. Die betäubenden Komponenten der Salbe wirkten ziemlich schnell. Also nahm er die Beine in Angriff, wobei sich seine Fingerspitzen dahin wagten, wo es nichts zu salben gab. Muna gab einen erstickten Laut von sich.

„Hab ich dir weh getan?", flüsterte Hassan ziemlich erregt.

„Nein. Im Gegenteil", gab Muna ebenso zurück.

„Dreh dich um, ich muss noch die Stellen machen, auf denen du gelegen hast."

Muna wälzte sich auf die andere Seite, wobei sie es genoss, wie intensiv Hassan ihren Intimbereich anstarrte. Er salbte mit der einen Hand die letzten unbehandelten Blutergüsse, streichelte mit der anderen aber bereits die Innenflächen ihrer Oberschenkel.

Es klopfte.

Ich habe das schon einmal erlebt, hämmerte es in Munas Gehirn. Nur wo und mit wem? Hassan hatte ihr erzählt, dass man sie erst gestern am späten Nachmittag zu ihm gebracht hätte.

„Moment!", rief Hassan unwillig. Er zog die Decke über Munas Körper, warf ihr einen bedauernden Blick zu, ehe er, mit dem Salbentopf in der Hand, die Tür öffnete.

„Was ist los?", fragte er unwirsch.

Nasri schaute ihn nachsichtig an. „Hätte sein können, dass du Hilfe brauchst. Hab wohl einen dummen Augenblick erwischt."

„Schon gut", wiegelte Hassan ab. „Ich hatte nur gerade begonnen, ihre Wunden zu behandeln. Es wird noch ein Weilchen dauern. Ich schließe wieder ab. Sie würde nicht sehr glücklich sein, wenn sie jeder so halbnackt liegen sehen könnte. Ich komme dann rüber zu euch."

Hassan drehte den Schlüssel sofort wieder herum.

„Wo waren wir gerade stehen geblieben?"

Er zog die Decke vom Bett, wo Muna mit einladend gespreizten Schenkeln auf ihn wartete, stellte den verschlossenen Salbentiegel weg und widmete sich mit zartem Streicheln ganz der Stelle, die sie ihm lustvoll anbot.

„Sag, wenn du Schmerzen hast", raunte er ihr zu.

„Ich sage dir lieber, wenn ich die Schmerzen nicht mehr ertragen kann", gab sie, aufs Äußerste erregt, zurück.

Hassan antwortete, indem seine Zunge das Streicheln übernahm, während die Fingerspitzen in die tiefsten Tiefen ihrer Vagina eindrangen, sie ausfüllten und ihr einen Orgasmus bescherten, der sie fast ohnmächtig werden ließ.

„Ich … kann … nicht … mehr!", stieß Muna mühsam hervor, während vor ihren Augen bunte Kringel wogten.

„Alles in Ordnung?" Hassan streichelte besorgt ihr Gesicht. Wie konnte er sich nur so gehen lassen? Er hatte doch sonst sich und alle anderen im Griff. „Tut mir leid."

„Mir nicht." Muna schenkte ihm einen wohligen Augenaufschlag und so einen tiefen Blick, dass ihm ganz warm wurde. „Es war schön und macht Lust auf mehr – irgendwann."

Hassan blinzelte ihr zu. „Ich gehe erst mal rüber zu den anderen. Yasin, der dich gefunden hat, wird sich inzwischen darum kümmern, dass du nicht hungern und dursten musst."

Muna schloss die Augen, kaum dass Hassan das Zimmer verlassen hatte. Als sie sie viel später wieder öffnete, saß der junge Mann bestimmt schon eine Stunde am Tisch und löste Kreuzworträtsel. Das leise Rascheln, als sie den Kopf bewegte, ließ ihn aufschauen.

Er begrüßte sie mit einem fröhlichen „marhaba!" „Hallo!" Muna erwiderte lächelnd den Gruß. „Du musst Yasin sein."

„Der bin ich. Ich freue mich, dass es dir etwas besser geht."

„Dafür habe ich dir zu danken. Hättest du mich nicht gefunden und hierher gebracht, dann wäre ich sicher schon tot."

„Möchtest du etwas trinken?"

Muna schüttelte den Kopf. „Erzählst du mir, wie du mich gefunden hast?"

„Das ist keine große Geschichte", antwortete Yasin bescheiden. „Ich habe am Rand der Oase herum gelungert und plötzlich gesehen, dass da jemand zu Fuß durch die Wüste kommt. Das ist so ungewöhnlich, dass ich ziemlich genau hingeschaut habe. Plötzlich war der Jemand weg. Er konnte also nur zusammengebrochen sein, bevor er die rettende Oase erreichte. Ich habe mir ein Pferd gegriffen und bin losgeritten, um nachzusehen. Dann habe ich dich dort liegen sehen, deinen Puls gefühlt, dich aufs Pferd geworfen und gemacht, dass ich nach Hause komme. Hassan hat dich schließlich hierher gebracht. Bis der Doktor kam, dachten alle, du wärst ein Mann."

„War etwas Ungewöhnliches an der Stelle, wo du mich gefunden hast?", fragte Muna.

„Nein, nichts. Du musst nur sehr weit gelaufen sein, denn ich konnte deine Spur mit den Augen fast bis zum Horizont verfolgen", antwortete Yasin wahrheitsgemäß, wohl wissend, was sie wirklich interessierte. Hassan hatte sofort allgemeine Schweigepflicht verordnet, weil niemand wissen konnte, was aus der ganzen Sache noch werden würde. Und er, Yasin, würde seinen Sympathiebonus, den er seit gestern beim Boss offensichtlich bekommen hatte, keinesfalls leichtfertig aufs Spiel setzen.

Muna schaute nach der Trinkschale. Sie hatte doch mehr Durst, als sie zugeben wollte.

Yasin stand sofort auf und setzte sie ihr vorsichtig an die Lippen. „Du bist wie mein Vater, der gibt auch nicht gern zu, wenn er bei irgendwas Hilfe braucht", schmunzelte er.

Muna lachte. „Dann hatte Hassan ja das richtige Händchen, als er dich als Krankenpfleger bestimmte."

Der Genannte trat soeben wieder ins Zimmer. Er hatte sicher die letzten beiden Sätze gehört, denn er sagte: „Yasin ist auch derjenige von uns, der völlig unvoreingenommen an die Dinge heran geht. Dass das von großem Nutzen sein kann, haben wir gestern gemerkt. Er hat die Augen eines Geiers und handelt blitzschnell." Hassan klopfte Yasin auf die Schulter, womit dieser für den Augenblick entlassen war. Mit dankbarem Lächeln trollte sich der junge Mann.

„Ist ein netter Junge. Sein Vater kann sehr stolz auf ihn sein."

„Ich glaube, das ist er auch", bestätigte Hassan. „Wie fühlst du dich?"

„Als wäre ich unter eine Dampfwalze gekommen."

„So ähnlich sieht es auch aus." Hassan streichelte bekümmert ihre Hände.

„Wenigstens kommt das Gefühl in den Fingern langsam wieder", stellte Muna nicht unzufrieden fest.

„Sie sehen auch schon etwas besser aus." Hassan tastete ihre Gelenke ab. „Gebrochen scheint jedenfalls nichts zu sein, wie der Doktor gestern noch befürchtet hat."

„Hast du ihn bezahlt?"

„Ja. Wer sonst?"

„Warum tust du das für mich?" Muna schaute ihn forschend an.

Hassan erwiderte ganz ruhig ihren Blick. „Die Frage stelle ich mir auch seit gestern, ohne eine Antwort zu finden. Ein Teil der Wahrheit ist, dass ich, spätestens seit dem heutigen Morgen, unbändige Lust auf deinen Körper habe. Ein anderer Teil, der seit demselben Zeitpunkt ziemlich in den Hintergrund gerückt ist, wäre, dass ich mir sicher irgendwann genommen hätte, wonach mir der Sinn steht, selbst wenn du keinen Spaß dabei gehabt hättest."

„Dem Sieger gehört alles", murmelte sie.

„Wobei der in so einem Fall zum jämmerlichen Verlierer wird", fügte Hassan nachdenklich hinzu.

Munas Magenknurren erinnerte ihn daran, dass in der Küche ein kräftiger Eintopf bereit stand.

„Ich möchte versuchen, selber zu essen", bat sie, als er sich anschickte sie zu füttern.

„Dickschädel! Ganz wie du willst." Er polsterte den Stuhl mit einer Decke, rückte sie damit möglichst nahe an den Tisch und stellte ihr den Teller in optimale Position.

Zwei Fehlversuche, dann hatte sie den Löffel so zwischen den Fingern, dass sie einigermaßen vernünftig essen konnte.

„Bist du immer so ehrgeizig?"

„Vermutlich." Muna konzentrierte sich auf jede noch so kleine Bewegung, die ihr endlich wieder gelang.

Hassan sah ihr lächelnd zu. „Erstaunliche Entwicklung. Gestern sah es ganz so aus, als ob wir dich jeden Moment notschlachten müssten."

„Ganz ehrlich gesagt fühle ich mich auch noch so. Meine Lunge brennt, als stände sie in Flammen. Jeder Atemzug ist eine Qual."

„Kein Wunder, so zugerichtet, wie du bist. Wegen deiner verletzten Lunge hast du gestern sogar schaumiges Blut gespuckt. Mit gebrochenen Rippen atmet es sich auch nicht gerade leichter."

„Und das sagst du mir ganz nebenbei?"

„War ja noch keine richtige Gelegenheit", entschuldigte sich Hassan.

„Stimmt." Muna löffelte tapfer weiter. „Ich würde ja gern ein Glas Wasser trinken, aber der Tee tut mir einfach besser."

Hassan lächelte. „Ist eine Spezialmischung vom Doc, extra für dich. Weiß der Fuchs, was alles drin ist."

„Weißt du, wie ich mir euern Doc vorstelle? Wie Miraculix, den Druiden." Muna zwinkerte amüsiert.

„Zumindest mixt er ähnliche Zaubertränke", kicherte Hassan. „Sonst würdest du wohl noch lange nicht mit mir am Tisch sitzen."

„Ich kann nicht mal richtig lachen", stöhnte Muna. „Mir tut sofort der ganze Körper weh. Und da sagen die Leute, Lachen sei gesund."

Hassan schlug die Hände vor das Gesicht und schaute sie durch die gespreizten Finger an. Gegen ihren gnadenlosen Humor hatte wohl selbst der schlimmste Unfall keine Chance.

Wortwechsel im Flur ließ ihn aufhorchen.

„Ah jetzt wird es interessant, Miraculix ist im Anmarsch!"

Es klopfte, und auf Hassans „Herein!", trat der Doktor über die Schwelle, um mit vor Staunen offenem Mund stehenzubleiben.

„Hab ich mich im Haus geirrt?", fragte er ungläubig. Er hatte erwartet, eine Patientin an der Schwelle zwischen Leben und Tod zu finden. Was er hier zu sehen bekam, schlug dem Fass den Boden aus.

„Sie hat sich gerade beschwert, dass ihr beim Lachen alles weh tut", rief Hassan sofort.

„Beim Lachen", wiederholte der Arzt kopfschüttelnd.
Muna nickte.
„Genau hier." Sie schaffte es sogar, mit der Hand die Stelle zu berühren. „Autsch!"
„Kein Wunder, da sind zwei Rippen gebrochen", erklärte der Arzt. „Ich kann nur keinen Verband anlegen."
„Versuchen Sie es, Doktor", bat Muna. „Damit lässt es sich bestimmt leichter atmen."
Der Doktor warf einen hilfesuchenden Blick zu Hassan.
„Tu es einfach, gegen ihren Dickkopf kommst du doch nicht an."
Muna fiel ein, dass unter ihrem Tücherhemdchen ein Kleidungsstück fehlte, ohne welches sie sich dem Doc auf gar keinen Fall zeigen wollte. „Ich möchte nur vorher noch einmal zur Toilette", erklärte sie mit einem Blick zu Hassan. Sie gewahrte aufatmend den Zug des Begreifens auf seinem Gesicht. Hassan stand auf, zog ihren Stuhl vom Tisch weg, fasste gleichzeitig hinter sich, um das Corpus Delicti, um das sich die ganze Aktion drehte, in seiner Hosentasche verschwinden zu lassen, dann stützte er Muna auf dem Weg zur Latrine.
„Moment, wenn ich schon mal hier bin ...", blinzelte sie.
„Auch wahr." Hassan wartete vor der Tür.
Einen Augenblick später half er ihr seufzend in das winzige Stück Stoff, wobei seiner Fingerspitzen wieder ein reges Eigenleben entwickelten. „Irgendwann werde ich voller Wonne diese Rundungen streicheln."
Muna hauchte ihm einen Kuss auf die Nasenspitze.
Im Krankenzimmer hatte der Doc schon den Rippenverband zurechtgelegt. Der Topf Salbe stand bereit, um die Stellen, welche gleich überstrapaziert würden, noch einmal dick einzureiben.
Hassan zog Muna das provisorische Hemd aus und machte sich an die Arbeit, ehe der Doc zufassen konnte.
„Ah, da genießt einer seinen Job", schmunzelte der.
Hassan grinste genüsslich. „Hast du wirklich etwas anderes erwartet? Das ist sozusagen die Leihgebühr für mein Bett."

„Unter diesen Umständen kann ich mir in zwei bis drei Wochen ziemlich deutlich die Bezahlung für die Krankenpflege vorstellen", witzelte der Doktor sofort, wobei er ziemlich sicher war, dass es nicht die Spur anders laufen würde.

Hassan sagte dazu nichts, nur sein Grinsen wurde noch breiter.

Jetzt übernahm erst einmal der Doktor wieder das Regiment.

„Ich schätze, du wirst gleich Händchen halten müssen", wandte er sich an Hassan, und begann den Verband festzuziehen. Das Gefühl glühenden Eisens machte sich auf Munas Rücken breit, wohingegen der Schmerz in den Rippen schon fast ein Kinderspiel war.

„Fertig." Der Doktor betrachtete kritisch sein Werk.

Ehe er noch genauere Studien betreiben konnte, war Hassan mit dem Tücherhemd zur Stelle. Muna quittierte das mit einem dankbaren Lächeln. Sie ließ sich sogar freiwillig ins Bett bringen.

„Kopfschmerzen?", fragte der Doktor kurz.

Muna nickte.

„Verständlich. Ich habe sogar mit einer handfesten Gehirnerschütterung gerechnet."

„Hassan meint doch auch, ich wäre ein Dickschädel, vielleicht hat das mich davor bewahrt." Muna schloss die Augen.

„Ruh dich aus", sagte Hassan. Er zog den Doktor am Arm aus dem Zimmer.

„Sag mal, Doc, gibt es ein Mittel gegen Amnesie?"

„Dann hast du also auch nichts weiter herausgefunden?"

„Nein. Sie hat sogar ihren Namen vergessen. Ich nenne sie Muna, bis sie sich wieder erinnert."

„Vielleicht will sich ihr Unterbewusstsein gar nicht mehr erinnern", sinnierte der Doc. „Lass ihr einfach Zeit."

Hassan nickte und schenkte ihm einen extra starken Kaffee ein.

„Für sie bist du im Augenblick also nur Hassan, der nette Kerl", warf der Doktor im Tonfall einer Frage in den Raum.

„Hätte ich sagen sollen: Hi, ich bin Hassan, der große Macher hier in Siwa und mir gehört die halbe Oase? Ich habe auch vor, für sie der nette Kerl zu bleiben."

Überrascht ob der Doktor den Kopf.

„Wenigstens so lange es irgendwie geht", fügte Hassan leise hinzu. „Womöglich wartet ja irgendwo eine Familie auf sie. Keine Ahnung." Er hob hilflos die Hände.

So hatte wohl noch keiner hier Hassan erlebt.

„Sie ist anders. Sie hat Humor. Sie ...", Hassan winkte ab.

Der Doktor nickte mit einem Lächeln. „Du bist auch anders – als sonst. Ich diagnostiziere erhöhten Hormonspiegel durch einen Blitz aus heiterem Himmel."

Hassan wurde ernst. „Was meinst du? Ist sie schon übern Berg oder muss ich noch mit bösen Überraschungen rechnen?"

„Sie ist ein Phänomen. Aber Komplikationen darfst du noch nicht völlig ausschließen. Ihre Lunge macht mir Sorgen. Da drinnen klingt es fürchterlich. Vielleicht kann sie nun, mit dem Verband, etwas besser abhusten. Ich komme morgen, etwa um dieselbe Zeit, noch mal wieder."

Hassan zog einen Schein aus der Tasche.

Der Doktor wehrte ab. „Ich bin nicht lebensmüde. Auch wenn du der nette Kerl bist, gehört dir immer noch die halbe Oase, falls nicht sogar ein Stückchen mehr. Schmerzmittel hat sie offensichtlich nicht gebraucht."

„Sie wollte sie nicht nehmen, trifft es eher", erklärte Hassan. „Ihr würde genügen, wenn die Salbe den brennenden Schmerz beim Liegen etwas lindert, hat sie gesagt."

„Okay. Ich muss los. Pass gut auf sie auf."

„Tu ich. Und wenn ich außer Haus muss, dann bleibt Yasin bei ihr." Hassan zog die Tür einen Spalt breit auf. Muna schlief noch immer ganz fest. Also begab er sich in den Abstellraum, wo noch ein Feldbett aus alten Tagen herumstand. Eine weitere Nacht auf dem unbequemen Stuhl wollte er sich nicht zumuten. Hassan betrachtete nachdenklich sein Spiegelbild in der Fensterscheibe. Ein fünfzigjähriger, gut durchtrainierter Draufgänger schaute ihn an. Keine grauen Haare, keine falschen Zähne und das Stehvermögen eines Zuchtstieres ... Hassan grinste bei dem Gedanken. Wenn die Theorie zuträfe, dass nicht ganz so junge Frauen mehr

Verlangen nach heißem Sex und beinahe immer einen Orgasmus hätten, dann würde er mit Muna die ideale Frau im Bett haben. Er schätzte sie auf Mitte vierzig.

Hassan zog das Feldbett aus der Ecke, schloss die Tür und trug es in sein Schlafzimmer. Bis auf den Gang hörte er das röchelnde Atmen von Muna. Er beeilte sich, zu ihr zu kommen. Das leise Geräusch, mit dem er das Metallgestell absetzte, weckte die Schläferin, die sofort wieder Blut zu husten begann. Mit einem Satz war Hassan am Bett, reichte ihr ein Tuch, half ihr, sich aufzurichten, und streichelte tröstend ihr Haar, als sie vor Schmerzen in Tränen ausbrach.

„Muna, alles wird wieder gut", flüsterte er, nicht mehr ganz so überzeugt davon, wie noch vor zwei Stunden. „Du schaffst es."

„Ich versuche es", gab sie, zwischen zwei Hustenanfällen, zurück, sich erschöpft an seine Schulter lehnend.

Hassan nahm das Tütchen mit dem ‚Wundermittelchen' des Doktors aus dem Schrank. Eine Messerspitze, hatte der Doc gesagt. Hassan dosierte auf die Hälfte. Der Geruch ließ ihn ahnen, was sich in der Mixtur verbarg und er wollte kein Risiko eingehen. Er löste es auf, wie vorgeschrieben, dann kam er mit dem Löffel und einem Glas Wasser zum Nachtrinken ans Bett.

„Keine Widerrede!", sagte er sofort, als Muna protestieren wollte. „Zwinge mich bitte nicht, dir weh zu tun."

Sie schaute ihn erschreckt an, wobei ihr aber nicht die Sorge, ja fast schon Verzweiflung, in seinem Blick entging.

Muna nickte stumm, dann schluckte sie gehorsam das bittere Zeug. Schnell griff sie nach dem Wasserglas.

„Na wenigstens ein Lichtblick", seufzte Hassan, als sie es allein und mit einer Hand, beinahe problemlos, halten konnte.

Es klopfte. Bilal steckte den Kopf zur Tür herein. „Morgen früh reiten wir los."

„In Ordnung. Nasri hat die Verantwortung. Die paar Datteln werdet ihr schon heil ans Ziel bringen. Ach, Bilal, Yasin bleibt hier, als mein persönlicher Schatten. Der Junge hat seine Augen schließlich überall", rief Hassan noch in den Hausflur hinterher.

Bilal verschwand, sich äußerst zufrieden die Hände reibend. Er beeilte sich, zum Gatter der Kamele zu kommen. Erwartungsvoll schauten ihm die anderen entgegen.

„Er hat Nasri zum Chef bestimmt, wir anderen wie gehabt, Yasin bleibt hier", erklärte er sofort.

„Was hat er gegen den Kleinen", brummte Nasri.

„Nichts", grinste Bilal. „Deshalb soll er für die nächsten Wochen Hassans Schatten sein."

Yasin ließ seine Seilrolle fallen. „Hast du dich auch nicht verhört?", fragte er ganz vorsichtig.

„Bestimmt nicht", lachte sein Vater. „Er meinte, du hättest die Augen überall. Also, mach mir keine Schande." Dann wurde Bilal ernst. „Du weißt, was du zu tun hast und du wirst es für zwei Personen tun müssen."

„Vergiss nie, was dir Hassan beigebracht hat. Er sagt es stets nur ein Mal."

Hassan nahm Muna das leere Glas ab. „Gleich wird es dir etwas besser gehen." Er begann das Feldbett aufzufalten.

Mit großen Augen schaute Muna zu.

„Ich bin nicht auf Gäste eingerichtet", sagte er wie nebenbei, nahm eine Decke und ein kleines Kissen aus einer Truhe.

„Dann ist dies also nicht nur dein Bett, weil es dir gehört, sondern weil du normalerweise wirklich darin schläfst", stellte Muna überrascht fest.

Er hob die Schultern und nickte gleichzeitig.

„Du hast gesagt, mich hätten ,deine Leute' gefunden und Yasin solle dein Schatten sein – dann bist sicher auch nicht irgendwer", kombinierte sie weiter. „Außerdem sieht es ganz danach aus, dass du dem Arzt Unsummen bezahlst, so wie ich zugerichtet bin."

Hassan überlegte ziemlich lange, ehe er sich zu einer Antwort entschloss. „Hättest du eventuell ein Problem damit, wenn ich nicht nur der hilfsbereite Irgendwer wäre?"

Muna schüttelte stumm den Kopf. „Genau genommen bin ich dir und allen anderen ausgeliefert, egal wer oder was ihr seid."

„Fühlst du dich wirklich so?", fragte Hassan irritiert, beinahe traurig.

Ein winziges Lächeln huschte über Munas Gesicht, sie fasste nach seiner Hand. „Nein, bei dir fühle ich mich in völliger Sicherheit."

Er ließ seine Fingerspitzen über ihre Handfläche gleiten. „Kannst du wieder alles fühlen, was du berührst?"

Sie nickte. Dann rieb sie ihren Kopf an seinem Kinn. „Lenkst du jetzt von einer Antwort ab?"

„Ja. Weil ich sogar schon mit dem Doc darüber gesprochen habe, wie albern es klingt, wenn ich dir allumfassend erklären müsste, wer ich bin." Hassan zog ein finsteres Gesicht.

„Ist das wirklich so schlimm? Jetzt bin ich erst richtig neugierig."

„Okay. Ehe du es von den anderen erfährst – mir gehört mehr als die halbe Oase und hier passiert nichts, von dem ich nicht wüsste."

Muna zog die Augenbrauen zusammen. Der Sieger bekommt alles. „Dann hast du also schneller als die anderen gemerkt, dass die Beute kein Mann war und sie dir, Dank deines Vorrechtes, gesichert."

Hassan hob beschwörend die Hände. „Das sind alles nur kleine Wahrheiten, denen viel fehlt, um ein ganzes Bild zu ergeben. Ja, ich habe als Erster gemerkt, dass du eine Frau bist und es ist auch richtig, dass ich dich für mich quasi reserviert habe. Aber: Die anderen sind verheiratet und Yasin, dem du normalerweise zugestanden hättest, könnte dich rein finanziell nicht versorgen. Natürlich wäre es ein Argument für ihn, dass ein junger Mann mehr Stehvermögen im Bett hat. Punktabzug gäbe es für die Tatsache, dass er noch nie bei einer Frau gelegen hat und dich möglicherweise nicht, oder nicht so befriedigen könnte, wie es ein erfahrener, wenn auch älterer Mann tun kann."

„Und wann hast du diese Überlegungen wirklich geführt?", schmunzelte Muna.

„Seit ich heute früh gemerkt habe, dass ich mich Hals über Kopf in dich verliebt habe. Irgendwie muss man sich ja rechtfertigen", gab Hassan erleichtert zurück, hatte er doch in den letzten Stunden schon alle erdenklichen Befürchtungen gehegt. Auch etwas, dass er an sich nicht kannte. Sein Wort war hier Gesetz und niemand wagte im Normalfall daran zu zweifeln. „Mit dem Ausgeliefertsein hast du in der Tat Recht. Ohne fremde Hilfe würde dich der Arzt nicht behandeln, du müsstest hungern und hättest nicht einmal ein Dach über dem Kopf. Mein Plan dazu sieht vor: Dich aufpäppeln und dann mit dir zusammen die vielen kleinen Annehmlichkeiten des Lebens genießen. Wenigstens so lange, wie man es uns gemeinsam tun lässt. Ich hab ja keine Ahnung, was geschieht, wenn du dich irgendwann an dein früheres Leben erinnerst."

„Ich auch nicht. Aber dein Plan gefällt mir in allen Punkten."

Hassan blinzelte fröhlich und schickte sich an, das Zimmer zu verlassen. Als er Munas enttäuschtes Gesicht sah, musste er lachen. „Ich komme doch gleich wieder. Ich koche uns nur schnell einen ordentlichen Kaffee. Von Tee und Wasser allein kann der Mensch nicht leben."

Hassan wusste nicht, wie lange des Doktors Pülverchen die Schmerzen in Grenzen halten konnte, also lag ihm viel daran, sich ganz entspannt mit ihr zu unterhalten. Die letzte Salbenaktion des Tages stand ja auch noch bevor. Darauf freute er sich, aus vielerlei Gründen, wie ein Kind auf Geburtstagsgeschenke. Er zuckte zusammen. Geschenke … Da brodelte auch schon das Wasser im Kessel und nahm seine ganze Aufmerksamkeit in Anspruch. Kurz darauf balancierte er das kleine runde Tablett mit den Bechern ins Schlafzimmer. Muna lag reglos mit geschlossenen Augen. Sie reagierte nicht einmal auf Geräusche. Hassan stellte den Kaffee ab, um sich sofort über sie zu beugen. Erst als er mit den Lippen prüfte, ob sich nicht vielleicht noch Fieber zu allem Ungemach gesellt hätte, wachte sie auf.

„Oh, tut mir leid", stammelte sie, als er mehrmals tief durchatmete. „Mir hat es einfach die Augen zugezogen."

„Es ist dein gutes Recht, zu schlafen, wenn es dein Körper verlangt", beschwichtigte er sie. Dabei versuchte er mühsam zu verbergen, wie plötzlich seine Hände zitterten. Zwei seiner Männer hatte er auf ähnliche Weise nach schweren Verletzungen gehen sehen. Er hatte sich noch mit ihnen ganz normal unterhalten und wenige Minuten später waren sie tot.

Muna schaute ihn prüfend an. „Du siehst auch aus, als könntest du etwas Schlaf vertragen."

Hassan stellte ihr das Tablett auf die Bettdecke. Wenn sie freiwillig liegen blieb, dann musste es ihr wirklich sehr schlecht gehen. „Heute versuche ich, auch ein paar Stunden zu schlafen." Er deutete auf das Feldbett. „Letzte Nacht hatte ich ganz andere Sorgen."

Muna versuchte in seinen Augen zu lesen. Er reagierte, als würde er es nicht bemerken.

„Wie steht es wirklich um mich?", fragte sie plötzlich.

Hassan überlegte wohl den Bruchteil eines Augenblickes zu lange, denn Muna schloss beinahe resigniert die Augen. „Also nicht gut. Stimmt's?"

„Muna ... du musst es schaffen, die nächsten beiden Tage zu überstehen ... versprichst du es mir?", bat Hassan leise. „Bitte, versprich es mir!"

„Ich gebe mir Mühe", entgegnete sie, nahm ihren Kaffeebecher und inhalierte den würzigen Duft. „Ich kann die Wärme des Dampfes ganz tief unten in der Lunge fühlen", erzählte sie mit zufriedenem Lächeln.

Hassan lächelte zurück. Wenn sie nicht wirklich leben will, dann sind alle deine Mühen umsonst, waren die Worte des Doktors gewesen.

„Muna, wenn du irgendetwas haben möchtest, dann sag es mir."

„Ich möchte mich waschen", antwortete sie mit fragendem Unterton

„Aber natürlich", versicherte er sofort. „Wie konnte ich das nur vergessen? Du wirst alles bekommen, was du dazu brauchst.

Wenn du wieder gesund bist, dann kannst du nach Herzenslust im Garten planschen. Ich habe das Bewässerungssystem meiner Dattelpalmen mit einem Badeteich ausstatten lassen."

Muna traten winzige Schweißtröpfchen auf die Stirn.

„Das ist vom heißen Kaffee", versuchte sie, zu erklären.

Hassan glaubte nicht daran, der Tee war mindestens genau so warm gewesen. Es sah eher aus, als würde ihr Körper jetzt beginnen, alle Reserven zu sammeln, um sich mühsam gegen die Entzündungen in der Lunge zu wehren. Noch achtundvierzig Stunden, in denen alles passieren konnte ...

Muna sackte einfach zusammen. Nur gut, dass der Becher bereits leer war. Er rollte vom Bett, polterte auf den Boden, um in einer Ecke liegen zu bleiben. Hassan ordnete die Kissen neu, in welche er Muna zurücklehnte. Ihr fast rasselndes Atmen beunruhigte ihn zutiefst, zumal ihre Stirn immer wärmer wurde. Mit einem feuchten Tuch drängte er das Fieber mühsam zurück.

Yasin kam gegen Abend herüber, um noch ein paar Instruktionen für den Morgen entgegenzunehmen.

„Bleib bitte hier, ich will den Männern noch ein paar Worte mit auf den Weg geben", sagte Hassan, um eilig aus dem Haus zu laufen.

Yasin betrachtete mit sehr gemischten Gefühlen das leichenblasse, Schweiß überströmte Gesicht zwischen den Kissen. Die Frau bäumte sich mit aller Kraft gegen ihr Schicksal auf. Er drückte ganz fest die Daumen, dass sie den Kampf gewinnen möge. Im Stillen war er Hassan dankbar, dass er sich sofort ihrer angenommen hatte. Man konnte sie mit bestem Gewissen hübsch nennen, dabei war sie sicher nur unerheblich jünger, als seine, Yasins, Mutter. Zu Hassan passte sie ideal und der schien auch keine Ambitionen zu haben, sie jemals wieder gehen zu lassen.

Hassan kam gerade in dem Moment zurück, als Yasin noch einmal das Tuch auf ihrer Stirn befeuchtete.

„Sie glüht wie ein Backofen", raunte der junge Mann, um sie nicht versehentlich zu wecken.

Hassan nickte stumm. Er fühlte nach Munas Puls, der raste, als müsste er mehrere Hektoliter Blut durch den zierlichen Körper befördern. „Tust du mir einen Gefallen?", wandte er sich an Yasin.

„Ja natürlich!", erwiderte der völlig überrascht. Das war nun schon die zweite Bitte innerhalb kürzester Zeit, während Hassans bisher stets bedingungslos geordert oder befohlen hatte.

„Im Lager steht eine transportfertige Kiste mit Oliven-Seife aus Aleppo. Bring mir eines der Stücke aus der Reihe ganz in der Mitte und verschließe die Kiste wieder sorgsam."

Yasin begab sich zum Lager. Schnell hatte er die richtige Kiste gefunden. Beim Öffnen drang ein zarter Duft daraus hervor. Yasin schnupperte hingebungsvoll. „Nicht übel", murmelte er. Er wählte das größte Stück aus, legte es vorsichtig beiseite, um die Kiste wieder fest zu verschließen. Sofort trug er es zu Hassan, der ihm dankbar die Schulter klopfte. „Komm morgen früh rüber, wenn die Karawane losgezogen ist. Ich weiß nicht, wie es weiter gehen wird. Ich kann nur hoffen, dass Muna diese Nacht überlebt. Der Doktor kann nichts weiter für sie tun."

„Du magst sie sehr", flüsterte Yasin.

„Ja, ich mag sie sehr." Hassan legte ihm die Hand auf die Schulter.

Yasin schloss leise hinter sich die Tür.

Muna wachte an jenem Abend nicht mehr auf. Gefangen in einer Welt zwischen Leben und Tod dämmerte sie dahin. Hassan schreckte alle paar Minuten von seiner Liege hoch, und versuchte im blakenden Licht der Kerze in Munas Gesicht zu lesen, fühlte nach dem Puls, legte hin und wieder ein feuchtes Tuch auf ihre Stirn, wenn die Temperatur bedenklich stieg. Den Trick mit den Wadenwickeln hatte er bereits, als undurchführbar, beiseitegeschoben, denn Munas Füße waren so kalt, dass er nicht einmal verwundert gewesen wäre, wenn sich eine Eisschicht gebildet hätte.

Auf dem Tisch lag noch immer die Olivenseife, und der leichte Luftzug, welcher hin und wieder zum Fenster hereinkam, verbreitete schließlich den zarten Duft im ganzen Zimmer. Dieser erinnerte Hassan an etwas, das er schon am Nachmittag hatte tun wollen. Leise schlich er noch vor dem Morgengrauen aus dem Haus. Genau so still kam er nach einer Viertelstunde wieder, in der Hand einen Strauß blühender Zweige, den er nun in einen Krug Wasser stellte.

Hassan setzte sich auf einen der Stühle und brütete finster vor sich hin. Was würde er tun, wenn Muna den neuen Tag nicht mehr erlebte? Er wollte es fast nicht glauben, dass sie erst vorgestern in sein Leben geplatzt war. Den Kopf in beide Hände gestützt, saß er da, als würde es für ihn kein Morgen mehr geben. Schließlich nickte er ein ...

„Ich habe Durst", flüsterte jemand in seinem Traum, so glaubte er.

„Ich habe Durst", wiederholte die Stimme und Hassan schreckte zusammen. Muna! Er schlief hier seelenruhig und sie brauchte Hilfe! Mit einem Satz war er bei ihr.

Muna war zu schwach, das Glas selbst zu halten, Hassan flößte ihr den Inhalt in winzigen Schlucken ein.

„Das tut gut." Sie schaute zum Fenster. „Oh je, es wird ja schon dunkel! Hab ich so lange geschlafen?"

Hassen musste, trotz alle Sorgen, lachen. „Es wird bald hell. Du hast seit gestern Nachmittag, ohne Unterbrechung, durchgeschlafen und mir einen gehörigen Schrecken eingejagt. Du musst doch jetzt hungrig wie ein Löwe sein!"

Muna nickte. „Schlimmer ist, dass ich mich wie ausgetrocknet fühle."

Hassan füllte das Glas noch einmal nach und diesmal gelang es ihr, allein zu trinken, auch wenn es mit beiden Händen war.

„Was duftet hier so herrlich?", fragte sie plötzlich. Da traf ihr Blick auch schon die Zweige. „Sind die schön!"

„Ich hatte gehofft, dass sie dir gefallen würden."

„Hast du etwa auch Olivenbäume im Garten?"

„Weil es danach riecht?"

Muna nickte.

„Ja, aber das ist etwas anderes." Er zog die Seife hervor.

Muna bekam große Augen, als sie die Prägung sah. „Handgefertigt aus Aleppo?", staunte sie.

Nun war es an Hassan überrascht zu sein. „Du kennst das?"

„Ja, aber ich weiß nicht woher." Muna hob bedauernd die Schultern. „Und ich glaube auch, zu wissen, dass diese Seifen sehr teuer sind."

„Richtig. Das sind sie wirklich", bestätigte Hassan.

Muna überlegte. „Ach ja, ich erinnere mich."

Hassan schmunzelte. „Ich hab sie nicht nur, weil ich sie mir leisten kann, sondern weil ich damit Handel betreibe. Möchtest du sie vor oder nach dem Frühstück testen?"

„Vorher, bitte."

„Warmes Wasser kommt sofort." Hassan eilte in die Küche, um die Glut unter dem großen Wasserkessel anzufachen. Beflügelt durch die Tatsache, dass die Dame seines Herzens die Nacht irgendwie überstanden hatte, summte er ein Lied vor sich hin. Er brachte ihr die große Waschschüssel, ein Handtuch und natürlich die begehrte Seife.

„Brauchst du Hilfe oder möchtest du lieber allein sein?", fragte er.

„Wohl beides." Muna betrachtete ihre Hände, die noch lange nicht genau das taten, was sie von ihnen verlangte. „Du musst mir beim Aus- und Anziehen helfen."

„Alles?" Hassan hob die Augenbrauen.

„Alles."

„Oh, oh, du weißt, was das auf mich für eine Wirkung haben wird."

„Dann solltest du wohl gleich den Waschlappen übernehmen." Muna quälte sich auf die Bettkante.

„Vor allem sollte ich hierbleiben, ehe du vielleicht umkippst und dich noch schwerer verletzt." Er zog vorsichtig das Tücherhemdchen über ihren Kopf, um sich, etwas ungeübt mit solcher Kleidung, an den Verschluss ihres BHs zu machen. Dabei kämpfte er gegen das Verlangen an, sie einfach in die Arme zu ziehen.

Aber die Haut ihres Rückens, deren intensive schwarzblaue Farbe, an ersten Stellen zu grün mit gelben Zwischentönen umschlug, hielt ihn auf Distanz. Auch wenn die Schwellungen fast zurückgegangen waren, musste sie bei jeder Bewegung höllische Schmerzen haben. Als er sich schließlich bückte, um ihr aus dem Höschen zu helfen, berührte seine Nasenspitze wie zufällig ihre Brust.

„Später", hauchte Muna kaum hörbar.

Hassan zwinkerte mit einem Auge, dann assistierte er ihr auch schon beim Waschen. Muna band das Haar zu einem Knoten, ehe sie mit beiden Händen immer wieder ihr Gesicht spülte.

„Des Doktors Salbenregionen solltest du vorsichtshalber auslassen", schlug Hassan vor. „Frag ihn heute lieber, was gut ist und was nicht."

Er seifte inzwischen den Lappen ein, mit dem er, einen Lidschlag später, ihre Brüste abrieb. Durch die sanften Berührungen richteten sich Munas Brustwarzen lustvoll auf, was Hassan veranlasste den Waschlappen achtlos fallen zu lassen, um, ohne den Frotteestoff dazwischen, die anregende Hügellandschaft vor seinen Augen zu erkunden. Erst Munas Gänsehaut, welche die Verdunstungskälte des Wassers hervorrief, erinnerte ihn daran, dass es angebracht wäre, endlich weiter zu waschen. Wobei wenige Zentimeter unter dem Rippenverband ja schon die nächste Gefahrenzone auf ihn lauerte.

„Lass mich das lieber machen und du schaust nach dem Frühstück nach, ob ich gründlich war." Muna fuhr mit beiden Händen liebevoll durch sein Haar.

„Ein durchaus akzeptabler Vorschlag", brummte Hassan. Der Blick aus dem Fenster beruhigte ihn. Bei so einem zeitigen Morgenmahl bestand auch kaum die Gefahr, dass Yasin mitten in das anschließende Schäferstündchen platzte.

„Warte, Muna, heute dürfte es kein Problem sein, ein richtiges Hemd anzuziehen." Er reichte ihr eines aus seinem Schrank, schlug die Ärmel dreifach nach oben, als sie es sich angezogen hatte. „Perfekt. Und nun wieder ab ins Bett. Ich hole inzwischen das Frühstück."

Muna gehorchte. Die Waschaktion war doch sehr anstrengend gewesen. Aber sie war dieses Gefühl der Unsauberkeit endlich los, welches sie beherrschte, seit man sie unter diesen mysteriösen Umständen gefunden hatte. Im Schein der Kerze, die Hassen ihretwegen immer brennen ließ, betrachtete Muna die Blütenzweige. Fast porzellanartig erschienen ihr die rosa und weißen filigranen Gebilde. Hassans Garten war sicher wundervoll. Ihr fiel der Spruch ein: ‚Einmal Paris sehen und dann sterben', wer auch immer ihn geprägt hatte. Muna schüttelte den Kopf. Nein, sie wollte leben – den Garten sehen und mit Hassan leben, wie er es ihr versprochen hatte. Leben ... Muna perlte eine Träne über die Wange. Es fiel nicht leicht, bei diesen höllischen Schmerzen auf das Leben zu hoffen. In einem Krankenhaus, ohne solch liebevolle Zuwendung, wie sie ihr Hassan angedeihen ließ, hätte sie sich wohl schon lange in blanker Verzweiflung aus dem Dasein geschlichen.

Er kam soeben wieder, stellte das Tablett auf den Tisch, um es ihr etwas bequemer zu machen. Und er erspähte auch sofort die Spur, die die Träne auf ihrer Haut hinterlassen hatte. Er setzte sich zu ihr auf die Bettkante, zog mit der Fingerspitze sanft die salzige Bahn nach und hauchte ihr einen Kuss auf die Nasenspitze. „Was muss ich tun, damit du nicht mehr weinst?"

„Vielleicht sage ich es dir später", antwortete sie, ihre Nasenspitze an der seinen reibend.

„Aber nicht vergessen", bat Hassan, während er ihr das Tablett auf die Decke stellte.

„Ganz bestimmt nicht", versprach Muna mit einem Auge blinzelnd.

Eine halbe Stunde später fragte Hassan: „Womit kann ich dir denn nun eine richtig große Freude machen?"

„Erfülle mir bitte einen klitzekleinen Wunsch. Vielleicht ist es ja mein Letzter", murmelte Muna.

Hassan wurde blass. „Das meinst du doch jetzt nicht ernst – oder?"

Muna zuckte unsicher und irgendwie resigniert mit den Schultern.

„Ich mache alles, was du willst, nur gib nicht auf", flehte Hassan.

„Bitte schlafe mit mir, auch wenn es schwierig wird." Muna begann hemmungslos zu weinen.

Hassan schloss die Augen. Egal, was er auch tat, er würde es möglicherweise bitter bereuen. Schlief er mit ihr, könnte es ihren Tod bedeuten – tat er es nicht, versagte er ihr unter Umständen den letzten Wunsch. So schlecht, wie es ihr in den letzten Stunden gegangen war, war dieser Gedanke nicht einmal so abwegig. Er entschloss sich, ihre Bitte zu erfüllen, schon weil er sich selber belog, wenn er es nicht tat. Auf sein kaum merkliches Nicken hin, begann sie das Hemd langsam aufzuknöpfen, Hassan drehte den Schlüssel an der Tür herum. Augenblicke später wanderten seine Lippen über ihren Körper. Das rasselnde Atmen versuchte er auszublenden, wenn auch nicht zu ignorieren. Er öffnete seinen Hosenbund, fühlte im selben Moment Munas Hände, streichelnd seine Männlichkeit erkunden.

„Wenn ich jetzt könnte, wie ich wollte, dann …", raunte er ihr ins Ohr. Er versuchte, auf die allgemein übliche Weise in sie einzudringen. Muna rutschte tiefer in die Kissen, würgte, weil sie sofort keine Luft mehr bekam.

„Ich werde wahnsinnig vor Lust!", stöhnte Hassan und ließ sich auf das Bett sinken.

Muna rappelte sich mühsam auf. „Komm, leg dich in die Mitte. Dann muss es eben anders gehen." Sie kniete sich mit gespreizten Beinen über seine Oberschenkel, um immer höher zu rutschen, bis sie seinen Penis langsam dahin dirigierte, wo er tief eindringen konnte, wenn sie sich setzte. Sanft begann sie sich auf ihm zu bewegen, zu reiben und das leichte Wippen ihrer Brüste raubte Hassan vollends den Verstand. Seine Augen folgten dem Auf- und Niedergleiten, diesem rhythmischen In-sie-dringen, bis sich seine aufgestaute Anspannung in einem äußerst heftigen Samenerguss entlud, den Muna mit einem lustvollen Stöhnen beantwortete. Seiner unausgesprochenen Frage, ob sie auch Erfüllung gefunden hatte, folgte ein wilder Schrei aus Lust und Schmerz. Dann sackte Muna bewusstlos zusammen.

Hassan kam im Bruchteil einer Sekunde in die Realität zurück, wälzte sich unter ihr hervor und versuchte sie aus ihrer Ohnmacht zu wecken.

Vor der Tür rief Yasin: „Hassan? Hassan! Ich habe einen Schrei gehört – brauchst du Hilfe?"

Hassan deckte Muna notdürftig zu, öffnete mit fliegenden Fingern die Tür. „Brauche ich! Schnell, hole den Doc!"

Yasin stürzte davon.

Hassan schüttelte die Kissen auf, bettete Muna hinein und hoffte auf ein Wunder. In seiner Verzweiflung fiel ihm nicht einmal ein, die Spuren dieses widersinnigen Abenteuers zu beseitigen.

Für seine Begriffe dauerte es ewig, ehe der Arzt endlich eintraf. Yasin blieb auf dem Hof in Rufweite. Der Doktor widmete sich sofort seiner Patientin, während Hassan berichtete, dass es ihr schon seit dem gestrigen Nachmittag äußerst schlecht gehen würde.

„Der Puls ist stabil. Der Herzschlag auch", brummte der Doc erstaunt und zog die Decke beiseite, um den Rippenverband zu kontrollieren. Mit gerunzelter Stirn gewahrte er schließlich, dass sie keinen Slip trug und der eindeutige Geruch nach Sperma, sowie die eingetrockneten Spuren der Flüssigkeit an ihrem Oberschenkel ließen ihn sich finster zu Hassan herumdrehen. „Sag mal, bist du von allen guten Geistern verlassen?", fragte er scharf. Ihm war es in diesem Augenblick völlig egal, dass seine Existenz indirekt von Hassans Wohlwollen abhing. „Hast du es nötig, dich an einer völlig Wehrlosen zu vergreifen?"

Hassan war leichenblass geworden. „Es ist nicht so, wie du denkst …", stammelte er. Wie hätte er es dem Doktor auch erklären sollen, wo es doch hier eindeutig so aussah, als habe er Muna brutal vergewaltigt.

Muna öffnete in dem Moment die Augen. Sie hatte offensichtlich den letzten Wortwechsel gehört, denn sie flüsterte: „Lassen Sie ihn in Ruhe. Ich habe ihn dazu gezwungen."

„Wie?" Der Doktor schaute Muna mit weit aufgerissen Augen an.

„Es ist wahr. Ich habe ihn gezwungen", wiederholte sie leise.

Hassan ging neben ihr in die Knie, streichelte ihre Wange, einfach nur glücklich, dass sie wieder bei Bewusstsein war.

Über das Gesicht des Doktors huschte ein Zug des Begreifens. „Ah, ich verstehe! Die Sache mit dem letzten Wunsch! Meine liebe Muna, lassen Sie es sich gesagt sein, ich behandele meine Patienten nicht, damit sie mir unter den Händen wegsterben. Wenn man euch beide auseinandersperren muss, damit ihr keine Dummheiten macht, dann wird sich ab sofort Yasin um die Krankenpflege kümmern."

„Aber ... aber das kannst du doch nicht machen!", rief Hassan völlig entgeistert und schüttelte wild den Kopf.

„War ein Scherz", erwiderte der Arzt trocken und grinste breit. „Aber es wäre besser, wenn du das Denken langsam wieder aus den tieferen Regionen ins Gehirn verlagerst. Wenigstens so lange, bis sie wieder stundenweise aufstehen kann."

„Was hat der Doktor gesagt?", fragte Muna, die der schnellen Unterhaltung, noch dazu im hiesigen Dialekt, nicht folgen konnte.

„Ich soll aufhören, mit dem Schwanz zu denken", übersetzte Hassan frei, wenn auch voll zutreffend.

Muna lief feuerrot an.

Diesmal kassierte der Doktor mit bestem Gewissen von Behandlungskosten über Eilzuschlag bis Schweigegeld. Das heißt, er steckte das Bündel in seine Tasche, ohne es nachzuzählen, denn Hassan gab stets mehr, als der wirklich nötige Betrag gewesen wäre, dafür konnte er auch sicher sein, dass sein Privatleben Privatsache blieb. Dass der Doktor noch lange im Stillen den Kopf über den Vorfall schütteln würde, das konnte er sich genau so sicher an den Fingern abzählen.

Yasin schaute den Arzt fragend an, als er das Haus verließ.

„Alles wieder in Ordnung", beruhigte der den jungen Mann.

„Verwöhne die beiden ruhig ein bisschen."

„Mache ich. Versprochen!", rief Yasin hinterher, denn Hassan war der Kummer, den er mit Muna hatte, überdeutlich ins Gesicht geschrieben. Und so, wie es aussah, würden seine Barschaften in den letzten beiden Tagen eine heftige Ebbe erlebt haben.

Yasin überlegte nicht lange. Die wenigen Pferde und Kamele, die jetzt noch hier standen, waren bereits versorgt, also machte er sich daran, einen Hammeleintopf für das Mittagessen vorzubereiten. Irgendwann lockte der Essenduft Hassan hervor. Erstaunt schaute er in die Küche.

„Noch eine halbe Stunde", erklärte Yasin, ohne sich stören zu lassen.

Hassan verschwand, dankbar lächelnd, wieder. Der ‚Kleine', wie Yasin alle nannten, war ihm eine wirklich große Hilfe. Kochen konnte er! Da gab es nichts zu beanstanden. Also widmete sich Hassan, seinen Geschäften, wobei er sämtliche Türen geöffnet ließ, um Muna im Notfall helfen zu können. Im Augenblick schlief sie. Die Rückkehr der Karawane wurde für Dienstag in drei Wochen erwartet. Genügend Zeit, um für die nächste Tour den Olivenöl-Transport zu planen. Mehrere Ballen Stoff sollten dafür ankommen und zu den kleinen Händlern umverteilt werden. ‚Stoff' war das Stichwort!

„Hab bitte ein Ohr mit auf Muna, ich bin in zehn Minuten wieder da", rief Hassan Yasin zu und lief mit großen Schritten die Gasse hinunter.

Yasin löschte das Feuer unter dem Suppenkessel, deckte ihn sorgfältig zu, um sich leise in Hassans Büro, gleich neben dem Schlafzimmer, zu setzen. Als er ihn den Weg wieder heraufkommen sah, begab er sich in die Küche zurück, stellte Teller und Löffel bereit.

„Sie schläft noch immer", gab er leise Auskunft.

„Danke." Hassan schlüpfte mit einem Päckchen in der Hand an ihm vorbei.

So riecht neuer Baumwollstoff, überlegte Yasin. Schritte auf dem Gang rissen ihn aus seinen Gedanken. Vom Tisch aus hatte einen günstigen Blickwinkel, um den halben Hausflur überblicken zu können, und nun beobachtete er ganz nebenbei, wie Hassan Muna auf die andere Seite zum stillen Örtchen begleitete. Dabei stellte er recht angenehm überrascht fest, dass er sich zum ersten Mal wirklich männliche Gefühle einstellten, als er sich für das zu interessieren begann, was ihm vor die Augen kam. Hassans Hemd reichte Muna bis zum halben Oberschenkel, zwei Knöpfe waren geöffnet, so dass es ziemlich viel von ihrem Dekolleté und hin und wieder eine Schulter sehen ließ. *Ich glaube, ich habe meine Augen wirklich überall,* grinste er zufrieden in sich hinein. Sicher gab es in den nächsten Wochen noch viel mehr zu entdecken. Den Unterhaltungen der Männer war zu entnehmen gewesen, dass sich Hassan bei erster Gelegenheit hautnah mit seiner Eroberung beschäftigen würde und dabei konnte er sich bestimmt ein paar Tipps abschauen, wie man eine Frau für sich begeistern konnte.

Yasin wartete noch ein paar Minuten, dann trug er das Essen auf. Fast mit Bedauern stellte er fest, dass nun alle Knöpfe geschlossen und sämtliche anregende Einblicke verschwunden waren.

„Hol dir auch einen Teller", wies Hassan an.

Yasin nickte erfreut und beeilte sich wieder an den Tisch zu kommen. Muna blieb im Bett. Hassan hatte ihr nach dem morgendlichen Crash widerwillig alles darüber erzählt, wie dünn der seidene Faden noch immer war, an dem ihr Leben hing. Dabei verkniff er sich jeden noch so leichten Vorwurf, weil die Schuld für den heftigen Rückfall zu gleichen Teilen auf beiden Seiten lag.

Als Muna gründlich darüber nachdachte, was Hassan für sie alles auf sich nahm, dann wollte sie nun lieber alle Bedingungen des Doktors erfüllen, um nicht noch mehr Stress und Kosten zu verursachen.

„Heute gar kein Widerspruchsgeist?", fragte Hassan nach dem Essen mit besorgtem Unterton.

Muna lächelte. „Nein. Erstens war Yasins Eintopf sehr lecker und zweitens versuche ich, brav zu sein und dich und den Doc nicht restlos zu verärgern."

„Ob du das durchhältst, weiß ich zwar nicht", schmunzelte Hassan. „Aber der gute Vorsatz muss belohnt werden." Er öffnete das Päckchen, das er auf dem Fensterbrett abgelegt hatte, zog ein farbenfrohes besticktes Kleid hervor und legte es auf das Bett bis an Munas Schultern.

„Für mich?", fragte Muna überrascht, mit strahlenden Augen.

„Ich weiß zwar nicht, wann du Geburtstag hast, aber ich hab mal gehört, dass sich Frauen jederzeit über Geschenke freuen", erklärte Hassan mit einem fröhlichen Blinzeln.

Muna nickte. „Das mit dem Geburtstag weiß ich auch nicht mehr, aber dafür umso genauer, wie sehr ich mich freue." Sie malte mit dem Zeigefinger die Stickereien nach. „Ich darf es bestimmt erst anziehen, wenn ich wieder ganz gesund bin", sinnierte sie.

„Ja", sagte Hassan. „Ich hänge es hier über die Stuhllehne, damit du es jederzeit betrachten und anfassen kannst."

„Danke." Muna wischte eine Freudenträne weg.

Yasin

Abends bemühte sich Hassan sehr, beim Salbeauftragen seine Hände unter Kontrolle zu halten und auch an den folgenden beiden Tagen hielt er sich streng daran, sämtliche An- und Aufregungen sexueller Natur von Muna fernzuhalten. Sie schlief, Dank Miraculix' Tees, gut und ausgiebig. Ihr Zustand stabilisierte sich zusehends, die Schmerzen beim Atmen ließen nach und die Blutergüsse wichen gelblichen Tönen, zwischen denen weiße makellose Haut auftauchte. Yasin stellte, nicht ganz unzufrieden, fest, dass der Boss frisch wirkte, endlich wieder voller Elan steckte und diesen freundlichen Zug behielt, der sich, seit Munas Anwesenheit, eingebürgert hatte. So wagte er es auch, nach ein paar Tagen, zu sagen: „Im Lager steht noch eine Kiste mit Seidentüchern."

„Guter Tipp!", rief Hassan. „Such eins aus, das zu Munas buntem Kleid passt."

„Aber gern doch", und schon war Yasin im Nebengebäude verschwunden. Mit einem hellblauen Prachtstück, genau in der Grundfarbe des Kleides, tauchte er nach einer Weile wieder auf.

Hassan warf ihm ein Geldstück zu. „Geh in Ruhe einen Kaffee trinken."

Yasin staunte. Offensichtlich stufte ihn Hassan nun ranggleich mit den anderen ein, denn es grenzte schon fast an eine Auszeichnung, wenn er ihn ganz offiziell in eines der kleinen Kaffeehäuser, gleich um die Ecke, gehen ließ. Dort traf er auf den Doktor, der ihn überrascht anschaute.

„In die Riege der Männer aufgestiegen?", fragte er neugierig.

„Ja, abgesehen von einer Erfahrung, die mir noch fehlt", schmunzelte Yasin.

„Kommt noch", erwiderte der Doc, einen kräftigen Zug aus der Wasserpfeife nehmend. „Wie geht es Muna?"

Yasin schaute sich kurz um, ehe er leise antwortete: „Sie macht wirklich gute Fortschritte. Hassan steckt ihr kleine Ziele und lobt mit Geschenken."

„Ach schau an", amüsierte sich der Doktor. „Hat er es dir gesagt?"

Yasin winkte ab und grinste breit: „Ich hab doch Augen im Kopf. Ich würde es ganz bestimmt genau so machen, so was funktioniert immer." Yasin blinzelte ihm fröhlich zu, zahlte und machte sich auf den Heimweg.

Eine Woche später fand sich der Doktor zur gründlichen Untersuchung seiner Patientin ein. Sie erwartete ihn am Tisch sitzend. Sie hatte sich aus einem von Hassan Tüchern eine Art Pareo gebunden, trug darüber eines seiner Hemden. Sie wollte keinesfalls noch einmal fast nackt vor dem Doktor stehen.

„Ein überaus erfreulicher Anblick, so ohne die bunten Flecke auf der Haut", stellte der Doc zufrieden fest. „In der Lunge scheint auch fast alles wieder in Ordnung zu sein." Dann wandte er sich zu Hassan um. „Hast du mit ihr über das seltsame Ding unter ihrer Haut gesprochen?"

Der schüttelte den Kopf.

Muna zog die Augenbrauen zusammen. „Wovon redet ihr?"

„Sie haben einen eigenartigen Fremdkörper in der Haut stecken, der uns Sorgen bereitet." Der Doktor nahm Munas Hand, führte sie unter leichtem Druck über die besagte Stelle.

„Fühlt sich an wie ein Knochensplitter", überlegte Muna laut.

„Vielleicht, vielleicht auch nicht." Der Doktor wiegte den Kopf. „Ich bin geneigt, es zu entfernen, bräuchte aber Ihre Zustimmung. Stabil genug ist Ihr Zustand, um das tun zu können. Allerdings würde es Ihnen zwei, drei Tage leichte Schmerzen einbringen."

„Wie stellen Sie sich das Ganze vor?", fragte Muna.

„Es dürfte genügen, die Stelle örtlich zu betäuben. Dann mache ich mit der Spitze eines Skalpells einen winzigen Schnitt und nehme mit einer Pinzette das Objekt heraus."

„Und das ist alles?"

„Normalerweise ja, denn man kann es unter der Haut ein wenig verschieben. Ich gehe also davon aus, dass ich es ohne Probleme heraus bekomme und ein Heftpflaster zum Schutz in den ersten drei Tagen ausreicht."

Muna schaute Hassan fragend an.

„Mich beunruhigt das Ding", gab er unumwunden zu.

„Okay. Tun Sie es Doktor. Aber unter der Bedingung, dass Sie es mir zeigen, was da in meinem Körper steckt."

„Ich verspreche es Ihnen. Wann ..."

Er brauchte die Frage nicht zu beenden.

„Sofort!", rief Muna und knotete ihre Haare hoch.

Hassan schloss für den Bruchteil einer Sekunde die Augen. Wieder Bangen!

Der Doktor ging sich die Hände waschen, packte den Inhalt seiner großen Tasche auf den Tisch und wählte sorgfältig aus. Schließlich desinfizierte er mit Alkohol seine Hände und auch die Region, an der er gleich den Schnitt ansetzen würde. Er vereiste die Stelle, um schließlich mit sicherer Hand eine winzige Öffnung zu schaffen. Mit dem linken Zeigefinger drückte er kaum merklich auf das Ende des kleinen Dinges, welches sofort aus der Haut flutschte.

„Scheiße", murmelte Hassan, als er bestätigt sah, was der Doktor seit dem ersten Tag befürchtet hatte.

„Was ist passiert?", fragte Muna sofort, die wie eine Statue auf den Tisch gestützt saß, damit der Arzt in Ruhe arbeiten konnte.

„Einen kleinen Augenblick", bat dieser, zog die Schutzfolien von einem Pflaster und klebte es auf die kleine Wunde.

Er legte das Objekt auf einen Mulltupfer, den er vor Muna auf den Tisch schob, wobei er sagte: „Das ist definitiv kein Knochensplitter."

„Was ist das?", fragte sie angewidert. „Das hat sich bestimmt bei meinem Unfall da hinein gespießt."

Beide Männer schüttelten stumm die Köpfe.

„Was dann?" Muna wirkte verunsichert. Sie drehte den Tupfer hin und her, um dieses seltsame Körnchen genau betrachten zu können.

„Das ist ein Mikrochip", erklärte der Doktor schließlich. „So ähnlich markiert man in vielen Teilen der Welt Tiere."

Muna wurde übel, als sie das hörte. Sie sprang auf, rannte zur Latrine und übergab sich mehrmals heftig. Hassan brachte sie schließlich ins Bett. Der Doktor saß noch immer am Tisch und untersuchte den Chip.

Muna klammerte sich an Hassans Arm. „Was haben die mit mir gemacht? Wer hat das getan? Warum haben die mich in die Wüste gebracht? Ich habe Angst!"

„Hast du ihr inzwischen erzählt, was deine Leute für Informationen von der Stelle aus der Wüste mitbrachten, wo man sie vermutlich umbringen wollte?", fragte der Doc Hassan.

„Nein, aber ich sollte es jetzt tun, solange du im Haus bist." Hassan berichtete Muna jedes Detail.

Muna begann herzzerreißend zu schluchzen. „Aus einem Hubschrauber geworfen? Warum? Was habe ich getan?"

„Das werden wir wohl erst erfahren, wenn du dich eines Tages wieder erinnern kannst." Hassan streichelte ihr Haar. „Doktor, bleibe einen Moment bei Muna, ich will das Ding unschädlich machen." Hassan nahm den Chip an sich, ging auf den Hof, legte ihn auf einen Granitstein und schlug zielsicher mit einem schweren Hammer zu. Die krümeligen Reste warf er ins Feuer.

„Das Ende eines Alptraums" kommentierte er kurz und bündig. „Falls sie dich nicht schon hier geortet haben, können sie das in Zukunft voll vergessen."

Der Doktor gab Muna ein Beruhigungsmittel.

„In drei Tagen kannst du das Pflaster abmachen und dann darf sie auch endlich im Garten baden. Sie soll aber sehr vorsichtig sein, damit sie sich nicht erkältet. So was kann sie nach all dem Leid nun wirklich nicht gebrauchen", sagte er noch zu Hassan, ehe er sich zum nächsten Patienten aufmachte.

Yasin, der in der Küche den Nachmittagskaffee vorbereitete, grinste genüsslich. Irgendwo würde er schon ein Versteck finden, von wo aus er dabei zuschauen könnte.

Hassan kehrte zu Muna zurück, die sich trotz des starken Medikamentes unruhig im Schlaf hin und her warf. Würde sie sich nach dem heutigen Schockerlebnis erinnern? Und wenn ja, was würde dann geschehen? Er wollte nicht mehr ohne diese geheimnisumwitterte, zierliche Frau leben. *Ich lasse sie mir nicht wegnehmen!*, schrie es in seinen Gedanken. *Nein! Ich werde bis zum letzten Blutstropfen um sie kämpfen!*

Um die wehmütige Stimmung etwas zu vertreiben, warf er ein paar Krümel Weihrauch in eine Räucherschale. Der Duft zog durch das ganze Haus, weckte Muna und zauberte ein verträumtes Lächeln auf ihr Gesicht.

Yasin nahte mit Kaffee und Gebäck.

„Möchtest du mich zu den Speichern begleiten?", fragte Hassan. „Ich will nur kurz nach dem Rechten schauen."

Muna, die seit sie hier war, das Haus nicht mehr verlassen hatte, freute sich riesig. Endlich die Sonne auf der Haut fühlen und den Wind spüren!

Jetzt naschte sie erst einmal das Ingwergebäck. „Ich wusste gar nicht, dass es so was hier gibt!", rief sie erstaunt.

„Hat mir ein Inder beigebracht", erklärte Yasin. „Der war mit einer Touristenkarawane am selben Lagerplatz wie wir und ich habe mir einige Tricks von ihm abgeschaut."

Hassan hob erstaunt den Kopf. „Am selben Lagerplatz?"

„Hm, ist ein Weilchen her. Da war ich vielleicht sechs oder sieben Jahre alt und noch neugieriger als jetzt", antwortete Yasin.

Hassan begann dröhnend zu lachen. „Es war wohl genau die richtige Entscheidung, dich hierzubehalten, da sind kulinarische Genüsse und gute Unterhaltung garantiert."

Yasin grinste jungenhaft. Er hatte in den letzten Tagen schnell begriffen, wo seine Vorteile lagen und nutzte diese überaus geschickt. Natürlich trainierte er auch weiterhin verbissen das, was Hassan bei seinen Männern voraussetzte: den Umgang mit dem Dolch, Kraft und Schnelligkeit.

Jetzt, nach der Kaffeepause, trug er erst einmal das Geschirr zurück in die Küche.

Muna schlüpfte in ihr neues Kleid, drehte sich vor dem Spiegel in alle Richtungen. Das Seidentuch rollte sie zusammen, um es als Haarband zu tragen. Die Zipfel des Knotens lugten noch ein wenig unter ihrem dunklen Haar hervor. Hassan kam aus seinem Büro zurück und bekam große Augen. Traum-Frau war wohl gerade der Ausdruck, der treffsicher beschrieb, was er fühlte.

„Du siehst umwerfend aus", sagte er zufrieden lächelnd. „Komm, gehen wir."

Sie folgte ihm durch die hintere Tür in den Garten, den sie sich völlig anders vorgestellt hatte. Verschlungene Wege wanden sich zwischen Palmen und Ölbäumen hindurch, hin und wieder tauchten die bunten Tupfen blühender Sträucher auf. Im Zentrum stand sie plötzlich vor einem klaren Teich mit gemauerten Rändern, der zum Träumen, aber vor allem zum Baden einlud. Der Bewässerungsgraben durchschnitt das Gelände in kleinen Mäandern, denen auch einer der schmalen Wege folgte. Hassan wählte ebenjenen Weg, um Muna möglichst viel von seinem kleinen Reich zu zeigen.

„Außerhalb der Erntezeit kommt, außer mir und vielleicht einem meiner Männer, wenn er den Auftrag dazu hat, kein einziger Mensch hierher", erklärte er leise, als befürchtete er, die Ruhe des Palmenwaldes zu stören. Er deutete auf drei kleine Lehmhäuser. „Da hinten sind wir schon am Ziel. Dort lagern alle Waren, mit denen ich handele."

Muna schaute sich neugierig um. Das ganze Areal war mit hohen Mauern umgeben, die es zuverlässig schützten.

Hassan schloss die Tür der ersten kleinen Lagerhalle auf. Der intensive Geruch von Gewürzen schwebte überall im Raum. Hassan blickte sich forschend um und nickte. Keine Löcher in den Säcken, kein Ungeziefer, alles bestens. Auch in den anderen Lagern herrschte peinliche Ordnung. Yasin hatte die Kisten wieder so verschlossen, als wären sie nie geöffnet gewesen.

„Vertrauen ist gut, Kontrolle ist besser", schmunzelte Hassan.

Muna zuckte sichtlich zusammen. „Das habe ich schon einmal gehört. Ich weiß nur nicht wo, von wem und in welchem Zusammenhang", stammelte sie verstört. „Aber ich habe dabei ein ganz mieses Gefühl." Unbewusst fasste sie in ihren Nacken.

Hassan zog für den Bruchteil eines Lidschlags die Augenbrauen zusammen. Er hatte sofort denselben unschönen Gedanken an den Chip gehabt. Nun nahm er Muna in die Arme. „Tut mir leid. Für mich ist das einfach ein Spruch, der immer und überall zutrifft." Er streichelte ihre Wange. „Hast du Schmerzen?", fragte er, auf die kleine Wunde unter dem Pflaster anspielend.

Muna schüttelte leicht den Kopf. „Ich bin froh, dass das Ding raus ist. Hoffentlich war das die letzte schlimme Botschaft."

„Das hoffe ich auch." Hassan zog sie an sich und küsste sie so leidenschaftlich, wie sie es sich in den letzten Tagen immer heimlich erträumt hatte, denn er war, eingedenk des Abenteuers mit Doktorbesuch als Folge, auf Distanz gegangen. Jetzt, ziemlich sicher, dass der winzige Kratzer in der Haut keine wirkliche Gefahr sein würde, nahm Hassan endlich wieder ganz nahe Tuchfühlung auf.

„Ich hätte nichts dagegen, wenn du dir auf der Stelle alles nehmen würdest", hauchte ihm Muna ins Ohr.

„Yasin bestimmt auch nicht – vergiss nicht, dass er mein Schatten und deshalb hier irgendwo in der Nähe ist", gab Hassan mit einem amüsierten Blinzeln zurück. „Heute Nacht werde ich zu dir unter die Decke kommen und ohne Zuschauer Punkt für Punkt deine Wünsche erfüllen", versprach er.

„Das ist ein durchaus akzeptabler Vorschlag." Muna schmiegte sich an ihn, dass ihm siedendheiß wurde und er ziemliche Mühe hatte, nicht doch noch zu vergessen, dass sie nicht allein waren. Die langsam untergehende Sonne erinnerte ihn aber daran, dass es nicht mehr lange dauern würde, bis er sich mit ihr ganz ausgiebig befassen konnte. Eng umschlungen wandelten sie zwischen den hohen Bäumen zurück zum Haus.

Yasin schien sich nicht, von der Stelle bewegt zu haben. Er brühte gerade Tee auf, das Geschirr stand bereit und auch sonst machte er ganz den Eindruck, als wäre er schon eine Ewigkeit als Küchenwunder zugange.

„Er ist gut", raunte Hassan Muna ins Ohr. „Selbst ich hätte schwören mögen, dass er das Haus seit Stunden nicht verlassen hat."

„Und du bist sicher, dass er es getan hat?", fragte sie.

„Ganz sicher. Hast du nicht den dunklen Fleck an seiner Galabiya bemerkt? Er hat garantiert auf irgendeiner Palme gesessen, mit Blick auf den ganzen Garten."

„Und da sagst du, ich sei, wenn ich baden möchte, ganz ungestört", warf Muna kopfschüttelnd ein.

Hassan lachte. „Stören wird er dich auch nicht. Dass er sich an deinem Anblick erfreuen will, kann ich mir allerdings sehr gut vorstellen."

„Schau an! Du duldest das also auch noch!", rief Muna gekünstelt theatralisch.

Hassan lachte noch immer. „Er kann sich denken, dass er glatt als Wüstenfuchs durchgeht, wenn ich ihm die Ohren langziehe, sollte ich ihn dabei erwischen."

„Und lässt er sich nicht erwischen?"

„Lernt er sicher angenehme Dinge für das Leben." Hassan schloss Munas Mund mit einem besitzergreifenden Kuss.

Yasin öffnete die Tür, zuckte mit den Schultern, stellte das Abendbrot leise ab und machte sich mit einem breiten Grinsen auf, den Tee zu holen. Als er wiederkam, klopfte er vorsichtshalber, man konnte ja nie wissen … Zumindest ahnte er, dass diese Nacht heiß werden würde. Es erstaunte ihn kein bisschen, als irgendwann der Schein mehrerer Öllämpchen aus dem Fenster drang und mit ihm der Duft ausgesuchten Räucherwerks. Es gab zwar keine Chance zu spannen, aber er konnte ja zur Abwechslung die Ohren weit offen halten, was er auch sofort tat.

Die beiden Turteltauben ahnten nichts davon und wenn, dann wäre es ihnen im Augenblick völlig egal gewesen.

Im Gegensatz zu Hassan, der genau wusste, welcher Anblick ihn gleich erfreuen würde, ahnte Muna nicht, was sich unter seiner weiten Galabiya verbarg. Er war in Vorfreude ganz Auge, als Muna einen eindrucksvollen Striptease begann, ihn mit einbezog und beide endlich nackt und heftig erregt im Bett landeten. Munas Hände huschten über einen ausgeprägten Sixpack, wanderten langsam auf den Rücken, von da immer tiefer, bis sie Hassans knackigen Hintern zu fassen bekamen. Mit einer nie gekannten Lust presste sie ihn an und so zugleich in sich. Sanft dirigierte sie ihn, um von einem Höhepunkt zum nächsten zu gelangen.

Hassan atmete innerlich auf, als Muna irgendwann den Schmusegang einlegte. Seine Lippen erkundeten jeden Quadratzentimeter ihrer heißen Haut. Eigentlich wurde es ihm erst heute richtig bewusst, als sie an ihn gekuschelt lag, wie erstaunlich der Farbunterschied zwischen ihnen war. Das Weiß und das zarte Rosa ihrer Brüste faszinierten ihn. Immer wieder streichelte er sie, begeistert davon, dass sie für eine Frau in diesem Alter ausgesprochen straff, ja beinahe jugendlich wirkten. Das gab ihm, tief im Innersten, die Hoffnung, dass nirgends ein oder gar mehrere Kinder nach ihr suchten.

Als Muna sanft einschlummerte, zog er die Decke übers Bett und glitt, sie fest in seinen Armen haltend, in einen wundervollen Traum hinein. Der seine Fortsetzung in der Realität erlebte, als er im Morgengrauen erwachte, sie noch immer in den Armen haltend.

Yasin trollte sich breit grinsend noch einmal, als er schon nach dem Öffnen der Haustür das lustvolle Stöhnen hörte. Nasri fing er unterwegs mit den Worten ab: „Hassan ist im Augenblick schwer beschäftigt. Versuchs in einer halben Stunde noch mal."

„Muss wohl stimmen, wenn du sogar die Flucht ergreifst", witzelte Nasri und kehrte ebenfalls um. Der Doc schien grünes Licht gegeben, und Hassan einen Blitzstart bei Muna hingelegt zu haben. Nasri hätte sich auch sehr gewundert, wenn es anders gelaufen wäre, bei der liebevollen Fürsorge, die Hassan dem Findling angedeihen ließ. Wobei seine Bemühungen so offensichtlich auf Gegensympathie stießen, dass man schon ein rechter Trottel sein musste, um nicht darauf zu kommen, was die beiden wohl zu so früher Stunde gerade umtrieb.

Also machte er sich erst wieder auf den Weg, als Yasin eine ganze Stunde später noch einmal losging und in Hassans Haus blieb.

Der Herr des Anwesens war blendend gelaunt, hörte sich bis zum Ende an, was Nasri zu sagen hatte und zog auch nicht einmal ein finsteres Gesicht, als es um neues Zaumzeug für zwei der Pferde ging.

„Handele den alten Gauner runter, so tief es geht", bat er nur, als er Nasri zum Sattler schickte.

„Geht klar!" Nasri machte sich flugs vom Hof, ehe es sich Hassan doch noch anders überlegen konnte. So gute Laune musste man einfach ausnutzen. Und gute Laune steckt an, also feilschte Nasri um den Preis, als ginge es um sein Leben. Der alte Mohammed kratzte sich nachdenklich am Kinn. Um wenigstens noch ein halbwegs passables Geschäft zustande zu bringen, schlug er schließlich ein. Womöglich ritt Nasri noch ein paar Kilometer, um der Konkurrenz seine Aufwartung zu machen. Das wäre ganz und gar nicht gut gewesen.

Leila

Hassan widmete sich in den folgenden Tagen intensiv seinem Bürokram. Da war die letzte Stofflieferung, die ihm der betagte Sami noch nicht bezahlt hatte. Langsam wurde es Zeit, das Geld einzutreiben. Bis zur Ankunft der nächsten Karawane wollte Hassan noch warten, dann wäre endgültig Schluss mit lustig.

Muna übernahm, Stück für Stück, die üblichen Arbeiten einer Hausfrau. Yasin half ihr, wobei er ihr natürlich auch beibrachte, landestypisches Essen zuzubereiten. Hassan staunte, wie schnell und unkompliziert sie von ihrem neuen Leben Besitz ergriff. Auch ohne dringende Einkäufe unternahm sie hin und wieder einen kleinen Bummel auf den Basar. Hassan wäre der Letzte gewesen, der ihr dieses kleine Vergnügen verwehrt hätte, zumal Muna das Haushaltsgeld, das er ihr gab, sorgsam zusammen hielt. Die Kugel Eis, die sie sich leistete, fiel nun wirklich nicht weiter ins Gewicht. Um Taschengeld hatte sie nie gebeten.

Yasin war nun immer öfter als Bote Hassans unterwegs. Heute hatte er den unangenehmen Auftrag erledigt, Sami mitzuteilen, dass der Zahlungsaufschub endgültig abgelaufen sei.

„Wie hat er reagiert?", wollte Hassan wissen.

Yasin zuckte mit den Schultern. „Ziemlich einsilbig. Ich weiß nicht einmal, ob er wirklich begriffen hat, dass er mit seiner Frau auf der Straße sitzt, wenn du deine Forderungen gerichtlich durchsetzt."

„Und sie?"

„Ist völlig verzweifelt. Ich glaube, sie hat resigniert."

Hassan zog ein finsteres Gesicht. „Es tut mir zwar leid für sie, aber drauf kann ich keine Rücksicht nehmen."

Zwei Tage später betrat eine verschleierte Frau Hassans Haus. Unschlüssig blieb sie an der Tür zum Büro stehen. Muna betrat soeben von der anderen Seite den Gang.

„Kann ich Ihnen helfen?", fragte sie.

Die Frau nickte. „Ich soll im Auftrag meines Mannes Hassan diesen Brief bringen." Sie hielt Muna den braunen Umschlag entgegen.

Muna klopfte, zog die Tür auf. „Du hast Besuch." Sie bedeutete der Fremden, einzutreten.

„Muna, einen Augenblick!", rief Hassan, ehe sie die Tür schloss. „Wärest du so freundlich, für uns drei Kaffee zu kochen?"

„Aber natürlich. Sofort." Muna eilte in die Küche. Sie hatte die junge Frau schon einige Male auf dem Basar gesehen und war stets über deren leeren Blick erstaunt gewesen. Wer mochte sie wohl sein? Muna stellte das Geschirr auf das Tablett und eine Schüssel ihres Lieblingsgebäcks.

Hassan war noch dabei, den Brief zu lesen, wobei sich seine Miene mit jeder Zeile verfinsterte. Zitternd saß die Fremde in ihrem Sessel. Muna nahm ebenfalls Platz und hatte genügend Zeit, sie zu beobachten. Ein verschüchtertes Gesicht von etwa siebzehn Jahren, Verzweiflung und völlige Resignation in den Augen. Hassan blickte kurz auf. Wortlos reichte er das Papier an Muna weiter.

„Meint er das ernst?", fragte sie entsetzt, als sie den Brief beiseite legte.

Hassan nickte.

„Kennen Sie den Inhalt?", wandte er sich an die Frau.

Leila schüttelte den Kopf.

„Ist wohl auch besser." Hassan warf das Papier in die Schublade seines Schreibtisches. „Wir werden eine Lösung finden."

„Danke!" Die junge Frau warf sich Hassan zu Füßen.

Er hob sie auf und schob sie Muna entgegen. „Bis dahin sollten sie ein wenig mit Muna im Garten spazieren gehen. Ich muss nachdenken." Er bedeutete Muna mit den Augen, Leila schonend über den Inhalt des Briefes zu unterrichten.

Nach dem Kaffee folgte Leila Muna in den Garten.

„Sie scheinen Ihrem Mann nicht sonderlich viel zu bedeuten", begann Muna das Gespräch.

„Ich bedeute ihm gar nichts", flüsterte Leila. „Früher nannte man ihn ‚den Mann ohne Frau'. Er ist ... er war einer der reichsten Männer hier und so fragte nie jemand nach, warum er keine Frau hatte."

Schweigend gingen die beiden tiefer in den Garten hinein.

„Warum hat er Sie plötzlich geheiratet?", wollte Muna wissen.

Leila lehnte sich mit der Stirn an einen Palmenstamm. „Mein Vater konnte seine Schulden nicht bei ihm bezahlen und so hat er mich dem alten Mann verkauft."

„Bitte???" Muna glaubte, sich verhört zu haben.

„Es ist wahr. Er hat mich verkauft. Da war ich sechzehn. Mein Mann ist jetzt fünfundneunzig, er ist taub und fast blind." Leila schluckte.

Muna nahm sie einfach in den Arm, streichelte sie tröstend.

„Seit drei Jahren kann er seine Geschäfte nicht mehr führen, weil es mit seiner Gesundheit schnell bergab geht ... Nun ist wohl der Punkt erreicht, an dem er zahlungsunfähig ist." Leila begann zu weinen. „Manchmal hoffe ich, dass er bald diese Welt verlassen möge ... Ich kann nicht mehr! Ich will nur noch hier weg."

Muna schlug den Weg zum Badeteich ein. Sie begann, sich am Wasser auszuziehen. Leila schaute erstaunt zu.

„Kommen Sie, waschen Sie einfach für ein paar Minuten alle Sorgen ab", sagte Muna und stieg ins Wasser.

Leila lächelte. Die Sorgen abwaschen ... Ein paar Minuten auf andere Gedanken kommen, konnte sicher nicht schaden. Sie legte ihre Kleider ab und ließ sich langsam in den Teich gleiten.

„Haben Sie Kinder?", fragte Muna, wohl ahnend, dass es fast nicht sein konnte.

Leila schüttelte den Kopf. Ein seltsames Lächeln huschte über ihr Gesicht. Muna schaute sie fragend an. Leila stützte sich mit den Unterarmen neben Muna am Rand des Badebeckens ab.

„Ich weiß nicht, ob ich darüber lachen oder lieber bitterlich weinen soll. Sami hatte es nicht mal in der Hochzeitsnacht geschafft, mich wie ein richtiger Mann zur Frau zu machen. Da läuft nichts. Ich weiß bis heute nicht wirklich, wie es sich anfühlt, mit einem Mann zu schlafen. Er tönt zwar vor seinen Freunden, dass er es ab und zu schafft, mich zu befriedigen, aber das ist gelogen."

Muna schmunzelte. „Klingt ganz so, als wären Sie einem Abenteuer nicht abgeneigt, um diese eine Erfahrung zu bekommen."

Leila nickte kaum merklich.

Muna stieg aus dem Wasser. „Genau genommen hat Sie Ihr Mann auch verkauft. Er will Sie bei Hassan in Zahlung geben, wenn er keinen weiteren Aufschub bekommt."

Leila wurde leichenblass. „Das kann er doch nicht machen!" Sie schlug die Hände vor das Gesicht.

Muna legte ihr den Arm um die Schulter. „Pass auf", ging sie zum vertrauten ‚Du' über. „Hassan findet immer einen Weg. Bis dahin habe ich eine Idee, wie du dich ein wenig schadlos an deinem Mann halten kannst. Komm morgen um die gleiche Zeit zu mir. Dann verrate ich dir Dinge, die dich sicher erfreuen werden."

Leila nahm Munas Hand. „Ich werde kommen. Sie ... äh, du bist wahrscheinlich der einzige Mensch, der mich versteht. Danke." Etwas beruhigter, folgte sie Muna zu Hassan. Trotzdem konnte sie es nicht ganz verhindern, dass ihr die Schamröte ins Gesicht stieg, ob der Tatsache, dass Sami sie so einfach einem fremden Mann überlassen wollte.

„Muna würde mir die Hölle heiß machen, nähme ich dieses Angebot an", lachte Hassan. Dann wurde er ernst. „Sagen Sie ihm, dass ich noch zwei Monate auf die fällige Zahlung warten werde."

„Danke. Vielen, vielen Dank." Leila wischte ein paar Freudentränen weg.

Muna begleitete sie hinaus. „Nicht vergessen, morgen um die gleiche Zeit." Sie blinzelte mit einem Auge.

Leila eilte davon.

„Nun, wie war das Gespräch?" Hassan zog Muna in seine Arme.

„Ziemlich aufschlussreich. Hast du gewusst, dass der Alte noch nie mit seiner Frau geschlafen hat?"

„Ach, schau an! Dann ist sie wohl nur so was wie seine Krankenpflegerin?"

„So sehe ich das auch." Muna küsste ihn auf die Nasenspitze. „Sie kommt morgen wieder zu mir, um ein wenig ihren Kummer zu vergessen."

„Du hast doch noch etwas anderes vor", stellte Hassan lächelnd fest.

„Stimmt! Aber das verrate ich dir noch nicht. Ich bin dir jedenfalls sehr dankbar, dass du ihr noch einen Aufschub gibst."

Am nächsten Morgen ging Muna zu den Kamelen, wo sie sicher Yasin finden würde.

„Guten Morgen!", rief der junge Mann schon von weitem.

„Guten Morgen!", antwortete Muna. „Ich muss mit dir reden."

Yasin lehnte sich zu ihr ans Gatter der Tiere.

„Du kennst doch den greisen Sami?", fragte sie.

„Wer kennt den hier nicht?", schmunzelte Yasin. „Ein Wunder, dass der alte Kauz noch lebt. Liegt wohl daran, dass er eine blutjunge Frau hat."

„Dann weißt du sicher auch, dass sie sehr unglücklich ist", fuhr Muna fort, ohne direkt auf seine Worte einzugehen.

Yasin hob überrascht den Kopf. „Das ist mir neu."

„Kannst du dir vorstellen, dass er noch nie mit ihr geschlafen hat?"

„Wie?" Yasin glaubte, sich verhört zu haben.

„Und kannst du dir auch vorstellen, dass sie gern einmal bei einem richtigen Mann liegen würde?"

Yasin zog die Augenbrauen zusammen. „Du erzählst mir das doch nicht einfach so?"

„Nein." Muna schaute ihm tief in die Augen. „Ich weiß, dass du sehr oft zuhörst, wenn ich mit Hassan Sex habe …"

Yasin entfärbte sich schlagartig.

„Ich weiß auch, dass du gern manchmal an seiner Stelle wärest."

„Ich gebe ja alles zu. Aber sage es bitte nicht Hassan", flehte Yasin. „Der bringt mich um."

Muna lachte. „Unsinn. Ich wollte dir einen Vorschlag machen, der aber nicht mich betrifft. Morgen kommt Leila zu mir. Sie wäre einem oder mehreren kleinen Abenteuern nicht abgeneigt. Sei in der Nähe des Badeteiches – nutze deine Chance."

„Was wird, wenn es Sami herausbekommt?"

Muna klopfte Yasin auf die Schulter. „Selbst wenn du Leila schwängern solltest, dürfte es keine Probleme geben. Er würde dein Kind, überaus stolz, als das seine ausgeben. Und wenn du schlau bist, heiratest du sie, sobald Sami die Augen für immer geschlossen hat und die Trauerzeit vorbei ist. Ich könnte mir vorstellen, dass du seine Geschäfte wieder zum Laufen kriegst."

Muna wandte sich zum Gehen. „Vielleicht kann ich dir auf diese Weise danken, dass du mein Leben gerettet hast."

Yasin schaute ihr lange hinterher. In seinem Kopf kreisten die Gedanken.

Er hatte die beiden Frauen beim Baden beobachtet und sich vorgestellt, wie es wohl sein würde, ihre Rundungen zu streicheln. Dabei hörte er stets Munas lustvolles Stöhnen in seinem geistigen Ohr. Wobei er die festen straffen Brüste Leilas mit besonderem Interesse betrachtet hatte.

In Vorfreude auf das, was ihm Muna bei Leila in Aussicht stellte, konnte er die ganze Nacht nicht schlafen. Immer wieder rief er sich ins Gedächtnis, mit welchen Zärtlichkeiten Hassan Munas Lust, zum Kochen brachte. Leila würde kaum etwas von seiner Unerfahrenheit bemerken. So fieberte er dem Augenblick entgegen, an dem die junge Frau Muna besuchen käme.

Kaum bemerkte er sie in der kleinen Gasse, verschwand er Richtung Garten und wartete hinter den blühenden Hecken auf das, was geschehen würde. Muna begrüßte Leila mit einem verschmitzten Lächeln.

„Erst einen anregenden Kaffee und dann ab ins Badebecken", erklärte sie mit einem Blinzeln. „Wie hat Sami die gute Nachricht aufgenommen?"

Leila zuckte mit den Schultern. „Fast gar nicht. Ich werde das Gefühl nicht los, es wäre ihm lieber gewesen, wenn Hassan keinen Aufschub gewährt hätte."

„Und dir?"

„Egal was ich sagen würde, es wäre entweder eine ganze Lüge oder zumindest nur eine halbe Wahrheit", antwortete Leila. „Es ist schon ein sehr anregender Gedanke, mit einem richtigen Mann das Bett zu teilen."

„Das heißt also, du bist nach wie vor zu einem Abenteuer bereit?"

„Ja. Das gebe ich gern zu." Leila nickte heftig.

„Bestens! Dann sollten wir dem Schicksal tief in den Rachen greifen. Komm!"

Muna wählte den schnellsten Weg zum Teich. Sie war sich ganz sicher, dass Yasin schon irgendwo hinter den Bäumen stecken und auf ein Zeichen von ihr warten würde.

Beide zogen sich aus, nahmen ein ausgiebiges Bad und legten sich anschließend in die Sonne.

„Es ist schön hier", murmelte Leila mit geschlossenen Augen.

„Ja, das ist es." Muna stand leise auf, winkte in die Richtung, in der sie Yasin vermutete und zog sich lautlos an.

Genau so lautlos näherte sich Yasin. Muna blinzelte und ließ die beiden allein.

Yasin kniete sich neben Leila. Sanft ließ er seine Fingerspitzen über ihren Hals bis hin zu den Brüsten gleiten. Leila blieb mit geschlossenen Augen liegen. In einem Zustand zwischen Wachsein und Traum genoss sie die Zärtlichkeiten. Sie seufzte wohlig auf, als die Hand tiefer glitt und zwischen ihren Schenkeln verweilte. Sie bot sich dem Fremden in ihrem vermeintlichen Traum an, indem sie ihm freie Bahn in die Tiefen ihres Körpers gab. Seine Lippen legten sich auf ihren Mund, dann fühlte sie, wie sein Penis in sie eindrang. Leila begriff nur langsam, dass sie nicht schlief. Sie folgte intensiv den rhythmischen Bewegungen des anderen Körpers, der sie bedeckte, umschlungen hielt und ihr endlich das Gefühl gab, wirklich eine Frau zu sein. Sie erschrak nicht einmal darüber, dass sie keine Ahnung hatte, wer es war. Es war ihr völlig egal. Sie genoss die sanften Berührungen, die heißen Küsse und das Gefühl, dass jemand mit allen Sinnen von ihr Besitz ergriff.

Hassan begab sich in den Garten. Irgendwo hier mussten wohl die Frauen stecken und vermutlich auch Yasin, den er schon seit Stunden suchte. In der Ferne konnte er bereits den Teich sehen, aber auch ein Liebespaar, das sich ziemlich heftigem Sex hingab. Hassans Herz begann zu rasen. Muna und Yasin? In der Aufregung bemerkte er gar nicht, dass die Frau dunkle Haut hatte. Er beschleunigte seinen Schritt. Jemand packte ihn am Handgelenk.

„Stopp!"

Muna. Hassan schaute sich verstört nach dem Teich um.

„Nichts sagen. Nichts fragen. Komm." Sie zog ihn mit sich fort. „Sie tun es beide zum ersten Mal. Zerstöre nicht den Zauber des Augenblicks."

Kopfschüttelnd verließ Hassan mit Muna den Garten. Im Haus riss er sie in die Arme. „Ich hab gedacht ..."

Sie legte ihm den Zeigefinger auf den Mund. „Ich habe es dir angesehen, was du dachtest. Du hast vor lauter Schreck nicht einmal begriffen, dass die Hautfarbe nicht stimmte. Habe ich Recht?"

Hassan nickte kleinlaut. „Tut mir leid."

Muna legte ihm die Arme um den Nacken. „Es ist doch ein schönes Gefühl für eine Frau, wenn ein Mann ihretwegen ein kleines bisschen eifersüchtig wird."

Hassan lachte. „Sami würde wohl vor Wut explodieren, wenn er wüsste, dass sich seine Frau anderweitig tröstet."

„Er hat es nicht besser verdient", sagte Muna nachdenklich. „Und Yasin hat genug Charakter, um Leila irgendwann als Witwe zu heiraten, nachdem er mit ihr geschlafen hat."

„Das war also dein Geheimnis", stellte Hassan grinsend fest.

„Hm. Es dürfte ja auch in deinem Interesse sein, wenn den Stoffhandel zukünftig jemand übernimmt, mit dem du gut interagieren kannst." Muna schmiegte sich in seine Arme. Sie sah durch das Fenster Leila aus dem Garten kommen.

„Ich verschwinde", schmunzelte Hassan. „Ich würde sicher ziemlich befangen reagieren."

Muna ging Leila entgegen.

„Jetzt weiß ich erst, was mir täglich für Freuden entgangen sind", erklärte Leila sofort, mit unübersehbar glänzenden Augen.

„Morgen um die gleiche Zeit?", fragte Muna.

Sie bekam ein heftiges Nicken als Antwort.

Muna blinzelte schelmisch. „Einen ganz heißen Tipp möchte ich dir trotzdem noch geben. Weise deinen Mann nicht zurück, sollte er sich heute und in den nächsten Tagen etwas näher mit dir beschäftigen wollen. Sonst hättest du möglicherweise schlechte Karten, wenn du ihm eine Schwangerschaft erklären müsstest."

„Oh, daran habe ich wirklich nicht gedacht", murmelte Leila. „Da werde ich wohl lieber von mir aus darauf dringen, dass er seine ehelichen Pflichten nicht vernachlässigen soll."

„Die Variante ist noch besser", kicherte Muna. „Ich könnte mir sehr gut vorstellen, dass dir Yasin in den nächsten Tagen deinen Kinderwunsch erfüllt."

Leila schien nachzudenken. „Er hat gesagt, dass er mich irgendwann heiraten würde. Würde er es wohl auch tun, wenn ich ein Kind hätte?"

„Wenn es von ihm wäre, auf alle Fälle", entgegnete Muna mit fester Stimme.

Leila atmete auf und begab sich auf den Heimweg.

„Sieht ganz so aus, als ob heute zwei Menschen sehr glücklich sind", stellte Hassan fest, als er vom Gatter der Kamele wiederkam. „Yasin ist die Ruhe selbst."

„Hast du ihn etwa darauf angesprochen?"

„Keineswegs. Ein Geheimnis muss ich schließlich auch haben. Und hätte ich ihn angesprochen, würde er wohl nur mit einem milden Lächeln geantwortet haben. Schließlich lebe ich auch mit einer Frau, die mit ziemlicher Sicherheit einem anderen gehört."

Muna schluckte. Ihr machte dieser Gedanke Angst. Sie würde sich mit Händen und Füßen wehren, wenn plötzlich jemand käme, um sie fortzubringen. Aus diesem Grund hielt sie sich weitab vom Touristenrummel auf dem Basar, wobei sie auch noch in Landestracht, tief verschleiert, einkaufen ging. Sie hatte unsagbare Furcht, es könnte sie jemand von früher erkennen und eine Lawine ins Rollen bringen, die nicht mehr aufzuhalten wäre.

„Ich gebe dich nicht mehr her", schwor Hassan, der ihr die Gedanken deutlich am Mienenspiel abgelesen hatte. „Ich will und kann nicht mehr ohne dich leben." Er streichelte ihr Haar. „Außerdem sind alle, der Doktor inbegriffen, auf der Hut, wenn ihnen jemand die Geschichte einer Vermissten aus der Wüste zutragen sollte. Meine Männer halten auf jedem Ritt die Augen und Ohren offen, ob ihnen seltsame Nachrichten in den anderen Oasen begegnen."

„Ungewissheit ist eine Qual", murmelte Muna. „Gegen wen oder was soll man sich schützen, wenn man nicht einmal weiß, wer man ist?"

„Du bist meine große Liebe – alles andere ist mir im Augenblick so ziemlich egal", flüsterte ihr Hassan ins Ohr.

Muna schloss mit einem Stöhnen die Augen. Kamen Geschäftspartner zu ihm, dann bewirtete sie sie stets voll verschleiert oder sie bemühte sich, das Büro zu verlassen, bevor diese eintraten.

Hassan zog Muna an sich, nahm sie fest in die Arme.

Yasin lief über den Hof.

„Lust auf einen gemütlichen Abend?", rief Hassan, nach kurzer Absprache mit Muna, hinüber.

„Gern." Der junge Mann kam näher.

„Die anderen machen wohl heute auf Familie?", fragte Hassan.

Yasin zog ein hilfloses Gesicht. „So ähnlich."

„Und da fühlst du dich fehl am Platze ..."

„Ziemlich." Yasin hob bedauernd die Hände.

„Komm rein, bei uns bist du genau richtig", Hassan hielt ihm die Tür auf.

Schnell brannten im Wohnbereich mehrere Öllämpchen, welche Muna so sehr mochte. Ein paar Krümel Räucherwerk verbreiteten zusätzlich behagliche Atmosphäre. Muna trug Kuskus mit Hühnchen auf. Yasin staunte. Sie hatte schnell gelernt, kochte inzwischen wirklich fantastisch und Yasins Lob freute sie sehr.

„Ich möchte mit dir ein wenig über die Zukunft plaudern", wandte sich Hassan schließlich an den jungen Mann. „Die nächste Karawane wird wieder ohne dich davon ziehen."

Yasins Augen leuchteten auf. „Das kommt mir sehr entgegen", antwortete er sofort.

Hassan schmunzelte. „Ich weiß. Ich weiß auch warum."

Yasin warf Muna einen schnellen Blick zu.

Hassan begann zu lachen. „Sie ist unschuldig. Zumindest an der Information über das Warum."

„Wie?" Yasin schaute ihn überrascht an.

„Beruhige dich. Ich stehe hinter dem, was du getan hast und werde dich unterstützen bei dem, was du wahrscheinlich tun wirst."

„Du bist nicht sauer?", fragte Yasin vorsichtig.

„Im Gegenteil. Ich sehe das genau wie Muna, die dir wohl den brandheißen Tipp gegeben hat, wenn ich eins und eins zusammenzähle."

Yasin nickte kurz.

„Ich glaube auch, dass es sich besser machen lässt, wenn wir zu dritt drauf achten, dass dein Vater noch keinen Wind von der Sache bekommt", fuhr Hassan fort. „Ich werde dich so einsetzen, dass es völlig natürlich wirkt, wenn du dich hier auf dem Hof aufhältst."

„Danke."

„Das beruht auf Gegenseitigkeit", erklärte Hassan zufrieden. „Außerdem habe ich ein sehr großes Interesse daran, dass der Stoffhandel von jemandem übernommen wird, mit dem ich gut und gerne Geschäfte machen werde. Ich werde dich deshalb ein wenig mit in meine Bücher schauen lassen, damit du ein Gefühl für die Sache bekommst."

„Super!", freute sich Yasin. „Ich werde sicher am Anfang auch etwas finanzielle Hilfe brauchen, wenn Sami wirklich pleite ist", sinnierte er.

„Das kriegen wir schon gebacken", beruhigte ihn Hassan. „Der alte Kauz wird nicht mehr allzu lange machen. Immerhin soll er schon seit über einer Woche arge Probleme beim Gehen und Stehen haben. Ich werde also, wenn er denn irgendwann nicht mehr ist, Leila offiziell Zahlungsaufschub geben, dich als Vermittler einsetzen und so dafür sorgen, dass sich kaum jemand wundern wird, wenn du sie öfter besuchst, weil du meinen Geschäften nachgehen musst. Dass es deine Geschäfte sind, werden die anderen erst sehr viel später begreifen, nämlich dann, wenn du die junge Witwe heiraten wirst. Die Frauen verstehen sich offensichtlich blendend, so dass diese sehr pikanten Geheimnisse, welche bleiben werden."

„Du gibst mir die seltene Chance, ein wirklich angesehener Mann zu werden", stellte Yasin erfreut fest. „Ich werde sie mir nicht entgehen lassen, zumal Leila dieser Wendung der Dinge sehr zugetan ist."

Muna lächelte. „Dafür wird es wohl ziemlich viele Gründe geben. Im Augenblick steht wohl im Vordergrund, dass sie eine vernachlässigte und verzweifelte Frau ist. Wenn Sami nicht mehr lebt, ist sie eine völlig verarmte junge Witwe, die es im Normalfall sehr schwer haben würde, ihren Lebensunterhalt zu verdienen, weil ihr ein Riesenberg Schulden am Hals hängt. Die Aussichten auf eine erneute Ehe wären mehr als nur gering."

Yasin nickte kaum merklich. Munas Worte trafen genau ins Schwarze.

„Ich mag sie", murmelte er. „Kann sein, dass sie meinen Beschützerinstinkt anregt, weil sie so hilflos ist. Aber ich freue mich auf sie nicht nur, weil sie mir Freuden schenkt, die ich noch nicht hatte. Wir haben uns nach unserem kleinen Abenteuer unterhalten, als würden wir uns schon ewig kennen ..."

„Um so besser", freute sich Muna. „Es wäre fatal, wenn eure Verbindung nur aus einem Zwang heraus zustande käme."

„Ihr werdet vor uns Ruhe haben, wenn ihr euch in meinem Garten trefft", versprach Hassan.

Yasin seufzte. „Ach ja, ich zähle schon die Stunden."

„Ich kann dich sehr gut verstehen." Hassan blinzelte fröhlich.

Muna schien angestrengt zu überlegen. „Sagt mal, hatte der alte Sami wirklich vor Leila nie eine Frau?"

„Das ist wahr, er hatte wirklich nie eine. Die Gerüchteküche brodelte natürlich in jüngeren Jahren oft, er würde auf Männer stehen. Allerdings hat ihn nie jemand in Gesellschaft gesehen. Er war schon immer menschenscheu und lebte sehr zurück gezogen. Ich habe mich manchmal gewundert, dass sein Handel genug zum Leben abwarf", erklärte Hassan.

Yasin lächelte wie eine Sphinx.

„Ich schätze, du hast von Leila eine ganz andere Version zu hören bekommen", sagte Muna sofort. „Ich gehe davon aus, dass er impotent ist und schon immer war."

„Wenn auch aus einem seltsamen Grund – bei ihm hat die Natur so an allem gespart, dass man ihn wohl wirklich nur an seinem ganz äußeren Erscheinungsbild als Mann einstufen kann", berichtete Yasin, was ihm Leila hinter vorgehaltener Hand verraten hatte. „Ihre Begeisterung über das, was ich ihr bot, war also durchaus echt", fügte er mit einem breiten genüsslichen Grinsen an.

Hassan lachte lauthals. „Und solltest du irgendwann zu Wohlstand kommen und eine zweite Frau erwählen, dann kannst du ja immer noch sehr genau darauf achten, dass sie unberührt ist."

Yasin winkte ab, woraus nicht ganz hervorging, ob er dabei die zweite Frau oder die Unberührtheit meinte.

Muna hob für den Bruchteil einer Sekunde den Blick. Warum hatte Hassan allein gelebt? Hatte er vor ihr andere Frauen gehabt? Seine fast schon erstaunliche Erfahrenheit in Dingen Sex deutete zumindest darauf hin.

„Du hast ihr nicht erzählt, warum du allein gelebt hast?", fragte Yasin überrascht, den Blick Munas richtig deutend.

Hassan schüttelte den Kopf. „Vielleicht sollte ich es jetzt tun …" Er nahm Munas Hand und überlegte ziemlich lange, wie er beginnen sollte. „Okay", machte er sich selber Mut. „Also – ich war zweimal verheiratet."

Muna zog ungläubig die Augenbrauen zusammen. In seinem Haus deutete nichts darauf hin, dass es jemals Frauen gegeben hatte.

„Die erste Ehe ließ ich nach fast zwölf Jahren annullieren, weil sie mir keine Kinder gebar." Hassan starrte nachdenklich in die Flämmchen der Öllampen. „Fast acht Jahre später heiratete ich wieder. Unser erstes Kind wurde nur zwei Tage alt. Es war ein Mädchen", sprach Hassan weiter, wobei er nach jedem Satz eine lange Pause machte. „Wenige Wochen bevor unser zweites Kind zur Welt kommen sollte, starb meine Frau an Wundstarrkrampf. Sie hatte sich an einer Dattelpalme die Hand aufgerissen. Das ist nun schon fast sechs Jahre her. Ich habe meine Frau sehr geliebt." Er schaute Muna wehmütig an. „Und nun lebe ich mit dir, immer in der Angst, dass jemand kommt, um dich von meiner Seite zu reißen. Wenn es nach mir ginge, ich würde dich vom Fleck weg heiraten. Aber leider ist das völlig unmöglich, was mich aber keinesfalls davon abhalten wird, dir täglich meine Liebe aufs Neue zu beweisen."

Yasin schaute ihn nicht minder erstaunt an, als Muna. Von Hassans erster Frau war unter den Männern nie die Rede gewesen, von seinem Unglück mit der zweiten wusste hingegen jeder.

„Dass ich die Details erzähle, wenn du dabei bist", sagte Hassan zu Yasin, „ist einzig der Tatsache geschuldet, dass ich dich als wahren Freund betrachte, der sie nicht in der Öffentlichkeit verbreiten wird."

„Ich danke dir." Yasin schluckte. Der Freund Hassans, seines offensichtlichen Gönners, sein zu dürfen, war wohl die größte Auszeichnung, die ihm überhaupt zuteilwerden konnte. Als er eine Stunde später nach Hause ging, waren alle drei sehr mit dem Stand der Dinge zufrieden. Yasin fand in dieser Nacht keinen Schlaf, ihm gingen tausend Dinge durch den Kopf. Wie er es schaffte, früh trotzdem putzmunter zu sein, um die Pferde und Kamele zu versorgen, blieb ihm ein Rätsel. Zwischendurch ereilte ihn immer wieder starkes Herzklopfen, wenn er an Leila dachte, wobei sich auch noch ganze Wolken von Schmetterlingen in seinem Bauch ausbreiteten. Als er nach gefühlten zwei Stunden auf die Uhr schaute, waren gerade mal zwanzig Minuten um. So konnte sich nur verliebt sein anfühlen, konstatierte er mit einem verschmitzten Lächeln.

„Nicht übel, das Gefühl", murmelte er, als er schließlich das Sattelzeug der Tiere kontrollierte.

„Gab es Ärger?", fragte Bilal schließlich, weil sich Yasin den halben Vormittag etwas abseits hielt.

„Keineswegs! Ich habe nur ein paar Aufgaben bekommen, über die ich etwas gründlicher nachdenken muss und dazu brauche ich Ruhe", erwiderte Yasin, wobei das ja nicht einmal gelogen war. Er begann akribisch einen der Sättel zu flicken, um auch weiterhin ungestört zu bleiben, denn niemand riss sich freiwillig um solche Arbeiten. Nach dem Mittagessen trabte er hinüber zu Hassans Haus, wobei er sich mühsam zwingen musste langsam zu gehen und ein nachdenkliches Gesicht zu machen.

„Leila ist schon da. Sie erwartet dich am Teich", gab Muna sofort Auskunft. „Viel Spaß!"

„Danke!" Yasin beeilte sich, durch den Hintereingang zu verschwinden, um auf schnellstem Weg zu seiner Angebeteten zu kommen.

Hassan küsste Muna auf die Nasenspitze. „Er ist auf der ganz sicheren Seite. Leilas Chancen auf eine lebenswerte Zukunft ständen ziemlich mies, käme sie auf die Idee, die Liaison mit ihm plötzlich zu beenden."

„Und das weiß er ganz genau", ergänzte Muna mit einem Blinzeln.

Damit war für die nächsten Tage und Wochen das Thema für die beiden vom Tisch, während die, um die es ging, so feste Bande knüpften, dass man eine Säge gebraucht hätte, um sie zu trennen.

Sami dämmerte, von Leila wirklich sehr sorgsam gepflegt, langsam seinem Ende entgegen. Sie wollte sich auf keinen Fall am Zeug flicken lassen, sie hätte ihn vernachlässigt. Als er dann endlich die Augen für immer schloss, gab Muna ihr und Sami noch einen unschätzbaren Rat mit auf den Weg.

„Ihr solltet vorübergehend verhüten, damit es nicht so kurz vor einem guten Ende der Dinge, noch zu einem Eklat kommt."

„Meine Großmutter hat mir einmal so einiges über diverse Pflänzlein erzählt", verriet Leila. „Da war ich allerdings noch zu klein, um zu begreifen, was sie mir damit sagen wollte."

„Ich werde auf andere Art dafür sorgen, dass nichts schief geht. Wir können später alles doppelt und dreifach nachholen", warf Yasin ein.

„Wenn du das sagst, glaube ich es", strahlte Leila.

Infolge dessen gelang es ihnen tatsächlich die Trauerzeit um die Runden zu bringen, ohne Grund zu irgendwelchem Geschwätz zu geben.

Yasin machte den Mittelsmann zwischen der ‚verzweifelten' Witwe und Hassan als ihrem ‚übergeduldigen' Geldgeber.

An einem jener Tage, wo die Karawane von einem Touristentrip zurück kam und alle abends gemütlich um das Lagerfeuer saßen, wandte sich Yasin, so dass es alle hören konnten, an seinen Vater.

„Ich habe beschlossen, Leila, die Witwe des alten Sami zu heiraten."

Stille – aber unzählige verwunderte Blicke.

Bilal kratzte sich am Kinn. „Hast du dir das gut überlegt? Sie ist eine beinahe mittellose Frau, von dem recht großen Haus einmal abgesehen."

„Der Alte hat genug Waren auf Lager, um damit einen neuen Handel zu beginnen", gab Yasin sehr ernst zurück. „Wenn Hassan ihr nicht den Aufschub streicht, dann habe ich gute Voraussetzungen, das Geschäft wieder aufblühen zu lassen."

„Darüber lässt sich reden", ließ sich Hassan vernehmen. „Aber was sagt sie dazu?"

„Hat sie eine andere Chance?", fragte Yasin sofort.
Allgemeines Kopfschütteln.
„Ich werde dir keine Steine in den Weg legen", versicherte Hassan. „Wenn es schief geht, weißt du ja, an wen ich mich halten werde."
Bilal atmete tief durch. „Das kommt ein bisschen plötzlich, aber wenn du meinst, dass du unbedingt eine Witwe als Hauptfrau haben musst, werde meinetwegen mit ihr glücklich. Wenigstens musst du keine fremden Kinder durchfüttern." Er schüttelte, erstaunt über seinen Sohn, den Kopf. „Tu mir aber einen Gefallen, halte dich von ihrer Familie so fern es geht", bat Bilal.
„Ich verspreche es dir", sagte Yasin laut und setzte im Stillen hinzu, *Nichts wird mir leichter fallen, seit ich weiß, dass ihr Vater sie verkauft hat.*
So fand drei Wochen später die Zeremonie im engsten Familienkreis statt. Leilas Mutter freute sich aufrichtig über das unverhoffte Glück ihrer Tochter, während der Vater wohl schon überrechnete, welche Vorteile dieser Schwiegersohn bringen könnte, bis der ihm ganz offen seine Meinung zu diesem Punkt darlegte.
„Du solltest froh sein, dass sich Hassan bezüglich der noch offenen Beträge an Leila und nicht an dich gehalten hat. Und wäre Hassan nicht ein Ehrenmann, wäre Leila zum Spielzeug für Samis viele Gläubiger geworden. Dann würde es diese Feier heute auch nicht geben. Ich habe eine Witwe und keine Hure geheiratet", stellte er noch klar.
Bilal fing einige Gesprächsfetzen auf und grinste in sich hinein. Sein Jüngster schuf klare Fronten und sorgte zugleich dafür, dass man seiner Frau mit gebührender Achtung begegnen würde.
Leila trug den ganzen Tag schon ein seliges Lächeln zur Schau, was die Frage, ob sie freiwillig die Ehe mit Yasin eingegangen war, voll und ganz beantwortete. Sie saß zwischen den Frauen ihrer beiden Schwäger, die sich angeregt mit ihr unterhielten. Yasin konnte zufrieden sein, wie man sie in die Familie aufnahm. Seine Mutter würde sich auch irgendwann mit der Tatsache abfinden, dass ihre jüngste Schwiegertochter schon einmal verheira-

tet gewesen war. Im Augenblick begegnete sie ihr betont reserviert, was die anderen Frauen mit ihrer Herzlichkeit ausglichen.

In der Hochzeitsnacht nahm Yasin rechtmäßig in Besitz, was er schon so viele Monate heimlich genossen hatte. Nicht mehr mit der Angst im Nacken, zufällig bei etwas Verbotenem erwischt zu werden, lebten beide all die Fantasien aus, die sich im Laufe der Zeit angestaut hatten. Fast bedauernd stellten sie irgendwann fest, dass bereits der Morgen graute.

„Heute Abend gibt es mehr davon", blinzelte Yasin. „Jetzt muss ich mich darum kümmern, dass schnellstmöglich Geld in die leere Kasse kommt."

Nach einem reichhaltigen Frühstück mit kräftigem Kaffee begann er, Samis alte Geschäftsbücher zu sichten.

„Was er dir hinterlassen hat, ist in der Tat weniger als nichts", kommentierte er am Ende. „Krempeln wir die Ärmel hoch und gehen völlig neue Wege. Ganz ohne Risiko wird es allerdings nicht funktionieren."

„Du meinst Schmuggel?", fragte Leila mit großen Augen.

Yasin nickte kurz. Er verkniff es sich, ihr zu sagen, welcherart Geschäft er dabei meinte. Leila wäre vor Angst vergangen.

Ein paar Tage nach jenem Gespräch tat er ihr kund, für drei Wochen eine Karawane begleiten, und am Zielort seine Stoffe verkaufen zu wollen. Leila ahnte nicht, dass sich in dreien, der Stoffballen, die sie ihm in Säcke packen half, Waffen befanden. Sie wunderte sich nur, dass er, als er nach der Tour wieder zu Hause war, von Hassan einen Beleg mitbrachte, in dem dieser bescheinigte, die Zahlung der offenen Beträge mitsamt Zinsen erhalten zu haben. Yasin hatte sogar neue Stoffe gekauft.

„Du hast doch nicht etwa …?" Sie sprach den Satz nicht zu Ende.

„Ich habe", gab Yasin zu. „Sei froh, dass du es nicht wusstest."

„Bin ich. Kannst du dir vorstellen, dass ich Angst um dich habe?"

„Kann ich." Er fasste sie um die Taille. „Deshalb soll das auch eine ganz große Ausnahme bleiben." Er widmete ihr eine so heiße Nacht, dass keine Fragen offenblieben, wie sehr sie ihm gefehlt hatte.

Ein paar Monate später war deutlich zu sehen, dass er seine Pflichten im Bett genau so hervorragend erfüllte, wie seinen neuen Job als Stoffhändler. Und noch im gleichen Jahr war er stolzer Vater eines gesunden Sohnes.

Muna ging oft mit Mutter und Kind spazieren und freute sich über deren Glück. Heute blieb Muna zu Hause, ihr war furchtbar übel. Immer wieder musste sie sich übergeben.

„Wenn es nicht besser wird, hole ich den Doc", erklärte Hassan überaus besorgt. Munas Gesicht hatte eine fast wachsartige Blässe angenommen. Im Lauf des Tages ging es ihr besser, um am nächsten Morgen von vorn zu beginnen. Hassan ließ sich nicht mehr beschwichtigen. Er ging persönlich den Doktor zu holen, welcher ihm auf dem Fuße folgte. Dass Hassan Muna nicht von der Seite wich, daran hatte sich der Doktor inzwischen gewöhnt. Also wunderte er sich auch nicht, dass Hassan auch diesmal nicht gewillt war, das Zimmer zu verlassen, als er Muna untersuchen wollte.

„Ungewöhnlich, sehr ungewöhnlich", murmelte der Arzt, nachdem er Blutdruck gemessen und Munas Lunge abgehört hatte.

„Was ist es denn nun?", fragte Hassan ungeduldig.

Der Doktor drehte sich zu ihm um. „Ich bin geneigt zu sagen, dass du die richtige Antwort erst bekommen wirst, wenn das Kleine auf der Welt ist." Er drückte Muna einen Schwangerschaftstest in die Hand. „Das sollte hundertprozentige Sicherheit bringen, ob ich mich nicht doch geirrt habe."

Muna machte große Augen, Hassan stand wie vom Donner gerührt und konnte keinen klaren Gedanken fassen, während sich der Doktor anschickte, seine Utensilien einzupacken.

„Dass sie bisher keine Regelblutungen hatte, heißt ja nicht, dass sie nicht mehr fruchtbar ist, sondern hängt eher mit ihrem traumatischen Erlebnis zusammen, welches der Körper wohl nun langsam verarbeitet hat", erörterte er wie nebenbei. „Gebt mir

Bescheid, wie der Test aussieht. Ist er nicht positiv, dann müssen wir uns Sorgen machen. Ansonsten komme ich jede Woche ein Mal vorbei, um nach ihr zu sehen."

„Weg ist er", murmelte Hassan, die geschlossene Tür anstarrend.

Muna hielt noch immer die Packung mit dem Test in der Hand. Beinahe übervorsichtig legte sie ihn auf den Nachtschrank. Hassan kam zu ihr, streichelte sanft ihren Bauch, dem man nicht ansah, dass da vielleicht ein kleines Wunder geschehen war. Sollte er wirklich endlich Vater werden?

„Morgen früh werden wir es genau wissen", drangen Munas Worte wie durch eine Watteschicht an sein Ohr. Ihre strahlenden Augen sprachen ganz Bände.

„Wird es für dich deshalb auch keinen Ärger geben?", fragte sie vorsichtig.

„Es sollte sich auch nur einer wagen, einen schrägen Ton zu sagen", rief Hassan kampflustig. „Dann brennt hier die Luft!"

„Schon gut, war ja nur eine Frage", schmunzelte Muna. Sie hielt seine Hand auf ihrer nackten Haut fest.

Tags darauf war Hassans Freudenschrei bis zum Gatter der Kamele zu hören. Nasri sprang über die Umzäunung und rannte zum Haus.

„Was ist passiert?", rief er, völlig außer Atem, in der Annahme es hätte einen Unfall gegeben.

„Oh." Hassan wurde rot, so weit es seine braune Haut zuließ. „Nichts Schlimmes ... alles in Ordnung ..."

Kopfschüttelnd machte sich Nasri wieder davon. Am Nachmittag verriet ihm Hassan dann doch noch, was der Auslöser für den Schrei gewesen war, aber erst, nachdem er Yasin davon erzählt hatte. Schließlich wollte er seinem Freund zuerst die gute Nachricht verkünden.

„Na endlich!", hatte Yasin aus tiefstem Herzen geseufzt und Hassan damit zum Lachen gebracht.

Der Doktor, eingedenk der schlimmen Erfahrungen, die Hassan in der Vergangenheit gemacht hatte, kam tatsächlich jede

Woche, um nach der werdenden Mutter zu schauen und ging immer sehr zufrieden wieder weg. Hassan wachte mit Argusaugen über Muna, ohne sie zu reglementieren oder sie es über Gebühr merken zu lassen.

Im Augenblick schauten sie gerade der ankommenden Karawane entgegen.

„Wir haben Mahmud getroffen", erzählte Nasri, kaum dass er vom Kamel gesprungen war. „Er will in den nächsten Tagen hier kurz rasten."

„Soll mir recht sein", winkte Hassan ab. „Hauptsache er trollt sich bald wieder."

„Wer ist Mahmud?", wollte Muna wissen.

„Auch ein Kameltreiber", witzelte Hassan. „Er hat zwar viele Kamele, aber nur drei Mitarbeiter und ist deshalb immer selber unterwegs. Irgendwo in der Stadt hat er wohl drei Ehefrauen sitzen, die kaum noch wissen dürften, wie ihr Mann eigentlich aussieht. Er hat auf der anderen Seite der Oase eine kleine Station, die er hin und wieder nutzt. Ich habe es mir sehr schnell abgewöhnt, mit ihm Geschäfte zu machen. Der Kerl ist unberechenbar."

Erinnerungen

Der ‚unberechenbare Kerl' tauchte ein paar Tage später tatsächlich bei Hassan auf. Muna stellte das Tablett auf dem kleinen Tisch in der Sitzecke ab und verschwand wieder.

„Was hat er gewollt?", fragte sie beunruhigt.

„Einen Waffendeal mit mir machen", sagte Hassan mit finsterer Miene.

„Waffen?" Muna glaubte, sich verhört zu haben.

„Der Kerl spinnt doch. Er soll machen, dass er weiterkommt", brummte Hassan. „Ich habe ein ganz dummes Gefühl." Vorsichtshalber ging er zu Yasin, um ihn zu warnen.

„Das fehlt gerade noch", grollte dieser. „Hoffentlich hat er nicht noch irgendwelche unschönen Überraschungen im Schlepptau."

Es dauerte nicht lange, da tauchte Mahmud erneut auf. Muna verließ gerade das Haus, um auf den Basar zu gehen. Sie sah zwar den Fremden auf der anderen Seite der Gasse stehen, nahm ihn aber nur ganz nebenbei wahr. Schnelle Schritte ließen sie innehalten. Da wurde sie auch schon am Arm gepackt und herum gerissen.

„Claire! Na, das ist ja eine Überraschung! Was tust du denn hier?"

Muna musterte den Mann ängstlich. „Lassen Sie mich sofort los. Sie tun mir weh", rief sie.

Mahmud dachte gar nicht daran. Er versuchte Muna, die sich heftig wehrte, in seine Arme zu ziehen.

Nasri beobachtete das von weitem. Nun kam er schnellen Schrittes heran. „Lass sie auf der Stelle los!", brüllte er Mahmud an, was Hassan bis ins Haus hörte. Er trat ans Fenster und erstarrte. Mahmud hielt Muna noch immer am Arm gepackt, ließ sie nun aber vorsichtshalber gehen. Muna rannte zu Nasri, der sich schützend vor sie stellte.

„Was vergreifst du dich an meiner Frau?", fragte Hassan noch auf der Türschwelle mit einem gefährlichen Funkeln im Blick.

„Deine Frau?", stotterte Mahmud ungläubig. „Machst du Witze?"

„Ganz bestimmt nicht." Hassan fingerte nach seiner Pistole in der Hosentasche.

„Du armer Irrer! Offensichtlich hast du keine Ahnung, wer sie ist!" Mahmud begann zu kichern. „Ihr Mann reißt dir bei vollem Bewusstsein die Eier ab, wenn er herausbekommt, dass du mit ihr schläfst."

Hassan zog die Waffe. Muna starrte auf den Lauf, schrie gellend auf und kippte Nasri in die Arme. Hassan sprang hinzu und nahm sie ihm ab. Erst jetzt bemerkte Mahmud den Babybauch.

„Komm mit, ich will alles wissen", herrschte ihn Hassan an.

Mahmud nickte und folgte Hassan, wobei er Nasri genau hinter sich wusste, der Bilal noch nach dem Arzt schickte, ehe er das Haus betrat.

Kaum lag die ohnmächtige Muna in ihrem Bett, drehte sich Hassan zu Mahmud um. „Ich höre!"

„Sie ist Claire Nightingale, die Frau des Waffenmoguls", sagte Mahmud sofort.

„Woher weißt du das?"

„Von ihr." Mahmud deutete mit dem Kopf auf das Bett.

„Wann hat sie es dir gesagt?"

Mahmud überlegte. „Das müsste jetzt ungefähr anderthalb Jahre her sein. Ich habe sie damals von Siwa nach Al Jaghbub gebracht."

Anderthalb Jahre ... Hassan wurde nervös. „Du bist ganz sicher, dass sie Claire Nightingale ist?"

„Ziemlich", entgegnete Mahmud. „Claire hat zwei ganz charakteristische Merkmale. Zum einen hat sie im Nacken eine winzige Anomalie in der Haut und zum anderen einen herzförmigen Leberfleck am Oberschenkel, fast genau an der Stelle, wo es für Männer richtig interessant wird."

Hassan schloss die Augen. „Du hast mit ihr geschlafen", stellte er tonlos und irgendwie resigniert fest.

„Ja natürlich. Das war die Bezahlung für die gefahrvolle Reise. Neun Tage, Nacht für Nacht …"

„Hör auf!" Hassan schlug auf die Tischplatte.

Mahmud verstummte, er hatte schon wieder völlig ausgeblendet, dass der Mann vor ihm tatsächlich mit Claire lebte und überdies im Augenblick die besseren Karten hatte.

Hassan begann zu erzählen, wie man Muna gefunden und zu ihm gebracht hatte und dass sie seitdem an völligem Gedächtnisverlust über ihr früheres Leben litt.

„Einer meiner Männer hat damals sein Leben verloren", berichtete Mahmud im Gegenzug. „Nightingale hat ihn foltern lassen, bis er verriet, womit sie mich bezahlt hat. Wenn der mich zwischen die Finger bekommt, hat meine letzte Stunde geschlagen."

„Dann ist sie also von ihrem eigenen Mann aus dem Hubschrauber geworfen worden." Hassan schluckte.

„Das passt zu ihm", pflichtete Mahmud bei. „Er hat sie jahrelang seelisch misshandelt. Ich habe versucht, sie ein wenig zu trösten."

Der Doktor trat ein. Hassan informierte ihn in groben Zügen über das, was er erfahren hatte.

„Hoffentlich übersteht sie den Schock unbeschadet", brummte der Doc verstimmt und hielt ihr Riechsalz unter die Nase.

Muna öffnete mit einem schweren Seufzer die Augen. Mit leerem Blick schaute sie in die Runde. Hassan setzte sich an ihr Bett, während Mahmud, an den Türrahmen gelehnt, stehen blieb.

Muna richtete sich auf. „Ich erinnere mich wieder", flüsterte sie kaum hörbar und klammerte sich an Hassans Hand. „Sam hat mich zuerst mit der Pistole bedroht und dann einfach aus dem Hubschrauber geworfen, weil ich mit Mahmud geschlafen habe." Sie barg ihren Kopf an Hassans Schulter und schluchzte herzzerreißend.

Er streichelte ihr Haar. „Mahmud hat mir gerade davon erzählt. Ich werde dich trotzdem nicht weniger lieben. Es ist zwar ein Schock, aber du hast es mir ja nicht verschwiegen, weil du es verheimlichen wolltest, sondern weil du es nicht mehr wissen konntest."

„Sam?", fragte der Doktor und versuchte sich an etwas zu erinnern. „Etwa Samuel Nightingale?"

Muna nickte. „Ja. Ich bin Claire Nightingale."

„Du warst Claire Nightingale", erklärte der Doc mit einem undefinierbaren Lächeln. „Er hat seine Frau nämlich vor einem halben Jahr für tot erklären lassen. Ich habe es in der Zeitung gelesen. Du lebst, also bist du nicht Claire, sondern Muna, wie wir alle wissen."

Muna stutzte, dann rieb sie ihre Wange an Hassan. „Ich habe begriffen, was der Doktor damit sagen will."

„Darf ich gehen?", fragte Mahmud sehr vorsichtig.

Hassan nickte. „Aber nur, weil ich im Augenblick besonders gut gelaunt bin. Unter anderen Voraussetzungen wäre ich möglicherweise zu einer Bestie mutiert."

Mahmud stob buchstäblich davon, ehe es sich der Hausherr noch einmal anders überlegen konnte. Dass er sämtliche Geschäfte mit ihm zukünftig völlig in den Wind schreiben konnte, lag klar auf der Hand. Er beschloss, seine Kamele zu satteln und innerhalb der nächsten zehn Tage Siwa für immer zu verlassen. Der Sand hier, war ihm ein paar Nummern zu heiß geworden. Dabei wurmte es ihn unterschwellig, dass die schärfste Frau, die er jemals kennen gelernt hatte, plötzlich seinem härtesten Konkurrenten gehörte. So wunderte er sich auch nicht, als drei Tage später die Nachricht die Runde machte, Hassan habe seine schwangere Geliebte geheiratet.

Den Doktor hatten die beiden Frischvermählten kurzerhand zu einem gemeinsamen Abendessen eingeladen, um außerhalb des zu zahlenden Protokolls einige Fragen zu klären, die ihnen auf den Nägeln brannten.

So, wie es sich darstellte, hatte Muna aus erster Ehe keine Kinder. Hassans Schätzung über ihr Alter musste geringfügig nach oben korrigiert werden, was die Situation auch nicht einfacher machte. Fazit: Der Doktor hatte es mit einer Erstgebärenden von Ende Vierzig zu tun. Nun hockten sie zusammen und grübelten.

„Auf alle Fälle solltet ihr mich und nicht die Hebamme holen, wenn es so weit ist", sagte der Doc schließlich.

„Du gehst davon aus, dass du schneiden musst?", fragte Hassan.

Ein nachdenkliches Nicken als Antwort.

„Blödes Spiel", murmelte Hassan.

Muna zog hilflos die Mundwinkel herunter. „Doc, du wirst das schon machen", sagte sie schließlich. „Eine richtige Wahl zwischen irgendwas habe ich ja nicht. Das Ding in meinem Genick hast du ja auch heraus bekommen."

„Ach, ja!", rief Hassan. „Weißt du, seit wann und warum das hattest und was es bewirken sollte?"

„Ich hatte vor ungefähr zehn Jahren einen ganz komischen Skiunfall. Ich bin in einem, eigentlich völlig sicheren Gebiet, von einer kleinen Lawine überrascht worden. Man hat mich aus dem Schnee gezogen, sämtliche Knochenbrüche, geschient und mein Mann hat den Arzt angewiesen, mir diesen Chip einzusetzen. Angeblich, damit er von jedem Punkt der Welt aus, Hilfe für mich holen kann. In Nachhinein betrachtet, völliger Schwachsinn. Woher hätte er wissen sollen, ob mir was passiert ist? Damals habe ich nicht gewagt, mich dagegen zu wehren", berichtete Muna. „Heute weiß ich, dass wohl all die Dinge, die mir davor und auch danach noch zugestoßen sind, zu Sams Plan gehörten, an die Versicherungssumme heranzukommen. Er hatte mich nämlich zwei Jahre nach der Hochzeit auf mehrere Millionen US-Dollar versichern lassen. Wobei die ganze Ehe eine Farce war – ich habe ihm nie etwas bedeutet. Seine letzte Aktion war ein fingierter Raubüberfall, bei dem mir alle Koffer und Papiere gestohlen wurden. Das war der Grund, weshalb ich Mahmuds Angebot, mich gegen Sex nach Al Jaghbub zu bringen, wo mich Sam mit einem Kleinflugzeug erwarten wollte, angenommen habe. Ich ahnte nicht, dass der mittels des Chips, jeden einzelnen meiner

Schritte überprüfen konnte. Eigentlich grenzt es an ein Wunder, dass Mahmud noch lebt."

„Dafür hat er einen von dessen Männern, zu Tode foltern lassen", sagte Hassan düster. „Hoffentlich lockt Mahmud Nightingale nicht ungewollt hierher. Ich zähle schon die Stunden, bis er endlich wieder abhaut."

In den nächsten Tagen berichtete Claire Hassan alles aus ihrem Leben, was er unbedingt wissen musste und natürlich auch all das, was er hinterfragte. Wie ein Puzzle setzte sich langsam ein Bild aus düsteren Farben zusammen. Kein Wunder, das Muna ihr neues Leben so genoss. Außerdem stand die Geburt ihres gemeinsamen Kindes kurz bevor. Zusammen richteten sie das Kinderzimmer ein und fieberten dem großen Augenblick entgegen. Der Doktor war in ständiger Alarmbereitschaft. Heute waren die beiden in Richtung Basar unterwegs, auf dem sie sich mit Yasins kleiner Familie treffen wollten. Muna stand mit Hassan beim Gemüsemann und begutachtete Gewürzkräuter, als sie von hinten durch Mahmud angesprochen wurden. „Ich grüße euch. Wollte nur kurz Lebewohl sagen. Morgen früh mache ich mich auf den Weg."

Den Jeep am Rande der Straße beachteten sie kaum. Der stand schließlich schon den ganzen Morgen dort. Auch, dass gerade zwei Männer einstiegen, interessierte sie nicht. Touristen kamen ziemlich oft mit diesen wüstentauglichen Gefährten hierher.

Der Fahrer startete den Wagen, packte plötzlich den zweiten Mann am Handgelenk und raunte: „Da drüben, der mit dem rotweiß gestreiften Kopftuch ... Ich könnte wetten, das ist der Kerl, der mit deiner Dahingeschiedenen im Bett war."

Zwei eisblaue Augen schauten kurz auf. „Leg ihn um!"

Das Krachen des Schusses mischte sich in das Quietschen der Reifen, als der Jeep mit Höchstgeschwindigkeit davonraste.

Mahmud riss die Arme in die Höhe und kippte tödlich getroffen in die Auslagen der Händler. Muna fasste sich mit weit aufgerissenen Augen an die Brust. Der Blutfleck zwischen ihren Fingern wurde immer größer. Die Kugel, aus so kurzer Distanz abgefeuert, hatte Mahmud glatt durchschlagen und noch so viel Energie, erst in Munas Körper steckenzubleiben, die genau vor ihm stand. Hassan, völlig entsetzt und unfähig zu begreifen, was hier soeben geschah, fing sie auf. Die Menschen auf dem Basar machten ihm Platz, als er sie fast traumwandlerisch in das Haus des Doktors trug.

Yasin hatte Leila und seinen kleinen Sohn schützend in die Arme genommen. Sie folgten Hassan. Auf den Stufen im Haus sitzend warteten sie auf Nachricht. Hassan kam einen Augenblick später wieder heraus. Er hockte sich totenblass, mit hängendem Kopf zu ihnen. Sein leerer Blick ging irgendwo in die Ferne. Yasin bemerkte, dass seine Hand in der Hosentasche den Griff der Pistole umkrampfte. Mit den Augen gab er Leila ein Zeichen, nach Hause zu gehen. Kaum hatte sie das Haus verlassen, legte er Hassan den Arm um die Schulter, um ihm Trost und Kraft zu geben.

Die Minuten verrannen. Endlich öffnete sich die Tür. Hassan sprang auf. Mit einem Bündel auf dem Arm kam der Doktor heraus. „Es tut mir so leid. Ich konnte nichts mehr für sie tun. Nur deinen ungeborenen Sohn konnte ich retten."

Hassan riss die Waffe aus der Tasche. Yasin, der etwas in der Art geahnt hatte, fasste blitzschnell zu. Der Schuss, der Hassans Schläfe treffen sollte, schlug in die Wand ein. Yasin wand ihm die Pistole aus der Hand. „Denk an deinen kleinen Sohn! Er braucht dich jetzt besonders, wo er seine Mama verloren hat!", sagte er beschwörend. „Ich werde den Kleinen mit zu mir nach Hause nehmen. Leila stillt noch, sie wird sich um ihn kümmern, so lange es nötig ist." Er nahm dem Doktor das schreiende Baby ab. „Und noch eins schwöre ich dir: Wir werden den dreckigen Hund zur Strecke bringen!"

Der Doktor nickte Yasin zu, der sich mit dem Säugling in der Decke auf den Heimweg machte.

Hassan betrat schmerzerfüllt das Zimmer, in dem Muna aufgebahrt lag, um sich für immer von ihr zu verabschieden. Sie verließ nun sein Leben genau so dramatisch, wie sie damals gekommen war.

Rache für Claire

„Du wirst immer besser!" Husni zog den Dolch aus dem Palmenstamm. „Ich hätte nicht gedacht, dass du auf diese Entfernung wirklich triffst."

Karim nahm die Waffe still lächelnd entgegen, überprüfte die Klinge, ehe er sie in das Futteral an seinem Gürtel steckte. Nun zog er ein dünnes gedrehtes Lederseil aus der Tasche, formte eine Schlinge, warf sie blitzschnell über den Stumpf eines kleinen Bäumchens und zog zu. Ein knirschendes Geräusch, dann kippte die Spitze einfach ab.

Husni wurde blass. „Das waren volle drei Zentimeter Holz!" Unwillkürlich fasste er nach seinem Hals. Einen Angriff Karims mit der Würgeschnur würde kaum jemand überleben. Der hatte inzwischen sein Lederband wieder in der Hosentasche verschwinden lassen. Er hob das abgetrennte Holz auf, betrachtete die Bruchstelle, nickte und reichte das Stück an Husni weiter.

„Phänomenal", hauchte der, seinen Freund achtungsvoll musternd.

„Ich hatte gute Lehrer." Karim verschränkte die Arme hinter dem Kopf, zufrieden in die Sonne blinzelnd.

„Du bist aber auch ein überaus gelehriger Schüler."

Husni fuhr erschreckt herum, während Karim langsam die Arme sinken ließ. Ihn brachte fast nichts und niemand aus der Ruhe. Außerdem hatte er Husnis Vater, Yasin, schon lange hinter den Sträuchern bemerkt.

„Danke."

„Keine Ursache. Mich erschreckt nur manchmal die Verbissenheit, mit der du trainierst."

Karim hob den Kopf. Ein bitterer Zug lag um seine Mundwinkel und ein Schatten schien, über seine Augen zu huschen. „Dein Schwur ist auch mein Schwur. Wann wir losschlagen, ist nur noch eine Frage von Wochen. Ich will diesen Bastard tot sehen. Er hat zwar meine Mutter nicht selber umgebracht, aber er hat den Befehl zum Schießen gegeben."

Yasin atmete tief durch, legte den jungen Männern die Arme um die Schultern, um sie ohne weitere Worte auf den Weg zum Haus zu dirigieren.

Als sich beide die Hände wuschen, nutzte er die Zeit, um Hassan, dem Vater Karims, Bericht über das Gesehene zu erstatten.

„Ich bin nicht unzufrieden." Aus Hassans Augen blitzte der Stolz auf seinen Sohn. „In ein paar Tagen ist er volljährig, wir sollten ihm die ganze Geschichte über Muna erzählen."

„Einverstanden." Yasin lächelte melancholisch.

Als alle Mitglieder der beiden Familien am Tisch versammelt waren, wie es zwei Mal im Monat die feste Regel geworden war, trug Leila das Essen auf. Ihr fielen die Blicke der Männer auf, die hin und wieder in eigentümlicher Weise zu Karim huschten.

„Ihr habt vor, ihn einzuweihen?", fragte sie schließlich.

Hassan nickte.

Karim hob fragend die Augenbrauen. Einweihen? In was? War das, was er bisher erfahren hatte, nicht schon schlimm genug?

Nach dem Essen verließ Leila mit ihren jüngeren Söhnen das Haus, um sicher zu gehen, dass die beiden nicht lauschen konnten. Ihr Ältester, Husni, war schon lange in die Riege der Männer aufgestiegen, wohin ihm sein Freund Karim in wenigen Tagen folgen sollte. Er saß nun mit Hassan und Yasin Karim gegenüber, genau so gespannt wie dieser, auf die verheißene Offenbarung wartend.

Hassan gab Yasin mit den Augen ein Zeichen.

„Ich habe vor etwa zwanzig Jahren, nicht viel älter als du, ganz zufällig eine fremde Frau in der Wüste gefunden", wandte der sich sofort an Karim. „Sie war fast verdurstet und sehr schwer verletzt. Hassan, der reichste Mann hier in der Gegend, und zu dem Zeitpunkt mein Boss, nahm sich ihrer sofort an. Er pflegte sie eigenhändig gesund, wobei er dem Doktor geradezu Unsummen für die lebensnotwendigen Behandlungen bezahlte, so übel, wie sie zugerichtet war. Weil sie an völligem Gedächtnisverlust litt und nicht einmal mehr ihren Namen wusste, nannte er sie Muna."

Karim zuckte überrascht zusammen. „Du hast meine Mutter einfach so gefunden und ihr das Leben gerettet?"

Yasin und Hassen nickten.

Mit einem verträumten Lächeln sprach Yasin weiter: „Sie war eine wundervolle Frau. Es dauerte nicht einmal zwei Tage, da war für alle offensichtlich, dass Hassan mit ihr seine große Liebe gewonnen hatte, was auf voller Gegenseitigkeit beruhte."

Er machte eine kurze Pause, um sich auf das wirklich Wichtige zu besinnen.

„Dein Vater schickte sofort ein paar Männer in die Wüste, die ihrer Spur folgen und ihm Nachricht über jedes Detail bringen sollten. Sie berichteten Seltsames. Den Indizien zufolge, hatte man Muna mitten im Sandmeer aus einem Hubschrauber geworfen, denn ihre Spuren begannen im Nirgendwo, an einer Stelle, wo der Sand von den Rotoren etwas verwirbelt war. Das alles erklärte auch die unglaublichen Wunden, die sie dabei davon getragen hatte."

Karim hatte die Hände zu Fäusten geballt. Er hing förmlich an Yasins Lippen. „Wer hat das getan?", fragte er tonlos.

Hassan räusperte sich. „Munas erster Mann. Er hat versucht, auf diese Weise an den riesigen Betrag ihrer Lebensversicherung zu kommen."

„Wie – erster Mann?", murmelte Karim, völlig durcheinander.

„Das haben wir durch den erfahren, wegen dem sie später den Tod fand", erzählte Hassan weiter. „Mir war es völlig egal, wer sie war. Ich habe sie geliebt, mit ihr gelebt und sie eines Tages folgerichtig geschwängert. Wir waren einfach nur glücklich. Dann stand plötzlich Mahmud vor der Tür, ein Karawanenführer vom anderen Ende der Oase, der Muna von früher kannte. Ich habe ihn mit einer Pistole bedroht, worauf Muna zusammenbrach, einen Schock erlitt und sich plötzlich wieder an ihr altes Leben erinnern konnte."

Hassan schloss die Augen. „Der Doktor hatte in der Zeitung gelesen, dass sie ihr Mann für tot erklären lassen hatte. Ich habe sie unter dem Namen ‚Muna' vom Fleck weg geheiratet."

„In der Zeitung gelesen? Dann war sie sicher nicht irgendwer! Wie hieß sie wirklich?" Karim brachte die Fragen nur mühsam über die Lippen.

„Claire Nightingale", entgegnete Hassan leise.

Husni schlug entsetzt die Hände vors Gesicht, Karim sprang auf und starrte seinen Vater ungläubig an. Fast in Zeitlupe ließ er sich zurück auf seinen Stuhl sinken, ohne den Blick von dessen Augen zu wenden.

„Es gibt nur sehr wenige Menschen, die mir wirklich etwas bedeuten", fuhr Hassan fort. „Yasin und Leila sind zwei von ihnen. Yasin hat nicht nur Muna das Leben gerettet, sondern auch mir und dir. Leila hat dafür, dass du heute hier neben mir sitzen kannst, vor achtzehn Jahren das Wertvollste getan, ohne je darüber zu sprechen. Sie hat dich, das Kind, das der Doktor aus dem Leib der toten Mutter geschnitten hat, um es zu retten, wie einen eigenen Sohn gestillt und mit aller Liebe umgeben, die solch ein kleines Wesen braucht."

Er schaute Yasin aufmunternd an, der nun wieder das Wort ergriff.

„Muna hatte den Anstoß gegeben, dass ich, der ideenreiche, aber arme Kerl, mich um die junge Stoffhändler-Witwe Leila bemühte. Hassan half uns finanziell auf die Beine. Deine Eltern haben uns zu dem gemacht, was wir heute sind. Es war also das Mindeste, was wir nach dem Tod deiner Mutter für euch tun konnten, uns mit aller Kraft und Liebe um euch zu kümmern, als ihr Hilfe am nötigsten hattet." Yasin nickte Karim zu. „Auf welch fruchtbaren Boden dies alles gefallen ist, sieht man am besten an dir. Leila ist genau so stolz auf dich, wie dein Vater und ich es sind."

„Ich schließe mich dem an", ließ sich Husni vernehmen. „Wir sind immer wie Brüder gewesen, und so soll es auch für immer bleiben, besonders jetzt, wo ich die Hintergründe kenne. Ich werde an deiner Seite sein, wenn du das Monster zur Strecke bringst, das einmal der Mann deiner Mutter gewesen war."

„So soll es sein", sagte Karim, seinem Freund und Milchbruder fest die Hand drückend. Dann lehnte er sich zurück, betrachtete einen Moment lang seine Hände. „Wenigstens weiß ich jetzt, warum meine Haut so viel heller ist als bei den meisten hier und woher ich braunes, statt schwarzes Haar habe. Kein Wunder, wenn meine Mutter Engländerin war." Er blinzelte seinen Vater vergnügt an.

„Du bist gut informiert", stellte der erfreut fest.

Karim zuckte mit den Schultern. „Auf die Jagd zu gehen, ohne die Eigenheiten des Wildes zu kennen, könnte tödlich enden. Ich habe in den letzten Monaten alles zusammengetragen, was mit Nightingale zusammenhängt, auch jede Kleinigkeit über seine, unter äußerst mysteriösen Umständen verschollene Frau, ohne je zu ahnen, dass es sich dabei um meine Mutter handeln könnte. Ich hatte mir eigentlich vorgenommen, es so kurz und schmerzarm wie möglich zu machen, nun allerdings plane ich um. Er wird leiden, so wie sie gelitten hat. Das schwöre ich euch." Dabei lag ein gefährliches Funkeln in seinen Augen, wie es die anderen noch nie bei ihm gesehen hatten.

„Und weil du genau so einen Dickkopf hast wie deine Mutter, versuche ich auch nicht, dir das auszureden", entgegnete Hassan. „Darf man schon erfahren, was du vorhast?"

Karim lächelte schmal. „Noch nicht. Erst, wenn ich mir ganz sicher bin."

„Woher hast du die Informationen über Muna bekommen?" Hassan schaute ihn prüfend an.

„Aus dem Internet", lautete die kurze Antwort.

Hassan hob erstaunt die Augenbrauen.

„In einem Hotel bei uns in Siwa gibt es Computer, die man für wenig Geld frei nutzen kann. Ich habe schließlich in der Schule aufgepasst", schmunzelte Karim.

Nachdenklich starrte Hassan auf die Tischplatte. Er hatte das neumodische Zeug nie haben wollen, aber vielleicht sollte er, seinem Sohn zuliebe, endlich seine Scheu überwinden. Ganz sicher wäre das auch besser für das Geschäft. Zwar lief es sehr gut, aber es gab sicher Dinge, die man noch verbessern konnte. Er hob den Kopf. „Kennst du dich auch mit dem Drumherum aus? Ich meine, wie man dazu kommt und wie man nicht über den Tisch gezogen wird."

Ein leises Nicken. „Hier würde es nur mit einem einfachen Modem gehen, aber man hätte zumindest einen Zugang. Aufrüsten kann man auch später noch. Mobil wäre es vielleicht sogar günstiger, es gibt ja Handys, die fast schon kleine Computer sind."

„Ach was!" Die drei anderen rissen die Augen auf.

„Auf der letzten Safari, die Husni und ich begleitet haben, hatten zwei Männer solche Geräte", erklärte Karim. „Ich durfte mir eines genau ansehen. Interessante Technik. Na ja. Andere Informationen über Mutter habe ich von einem Mann namens Ali bekommen. Er war, seinen eigenen Worten zufolge, auf dem Weg nach Al Jaghbub dabei."

Hassan entfärbte sich jäh. „Was hat er dir erzählt?", stammelte er beunruhigt.

„Nicht viel. Genau genommen nur, dass man sie, wohl auf Nightingales Befehl hin, beraubt hatte und sie deshalb per Kamel, statt mit dem Flugzeug reisen musste. Daraufhin habe ich mir alle alten Zeitungsberichte aus jener Zeit aus dem Netz zusammengesucht und bin fündig geworden."

Er machte eine Pause.

„Ach, noch was!", rief er plötzlich. „Man hat am Zielort einen aus der Begleitmannschaft entführt und zu Tode gefoltert. Ich habe aber nicht herausbekommen, warum."

Hassans Mundwinkel zuckten. „Versprich mir, dass du dazu nicht weiter recherchierst. Das ist der Punkt, der mein Geheimnis bleiben soll. Ich möchte nicht, dass irgendjemand irgendetwas darüber erfährt."

Karim nickte, aber sein Blick verriet, dass er wohl schon mehr ahnte, als Hassan lieb sein konnte. Er konnte sich ausmalen, dass ihn sein Vater abends noch einmal allein ins Gebet nehmen würde.

„Ich möchte die Stelle sehen, wo damals ihre Spuren begannen", bat er.
„Nasri wird dich hinbringen", versprach Hassan sofort.
„Hast du etwas gegen Gesellschaft?", wandte sich Husni an Karim.
„Komm ruhig mit. Manchmal hilft es, wenn jemand da ist, mit dem man seine Gedanken teilen kann."
Etwas später waren sie schon unterwegs.
„Es ist fast die gleiche Stunde wie damals", berichtete Nasri. „An jenem Tag änderte sich auch Yasins Leben. Bis dahin war er ‚der Kleine', dem Hassan nicht viel zutraute. Plötzlich war er ein Held, dessen scharfem Auge einfach nichts entging. Er wurde Hassans Vertrauter, bald darauf sein bester Freund, der er auch heute noch ist." Nasri hielt sein Pferd an. „Genau hier war es, wo er Muna fand."
Karim schaute sich um. „Die Oase schon in der Ferne vor Augen, aber keine Kraft mehr, um sie zu erreichen", sinnierte er. „Eine furchtbare Vorstellung."
„Mein Vater muss tatsächlich die Augen eines Geiers haben!", rief Husni. „Man kann ja noch nicht einmal die Palmen von hier aus richtig unterscheiden!"
„So ist es", entgegnete Nasri, langsam weiterreitend.
Die beiden Freunde folgten ihm.
Karim ließ seinen Blick über die leicht wellige Sandfläche schweifen. Das Schicksal musste es mit Muna besonders gut gemeint haben, wenn es sie hier zufällig den richtigen Weg finden ließ. Selbst Einheimischen fiel es schwer, sich hier orientieren zu können. Man benötigte schon sehr viel Übung, wie die Karawanenführer, um sicher ans Ziel zu kommen. Er selbst war mit Husni sicher schon hundert Mal hier gewesen, ohne zu wissen, was dieser Ort für seine Familie bedeutete.
„Wir sind gleich da", hörte er Nasri sagen.
„Gab es diese Düne damals schon?" fragte er ihn.
„Ja, die war schon da, nur etwa einhundert Meter weiter nördlich", lautete die Antwort.

„Sehr gut", murmelte Karim. „Wenn sie so schnell unterwegs ist, kommt mir eine geniale Idee."
Am Zielort sprang er vom Pferd, grub mit beiden Händen im Sand, nickte erfreut und sagte: „Lasst uns heimkehren."
Im Abendrot erreichten sie Siwa, wo sie von Hassan bereits erwartet wurden.
„Ich habe bereits einen Plan, wie ich mir Nightingales Ende vorstelle", gab Karim bekannt. „Nur der Weg dahin ist mir noch nicht ganz klar. Ich wäre dir sehr dankbar, wenn du mir morgen den Jeep und Nasri als Fahrer zur Verfügung stellen könntest. Ich muss dringend noch ein paar Details über Al Jaghbub herausfinden."
„Geht klar. Sprecht euch am besten gleich ab und hinterher kommst du zu mir ins Büro."
„Wird erledigt."
Hassan brühte inzwischen Tee auf, entzündete drei Öllämpchen und legte ein einige Krümel Weihrauch in die kleine Räucherschale. Karim blieb überrascht in der Tür stehen.
„Komm, setz dich." Hassan deutete auf den Sessel gegenüber. „Sie hat die Abendstunden in solcher Atmosphäre über alles geliebt", sagte er leise. Er ließ Karim Zeit, die Eindrücke zu genießen.
„Du weißt sicher, warum ich dich sprechen will."
„Ich denke schon."
„Wie bist du mit Ali in Kontakt gekommen?"
„Das war ziemlich seltsam", erzählte Karim. „Ich hatte mir vor einigen Wochen am Computer eine Karte von Al Jaghbub aufgerufen, als er zufällig vorbei lief. Er blieb, wie vor eine Wand gelaufen, stehen und merkte nicht einmal, dass ich ihn ziemlich ungeniert taxiert habe.
‚Du kennst den Ort?', fragte er mich.
Ich antwortete: ‚Nein, deshalb mache ich mich gerade schlau.'
‚Willst du dort Urlaub machen?'
‚Ich will dort arbeiten.'

‚Ich habe früher Safaris dahin begleitet', sagte er. ‚Wenn du ein richtiges Abenteuer erleben willst, dann bringe ich dich per Kamel hin.'"

Karim zog ein amüsiertes Gesicht.

„Ich konnte es mir nicht verkneifen, zu sagen, dass ich genau das Gleiche mache. Ali musterte mich erstaunt und sprach nach ein paar Sekunden: ‚Wenn mich meine Augen nicht täuschen, dann bist du Hassans Sohn.'

Ich bejahte.

‚Bleibt weg von Nightingale', flüsterte er. ‚Wir haben damals dessen Frau zu ihm gebracht und nichts als Ärger dafür bekommen. Einen unserer Männer hat er dafür zu Tode foltern lassen. Meinen Boss hat man anderthalb Jahre später hier auf dem Markt erschossen. Ein Wunder, dass ich noch lebe.'

Ehe ich ihm irgendwelche Fragen stellen konnte, war er wieder verschwunden. Natürlich habe ich mich über ihn und seinen ehemaligen Boss informiert."

„Was hat er dir über Claire erzählt?", fragte Hassan mit zitternder Stimme, sie bei ihrem früheren Namen nennend.

„Nur, dass sie wahnsinnige Angst vor ihrem Mann und keinerlei Gepäck dabei hatte."

„Das war alles?"

„Ja, mehr habe ich aus ihm nicht herausbekommen."

Hassan atmete tief ein. „Aber du hast dir Gedanken dazu gemacht."

„Natürlich." Karim schaute seinen Vater mit unbewegtem Gesicht an.

„Zu welchem Schluss bist du gekommen?"

„Dass das mein Geheimnis bleiben sollte, um mit deinen Worten zu sprechen."

Hassan hob mit einer resignierten Geste die Hände.

„Falls es dich beruhigt, ich würde sie deshalb nie verurteilen." Karim nahm einen großen Schluck Tee und ließ seine Fingerspitzen über eines der Lämpchen gleiten. „Bis sie zu dir kam, hat man sie ständig zu etwas gezwungen, das sie selbst niemals gewollt hätte."

„Danke", flüsterte Hassan.

Eine Weile schwiegen Vater und Sohn.

Hassan legte ein Bündel Geld auf den Tisch. „Wenn du morgen ins Zentrum fährst, kauf dir ein gutes Handy mit Internetvertrag. Das soll gleich dein Geburtstagsgeschenk werden. Du wirst in absehbarer Zeit sowieso hier die Geschäfte führen und sicher neue Wege gehen."

„Wie?" Karim glaubte, sich verhört zu haben.

Hassan lächelte melancholisch. „Tu es einfach. Ich bin ein altmodischer alter Mann. Versuche gar nicht erst, zu widersprechen – ich bin fast siebzig."

„Das klingt für mich fast so, als würdest du nur noch für einen einzigen Moment leben – für den Augenblick der Rache", murmelte Karim.

Hassan schüttelte lächelnd den Kopf. „Ganz bestimmt nicht. Bin ich so weit gekommen, dann möchte ich auch eines Tages noch, mit meinen Enkeln an der Hand, im Garten spazieren gehen."

Karim lachte befreit auf. „Das beruhigt mich. Aber extra beeilen muss ich mich dafür nicht?" In seinen Augen blitzte der Schalk.

Hassan blinzelte vergnügt. „Das Schicksal geht manchmal verschlungene Wege."

„Na, das ist ja nun wirklich nicht zu übersehen", schmunzelte Karim. „Lassen wir es vorerst einfach laufen. In ein paar Tagen werden wir es nach unseren Wünschen ändern." Karim erhob sich. Gute Nacht Vater."

„Gute Nacht mein Sohn."

Beide lagen in dieser Nacht noch lange wach. Jeder dachte für sich über Muna nach. Karim hatte es in den Zeitungsberichten imponierend gefunden, wie Mrs. Nightingale durch ihre Arbeit für Hilfsorganisationen versuchte, einen Teil des Schadens gutzumachen, den ihr Gatte mit Waffenhandel anrichtete. Karim gedachte ursprünglich dieses Wissen gegen Nightingale einzusetzen, doch plötzlich war alles anders. Seit heute war Claire nicht nur eine bemerkenswerte, gut aussehende Frau, sie war seine Mutter.

„Doktor Claire Nightingale", murmelte Karim anerkennend, wickelte sich in seine Decke und schlief ein.

Am Morgen half er den anderen, die Pferde und Kamele zu versorgen, wie er es von klein auf gewohnt war. Das sparte seinem Vater den Lohn für einen zusätzlichen Mann und lehrte Karim, selbst den Wert der Arbeit anderer richtig einzuschätzen. Zudem brachte es ihm die Achtung der Mitarbeiter ein. Karim war sich nicht einmal zu schade, die Sättel zu flicken, wenn Not am Mann war.

„Von mir aus kann es losgehen." Nasri zog den Autoschlüssel aus der Hosentasche.

Karim nahm auf dem Beifahrersitz Platz. Langsam rollte das Fahrzeug an. Wenige Häuser weiter stand eine wild winkende Gestalt mitten auf der engen Fahrbahn. Husni.

„Heh! Nehmt mich mit!"

„Wegelagerer sind neu in dieser Gegend", kicherte Nasri, während er nur ein paar Zentimeter vor dem jungen Mann das Auto zum Stehen brachte.

Husni schwang sich auf die Rückbank.

„Hast du ein festes Ziel oder ist dir einfach, nach einem freien Tag zumute?", wollte Karim wissen.

„Sowohl als auch." Husni grinste breit. „Mein Vater meint, ich solle noch ein bisschen von dir über Computer lernen. Da bin ich also."

„Das hat er gesagt?" Karim schaute seinen Freund verblüfft an.

„Ja und ich bin der gleichen Meinung." Husni lehnte sich breit grinsend zurück.

Nasri zuckte fröhlich mit den Schultern. „Klingt nach einem Tag voller guter Laune."

„Darauf kannst du wetten." Karim rieb sich die Hände. Nasri, Hassans bester Mann, war für jeden Spaß zu haben. Das Alter spielte dabei keine Rolle.

„Wo möchtest du zuerst hin?", fragte er, als sie die Ladenpassage erreichten.

„Dahin!" Karim deutete auf ein Geschäft.

„Da gibt es aber nur Handys", warf Husni ein.

„Eben." Karim stieg aus. „Kommt ihr mit?"

„Klar doch!" Beide Männer folgten ihm.

Aufmerksam überflog Karim die ausgestellten Geräte. Der Verkäufer trat zu ihm. „Kann ich Ihnen helfen?"

Da hatte Karim schon das Objekt seiner Begierde erspäht. „Ich hätte gern das da oder noch besser, den aktuellsten Nachfolger."

Der Verkäufer musterte den jungen Mann. „Sie wünschen also ein webfähiges Gerät, mit allem Komfort und zugehörigem Vertrag zu erwerben."

„Genau deshalb bin ich hier."

Husni und Nasri klappte der Unterkiefer fast auf die Schuhspitzen. Staunend beobachteten sie, wie der Verkäufer einen abgeschlossenen Schrank öffnete, um seinem Kunden das neueste Modell präsentieren zu können. Flach, wie eine Flunder, glänzend schwarz und mit einem großen Display, ließ es Karims Augen leuchten. Gut vorinformiert, wie er war, meisterte er die Bedienung ohne Probleme.

„Wie steht es mit dem Empfang in den Außenbezirken unserer Oase?", fragte er schließlich.

„Bisher sind uns keine Probleme bekannt", beruhigte ihn der Verkäufer.

„Sehr gut, dann kommen wir zum geschäftlichen Teil", bat Karim lächelnd.

Seine Begleiter rissen ungläubig die Augen auf. Erst recht, als sie den Preis, für all die schönen Sachen, hörten, die das unscheinbare kleine Ding drauf hatte. Karim feilschte, als ginge es um sein Leben, unterschrieb irgendwann zufrieden den Vertrag und holte die Scheine aus der Tasche.

„Ab morgen können Sie alle Dienste frei nutzen", versprach der Verkäufer und schon saß Karim mit seinem Einkauf im Auto.

„Ich glaube, ich träume", stotterte Husni, als Nasri selbiges dachte.

„So, das hätten wir", seufzte Karim. „Jetzt widmen wir uns der Arbeit und dann dem Vergnügen. Auf zum Hotel und ab an den Computer."

„Zu Befehl, Chef!" Nasri startete den Motor.

„Mach bloß halblang", rief Karim erschreckt. „Mein Vater hat gestern auch schon so eine seltsame Bemerkung fallen lassen."

„Er ist nicht mehr der Jüngste", erwiderte Nasri. „Er ist wirklich froh, dass du ihm bereits so viele Dinge abnimmst. Du bist sein Lebenselixier."

„Hast ja Recht, verdrängen hilft auch nicht auf Dauer." Karim ließ nachdenklich seine Handfläche über den Karton des Handys gleiten. „Dies hier war seine Idee. Ich würde bald neue Wege mit der Firma gehen, hat er gesagt. Das heißt für mich aber nicht, dass ich deshalb Altbewährtes über Bord werfen muss. Man kann ja für den Anfang Werbung im Internet machen und dann Stück für Stück die Sache ausbauen."

Husni nickte. „Klingt plausibel."

„Ich finde es sehr beruhigend, dass du in die Fußstapfen deines Vaters trittst", seufzte Nasri. „Wir hängen beinahe alle von euch ab."

„Das ist mir durchaus bewusst", gab Karim leise zurück. „Deshalb würde ich auch niemals einen Radikalschnitt machen. So was kann nicht gut gehen. Leben und leben lassen."

Karim hielt den beiden die Tür des Hotels auf. Sie hatten das Glück der Tüchtigen und fanden einen freien Computerplatz. Diesmal brillierte Karim mit seinem ganzen Wissen. Nasri pfiff beeindruckt durch die Zähne. Gemeinsam werteten sie Luftbilder der libyschen Oasensiedlung aus.

„In diesem Karree liegen das Haus und der Hubschrauberlandeplatz", flüsterte Karim. „Da, genau gegenüber, will ich für ein halbes Jahr ein Zimmer mieten."

„Hast du schon mit deinem Vater darüber gesprochen?", raunte Husni.

Karim schüttelte verneinend mit dem Kopf.

„Finanzieren will ich das Ganze, indem ich auf dem Markt als Tagelöhner arbeite", erörterte er seinen Zuhörern. „Klatsch und Tratsch erfahre ich dort aus erster Hand. Mich würde es wirklich wundern, wenn es über Nightingale nichts zu erzählen gäbe."

Karim erinnerte sich daran, dass er seinen Begleitern gute Laune versprochen hatte. Also rief er einige Videos auf, über welche sich die beiden vor Lachen beinahe ausschütteten. Als die bezahlte Zeit ablief, spendierte Nasri noch eine Folgerunde. Bester Laune machten sie sich am späten Nachmittag auf den Heimweg, natürlich nicht, ohne vorher in einem kleinen Restaurant ein ordentliches Essen zu genießen. Karim zahlte. Die neugierigen Blicke der beiden anderen kommentierte er mit: „Ich habe beim Handykauf so viel gut gemacht, dass mir mein Vater mit Recht die Ohren langziehen würde, hätte ich euch nicht eingeladen."

„Den richtigen Geschäftssinn hast du jedenfalls", schmunzelte Husni.

„Wusstest du eigentlich, dass meine Mutter einen Doktortitel hatte?", wandte sich Karim plötzlich an Nasri.

Der schaute ihn erstaunt an. „Nein, das wusste ich nicht. Ich kann es mir aber sehr gut vorstellen. Sie war eine feinsinnige, intelligente Frau und sie sprach fast perfekt Arabisch."

Karims Augen leuchteten.

Nasri lächelte kaum merklich. „Ich erzähle es dir auch nur, weil sie Europäerin war und ich mir fest einrede, dass ich so kein Tabu verletzte, wenn ich über sie spreche."

Karim schmunzelte. „Das haben die anderen auch alle vorgeschoben."

„Kein Wunder." Nasri lächelte still in sich hinein. Er lenkte den Jeep in die kleine Gasse und ließ Husni vor seinem Elterhaus aussteigen.

„Macht es gut, ihr beiden! Danke und bis Morgen!"

Karim blinzelte. „So long!"

Englisch lernte der junge Mann schon wegen der Touristen, die er immer wieder mit betreute, nur machte es ihm nun doppelt Spaß. Nasri schüttelte amüsiert den Kopf.

„Da fällt mir ein, dass du mir noch eine Erklärung schuldig bist!", rief er plötzlich. „Das war doch sicher was Unanständiges, weil du dich so amüsiert hast?"

Karim lachte herzlich. „Unsinn. An apple a day keeps the doctor away heißt ganz einfach: Ein Apfel pro Tag hält den Doktor fern."

„Ach ja, ich erinnere mich, du hattest der Dame gerade getrocknete Apfelringe angeboten." Nasri musste lachen.

„Tz, tz, tz, was Männer nur immer für Gedanken haben!", kicherte Karim.

„Keine Sorge, nächste Woche gehörst du auch dazu."

„Zu den Gedanken?"

Nasri feixte. „Dazu auch, mit Höchstgarantie. Äpfel sind übrigens die besten Verhütungsmittel", fügte er noch an.

„Wirklich?"

„Hmm, nur nicht davor oder danach, sondern anstatt."

Karim begann schallend zu lachen.

Nasri zwinkerte. „Sag bloß nicht deinem Vater, dass du solche Dinge von mir lernst." Dabei wusste er ganz sicher, dass ihn Karim nie verpfeifen würde und der wiederum war ganz und gar nicht böse, sich auch in diese Richtung allumfassend informieren zu können. Notfalls müsste halt das Internet als Ausrede herhalten.

Dass sein Freund Husni schon handfeste Erfahrungen mit dem anderen Geschlecht gesammelt hatte, wusste er auch, ohne dass dieser davon informiert gewesen wäre. Karim war auf der Suche nach einem geeigneten Trainingsplatz, um seinen Dolch zu schleudern, auf ein unterdrücktes Stöhnen aufmerksam geworden. In der Annahme, dass sich jemand verletzt haben könnte, folgte er den Geräuschen und fand Husni zwischen den nackten Schenkeln einer brünetten Tschechin, die Tags zuvor einen Kurztrip in die Wüste gebucht hatte. Die beiden waren so intensiv miteinander beschäftigt, dass sie weder Karims Erscheinen noch sein Davonhuschen bemerkten. Zumindest war es ein erfreulicher Anblick gewesen und er hatte zum ersten Mal mit eigenen Augen gesehen, dass es, nicht nur am Oberkörper, gewisse Unterschiede zwischen Männern und Frauen gab.

Nasri parkte das Auto, Karim angelte sein Paket unter dem Sitz hervor und verabschiedete sich.

Hassan brütete in seinem Büro über den Lebensmittelbestellungen für die nächsten zweiwöchigen Safaris per Kamel oder Autos. Als Karim erschien, schob er die Papiere zur Seite.

„Nun, wie stehen die Aktien?", fragte er scherzhaft.

„Nicht schlecht", entgegnete Karim lächelnd, während er schon sein Kauf auszupacken begann.

Aufmerksam schaute Hassan zu. „Ich habe zwar keine Ahnung, aber für mich sieht das aus, als ob es der neueste Schrei wäre."

„Richtig und ab morgen sind alle Optionen frei geschaltet." Er reichte Hassan das Gerät. Mit einfachen Worten erklärte er die Funktionen.

Hassan machte mit Daumen und Zeigefinger die altbekannte Bewegung für Geld.

Karim legte den Vertrag auf den Tisch und packte das übrig gebliebene Geld dazu.

„Für den Differenzbetrag waren wir essen", erklärte er.

„Du hast doch hoffentlich für beide bezahlt?"

„Für drei. Wir haben einen Anhalter namens Husni mitgenommen."

Hassan lachte. „Hätte mich schwer gewundert, wäre er zu Hause geblieben, wenn du offiziell ins Zentrum fährst. Die Frage, ob ihr Spaß hattet, erübrigt sich bestimmt."

„Vater, ich muss dringend mit dir über eine Entscheidung sprechen, die ich heute getroffen habe."

Hassans Erschrecken geschah nur innerlich. „Setz dich. Worum geht es."

„Es geht um unsere Rache. Schließlich wollen wir alle die Aktion überleben. Ich werde deshalb für ein halbes Jahr in Al Jaghbub ein Zimmer mieten und dort als Tagelöhner auf dem Markt arbeiten. Wir brauchen wirklich sichere Informationen."

Ein Schatten huschte über Hassans Augen. „Es fällt mir schwer, dich ziehen zu lassen. Aber du hast vollkommen Recht."

„Ich wusste, dass du es verstehen würdest."

„Vermutlich wirst du dich auf den Weg machen, kaum dass du volljährig bist. Pass bitte gut auf dich auf und bringe dich nicht unnötig in Gefahr." Hassans Stimme zitterte ein wenig. „Du bist das Einzige, was mir auf dieser Welt alles bedeutet."

„Ich weiß das und ich werde sehr vorsichtig sein", versprach Karim.

Das Geburtstagsgeschenk

In den nächsten Tagen verbrachten Vater und Sohn besonders viel Zeit gemeinsam. Mitunter ritten sie stundenlang nebeneinander durch die Wüste, ohne ein Wort zu sprechen, sich aber auch so alles sagend, was wirklich wichtig war.

Für Hassan verging die Zeit bis zu Karims Geburtstag viel zu schnell. Halb freudig, halb wehmütig, war er der erste Gratulant. Er wusste, dass Karim bereits seinen Rucksack gepackt hatte und innerhalb der nächsten beiden Tage abreisen würde. Abends saßen alle am Lagerfeuer, Hassan, Yasins Familie und auch die Mitarbeiter. Karim half Leila bei der Gästebewirtung. Das war für ihn die beste Möglichkeit, ihr zu zeigen, wie dankbar er ihr für alles war. Dass sie immer wieder mit den Tränen kämpfte, fiel irgendwann auch den anderen auf.

„Er kommt wieder", versuchte Husni, seine Mutter zu trösten. „Du weißt doch, dass er noch nie ein Versprechen gebrochen hat."

Leila seufzte. „Muna war die einzige Freundin, die ich jemals hatte. Nun habe ich wahnsinnige Angst, dass ihrem Sohn etwas zustoßen könnte."

„Alles wird gut." Husni streichelte ihre Hand.

Am übernächsten Morgen landete ein kleiner Helikopter auf dem großen Platz, wo sonst die Touristenbusse hielten.

„Sind Sie sicher, dass Sie hier richtig sind?", fragte Nasri erstaunt.

„Ziemlich sicher", erhielt er aus einem fröhlich lächelnden Gesicht zu Antwort. „Euer Stoffhändler hat mich her bestellt."

Der Genannte kam bereits aus Hassans Haus. „Ah, fantastisch, dass alles geklappt hat! Einen kleinen Moment, Ihr Passagier weiß noch nichts von seinem Glück."

Er eilte zurück zum Haus und rief: „Karim, dein Taxi nach Al Jaghbub ist da!"

Hassan und Karim erschienen gleichzeitig und mit ungläubigen Gesichtern.

„Beeil dich, das Taxameter läuft", witzelte Yasin.

Karim rannte in sein Zimmer, riss den Rucksack vom Stuhl und war im Bruchteil eines Augenblicks am Hubschrauber, wo Hassan und Yasin noch ein paar Worte mit dem Piloten wechselten.

Yasin klopfte Karim auf die Schulter. „Dieser Flug ist Leilas Geburtstagsgeschenk für dich. Viel Spaß!"

Karim umarmte ihn herzlich. „Richte Leila meinen herzlichen Dank aus und grüße Husni. Machs gut!"

Hassan fiel der Abschied sichtlich schwer. Er nahm Karim ohne Wort in die Arme, nur sein Blick sagte: Viel Glück und komme gesund wieder.

Ein paar Minuten später schwebte der zweisitzige Heli schon über den schier unendlichen Weiten der Wüste.

„Sieht aus, als wäre die Überraschung gelungen", schmunzelte der Pilot, nach einem Seitenblick auf seinen Passagier, der mit großen Augen den Flug genoss.

„Das trifft den Nagel mitten auf den Kopf. Ich bin überwältigt", gab Karim zu. Aber hier bekam er auch erst ein Gefühl dafür, welche Ängste seine Mutter wirklich ausgestanden haben musste, als man sie einfach hinausgestoßen hatte. Ein mehrfaches Todesurteil im Angesicht der Optionen, sich beim Aufprall das Genick zu brechen, zu verbluten oder zu verdursten. Karim knirschte mit den Zähnen.

Der Pilot ging vor der alten Karawanenstation zur Landung über.

„Viel Glück", wünschte er und hob sofort wieder ab.

Karim nahm seinen Rucksack auf den Rücken. Er wusste von Ali, dass Muna genau den gleichen Weg eingeschlagen hatte, welchen er nun ging.

Der Satz, auf jemandes Spuren zu wandeln, bekam für ihn eine völlig neue Bedeutung. Karim betrat den Marktplatz und schaute sich um. Der erste Eindruck war nicht übel. Ein klappriger LKW bahnte sich langsam seinen Weg durch die Menschenmassen. Er stoppte bei einem Gemüsehändler.

„Beeile dich, ich habe nicht ewig Zeit!", rief der Fahrer dem Händler zu und verschwand im nächsten Café.

Ein kurzes Zucken in den Mundwinkeln, als der junge Mann allein gegen die vielen Kisten antrat.

„Brauchst du Hilfe?", fragte Karim und fasste, ohne die Antwort abzuwarten, mit zu.

Als der Fahrer wieder auftauchte, waren sie bereits mit dem Abladen fertig.

„Danke, du hast mich gerettet", stöhnte der Gemüsemann. „Der Kerl berechnet mir jedes Mal etwas extra, wenn er einen Augenblick warten muss."

„Komische Sitten", murmelte Karim.

„Ich hab dich hier noch nie gesehen. Bist du Student?", fragte der Händler mit Blick auf den Rucksack.

Karim schüttelte den Kopf. „Ich bin vor einer runden halben Stunde erst hier angekommen. Ich suche einen Job."

„Falls du nicht zu große Ansprüche hast, bist du bei mir an der richtigen Adresse. Ich kann einen Mann gebrauchen, der mitdenkt."

„Warum nicht?", erwiderte Karim erfreut. Eine richtige Anstellung beim Gemüsemann war um Längen besser, als täglich als Tagelöhner zu zittern, ob man überhaupt einen Job bekäme.

Schnell waren sie sich einig. Karim würde also ab dem nächsten Morgen auf dem Markt beim Verkauf helfen. Sehr zufrieden trabte er in Richtung der kleinen Absteige weiter, wo er sich ein Zimmer zu nehmen gedachte. Das Haus machte einen halbwegs vernünftigen Eindruck und auch der Vermieter hatte ehrliche Augen. Aus dem Internet wusste Karim, dass die Zimmer zur Straße wenig beliebt, aber umso preiswerter waren.

„Du hast nur noch die Wahl zwischen Parterre und zweiter Etage", erklärte ihm der Vermieter. Die Zimmer zum Hof sind alle vergeben.

Karim rieb sich innerlich die Hände. „Darf ich erst schauen, ehe ich mich entscheide?", fragte er vorsichtig.

„Natürlich." Der Mann zeigte ihm zuerst das obere Zimmer am Ende des Ganges.
Ungünstig für meinen Plan, stellte Karim sofort fest.
Das Fenster des unteren Zimmers lag dem Tor von Nightingales Grundstück genau gegenüber und Karim konnte sogar die Eingangstür des Hauses sehen.
„Ich nehme das hier."
„Wie du willst. Aber beschwere dich nicht, wenn es von gegenüber oft recht laut ist. Oben wäre es bedeutend ruhiger."
„Das ist die Entscheidung des schmalen Geldbeutels." Karim zog ein bekümmertes Gesicht. „Die paar Wochen wird es schon irgendwie gehen."
Er zahlte die erste Miete und nahm seine Bleibe in Besitz. Sobald er die nötigen Informationen hätte, würde er augenblicklich hier verschwinden und er hoffte inständig, dass das bald sein würde. Jetzt zog er erst einmal das Handy aus der Tasche, um seinem Vater Bericht zu erstatten.
Hassan saß noch im Büro. Schon beim ersten Klingeln hob er ab.
„Ich habe gehofft, dass du dich gleich melden würdest", seufzte er zufrieden, als er Karims Stimme hörte. „Bist du gut angekommen? Geht es dir gut?"
„Es ist alles in Ordnung. Der Flug war ein wundervolles Erlebnis. Ich habe ein Zimmer bekommen und einen festen Job und das sogar in umgekehrter Reihenfolge. Es geschehen eben doch noch Wunder auf dieser Welt. Ab morgen verkaufe ich auf dem Markt Obst und Gemüse."
„Ich bin stolz auf dich."
Karim lächelte melancholisch. Er wusste, dass Hassan wie ein Tiger im Käfig durch das Haus laufen und ihn schon jetzt vermissen würde.
„Ich rufe dich morgen wieder an. Gute Nacht." Karim legte auf. Statt ins Bett zu gehen, stellte er sich ans Fenster und beobachtete, was im Hof gegenüber geschah. Ein Mädchen fegte die Treppe, zwei Männer lungerten scheinbar gelangweilt herum. Ein

Knabe trieb einen bepackten Esel in den Hof. Aus einem Nebeneingang erschienen zwei andere Männer, luden die Säcke ab und der Junge zog mit seinem Esel wieder davon. Das Knattern eines Hubschraubers durchschnitt die Stille. Karim wechselte auf die andere Seite des Fensters. Er konnte gerade noch sehen, wie das Fluggerät hinter der hohen Mauer nieder ging. Nun war nur noch die Spitze des Rotors zu sehen. Jemand brüllte Befehle.

„Nette Atmosphäre", murmelte Karim und rollte sich nun doch noch in seine Decke ein. Für heute hatte er eindeutig genug erlebt.

Hassan war, kaum dass er den Hörer aufgelegt hatte, die Gasse hinunter geeilt, um Yasin die guten Nachrichten zu bringen. Leila bat ihn herein, trug Tee und Gebäck herbei. Yasin holte Husni.

„Bleib bitte", sagte Hassan, als Leila das Zimmer verlassen wollte. „Was ich zu sagen habe, ist für alle bestimmt."

Die Grüße Karims zauberten ein glückliches Lächeln auf ihr Gesicht, ebenso die Tatsache, dass ihr Geburtstagsgeschenk Gefallen gefunden hatte.

„Wie bist du überhaupt auf die Idee und schließlich an den Hubschrauber gekommen?", fragte Hassan neugierig.

„Das war nicht schwer", erzählte Leila. „Ich habe auf dem Markt davon gehört, dass man hier in der Oase neuerdings auch Hubschrauber und Kleinflugzeuge chartern kann. Dann sah ich eine Touristin mit einem Flyer zu diesen Flügen in der Hand. Ich habe mir einfach ein Herz gefasst und die Frau angesprochen. Sie hat mir das Heftchen geschenkt. Noch am selben Tag rief ich an und buchte den Flug. Karim hat ja nie ein Geheimnis daraus gemacht, dass sein gepackter Rucksack schon bereitstand. Yasin hat gestern Abend davon erfahren."

„Sie hat sich den ganzen Tag Sorgen gemacht, dass du ihr wegen der Sache böse sein könntest", warf Yasin ein.

„So ein Unsinn!", rief Hassan entrüstet. „Komfortabler konnte er doch gar nicht nach Al Jaghbub kommen. Ich bin mindestens genau so dankbar wie Karim. Ich hätte heute beim Telefonat sein Gesicht sehen wollen."

Leila hob rasch den Kopf. „Wenn du so ein Handy hättest, wie Karim, dann hättest du ihn wirklich sehen können."

„Tatsächlich?" Hassan schaute Leila verblüfft an. „Woher weißt du das?"

Sie nahm wortlos eine Zeitschrift aus dem Regal, blätterte kurz darin und reichte die aufgeschlagene Seite Hassan. Er las mehrmals aufmerksam den Text. Dann nickte er Leila anerkennend zu. „Alle Achtung!"

Yasins Frau lachte. „Bei drei aufgeweckten Söhnen bleibt es nicht aus, dass man sich etwas näher auch mit solchen Dingen beschäftigen muss. Husni war ja ganz aus dem Häuschen über das, was sich Karim da zugelegt hat."

Hassan schmunzelte. Er tippte mit dem Finger auf das Heft. „Darf ich mir das bis morgen ausleihen?"

„Natürlich", entgegnete Leila.

Kaum war Hassan wieder zu Hause, setzte er sich an seinen Schreibtisch, um nochmals den Artikel zu lesen, Buchstabe für Buchstabe.

Nasri machte große Augen, als Hassan am nächsten Morgen mit einem der kleineren Geländewagen an ihm vorüber fuhr. Irritiert schaute er auf die Uhr, in der Annahme, er hätte vielleicht verschlafen. Völlig verdattert schaute er seinem Boss hinterher, bis der mit dem Wagen hinter einer Biegung verschwand.

„Kann ich Ihnen helfen?", fragte eine halbe Stunde später der nette Verkäufer des Handyladens, kaum dass Hassan die Tür hinter sich geschlossen hatte.

„Ich gehe davon aus", bekam er aus einem grinsenden Gesicht zur Antwort. Hassan legte Karims Vertrag auf den Tisch.

„Ich möchte dies in einen Partnertarif ändern lassen, mit einem zusätzlichen neuen Handy, das Sie mir doch hoffentlich gleich mit anbieten können."

Die Sonne ging im Gesicht des Verkäufers auf. Wieselflink holte er genau solch ein Gerät, wie Karim sein Eigen nannte, aus dem Schrank und erklärte seinem neuen Kunden geduldig die

Funktionen. Dass Hassan, der reichste Mann am Platz, ausgerechnet bei ihm kaufte, adelte sein Haus.

„Morgen können Sie alle Funktionen frei nutzen", versprach er gerade, als Hassan noch etwas einfiel.

„Wie sieht es mit Schutzhülle und Displayfolien aus?"

„Sofort!"

Im nächsten Moment breiteten sich vor seinen ungläubigen Augen dutzende, zum Teil extrem schrille, Etuis aus.

Hassan schüttelte lachend den Kopf. „Ich habe es lieber etwas dezenter." Er entschied sich für eine schlichte schwarze Lederhülle.

Er zahlte, der Verkäufer öffnete ihm dienstbeflissen die Tür und schon war Hassan wieder auf dem Heimweg. Dabei grinste er genüsslich vor sich hin. Erstens, weil er die vielen fremden Begriffe souverän zum Besten gegeben, obwohl er eigentlich nur auswendig gelernt hatte. Zweitens, weil das dem Fachmann nicht einmal aufgefallen war und drittens, weil er sich auf Karims ungläubiges Staunen freute.

Karim schnellte mit dem leisen Weckton seines Handys aus dem Bett. Sein erster Blick galt dem Haus gegenüber. Das Tor war offen und in regelmäßigen Abständen ging ein, mit einer MPi, bewaffneter Mann daran vorüber. Genau, wie ich es erwartet habe, dachte Karim voller Genugtuung. Der Hubschrauber stand auch noch hinter der Mauer. Nightingale schien sich in seiner Residenz zu befinden.

Karim frühstückte stehend, um möglichst viel von dem Gebäude im Auge zu haben. Dann schüttelte er plötzlich über sich selber den Kopf, setzte sich an den Tisch und genoss ganz in Ruhe seinen Morgenkaffee. Ein Palmenhain wuchs schließlich auch nicht an einem Tag aus einem einzigen Samenkorn.

Der Gemüsehändler staunte, als sein neuer Mitarbeiter schon am Rande des Marktplatzes auf ihn wartete. Nach einer herzlichen Begrüßung bauten sie auf und breiteten die Waren aus.

Logischerweise wurde Karim von den Standnachbarn Mustafas neugierig taxiert. Es ahnte ja keiner, dass diesem bei seiner bisherigen Arbeit immer Fremde sehr genau auf die Finger geschaut hatten. Er tat, als bemerke er es nicht. An diesem Tag kauften erstaunlich viele Frauen ausgerechnet an diesem Stand.

Mustafa grinste. „Hast wohl genau die richtige Kragenweite für unsere Mädels."

Karim lachte. „Oder wollen die ganz einfach schauen, ob du jetzt auch Exoten verkaufst." Er zog seinen kleinen Kocher aus dem Beutel und begann, ganz ungerührt aller neugierigen Blicke, kräftigen Kaffee anzusetzen.

Mustafa schaute ihm überrascht über die Schulter. Etwas später erhielt er die erste Tasse.

„Ich glaube, jetzt bekommt unser Eckcafé ernsthafte Konkurrenz." Mustafa inhalierte den Duft und nahm mit halb geschlossen Augen den nächsten Schluck. „Wer hat es dir beigebracht?"

„Mein Vater", antwortete Karim. „Er hat mich allein großgezogen, weil meine Mutter sehr früh starb. Er hat nicht wieder geheiratet. Also wundere dich nicht, wenn ich noch mehr Hausfrauenqualitäten offenbare."

Mustafa lachte herzlich. „Soll mir recht sein. Ich habe nämlich gar keine Ahnung, außer vom Gemüse verkaufen." Er zuckte fröhlich-entschuldigend mit den Schultern. „Hast du gestern überhaupt noch ein vernünftiges Zimmer gefunden?"

„Doch, doch, es ist auszuhalten." Karim nannte die Adresse.

Mustafa zog die Augenbrauen zusammen. „Du weißt hoffentlich, wem das Riesenhaus gegenüber gehört?"

„Keine Ahnung", erwiderte Karim gut gespielt. „Ich hab mich nur über den Hubschrauber gewundert."

„Pssst!", raunte Mustafa und wandte sich seinem Gemüse zu, als hätte er Karims Satz gar nicht gehört. Erst Minuten später, scheinbar ohne jeden Zusammenhang, flüsterte er: „Dort wohnt der Waffenbaron Nightingale. Schau um Himmels Willen niemals sichtbar aus dem Fenster, falls du ein Zimmer zur Straße hast. Das könnte tödlich enden."

Karim nickte kurz, zum Zeichen, dass er die Warnung verstanden hatte.

Nach einem erfolgreichen Arbeitstag wanderte Karim heimwärts. Kurz vor dem Haus, in dem er wohnte, wurde er von einem Geländewagen voller Männer in ockerfarbenen Tarnanzügen überholt. Seine Nackenhaare stellten sich auf wie bei einem Tier in Gefahr und so tauchte er schleunigst im Hausflur unter. Fast eine Stunde beobachtete er das Treiben gegenüber, merkte sich Abläufe und rekapitulierte im Stillen das Gesehene. Als er sich seinem Abendbrot widmen wollte, summte das Handy. Die eingeblendete Nummer glich der seinen fast bis auf die letzte Stelle, wo statt einer Zwei eine Drei erschien. Karim schaute gleich mehrmals hin, ehe er sich mit einem leisen „Hallo" meldete.

„Vater???", fragte er einen Augenblick später ungläubig.

„Hmm, genau der", sagte die Stimme am anderen Ende. „Geh bitte auf Bildübertragung."

„Bildübertragung", murmelte Karim und gab kopfschüttelnd die Anwendung frei. „Du hast doch nicht etwa wirklich …?!", rief er völlig überrascht.

„Doch, ich habe", grinste Hassan aus dem kleinen Display. „Und wie ich festgestellt habe, bin ich zwar alt, aber noch nicht völlig verkalkt. Alles allein und ohne Hilfe durchgezogen." Er erklärte Karim die Tarif-Änderungen.

„Super!", freute sich der. „Warte, ich will dir etwas zeigen." Dabei hielt er einen Finger vor die Lippen, um vollkommenes Stillschweigen anzudeuten. Dann hielt er sein Gerät nahe ans Fenster, so dass die eingebaute Kamera das Grundstück auf der anderen Seite einfing.

Hassan deutete nur mit Gesten an, dass er damit durchaus zufriedenstellend informiert sei. Laut sagte er: „Okay, du hast einen langen Arbeitstag hinter dir, ich will dich nicht weiter aufhalten. Schlaf gut."

„Du auch und grüße die anderen." Karim legte mit einem warmherzigen Lächeln auf. Vaters Sehnsucht musste gewaltig sein, wenn er plötzlich gegen alle Vorurteile zu moderner Technik griff.

Hassan ließ sein Handy in die Hosentasche gleiten, griff nach Leilas Zeitschrift und begab sich auf den Weg, ihr diese endlich zurückzubringen.

„Ah, Hassan, tritt ein!" Sie begleitete ihn in den Wohnraum.

Er drückte ihr zu allererst das Magazin in die Hand. „Danke, es hat mir wirklich sehr geholfen."

„Hast du heute schon bei Karim angerufen?", fragten Yasin und Husni gleichzeitig.

„Habe ich. Ich soll euch alle ganz herzlich grüßen. Er wohnt tatsächlich Nightingale genau gegenüber! Von seinem Fenster aus kann er in den Hof, die große Eingangstür und sogar einen Teil des Hubschraubers sehen! Das ist eine richtige Festung, mit bewaffneten Wächtern und irrsinnig hohen Mauern. Mit drüber Klettern ist da nichts. Vom Rotor hat nur noch das alleroberste Ende rausgeschaut, wie eine kleine Mütze."

„Du sagst das in einem Ton, als hättest du es mit eigenen Augen gesehen", stellte Yasin beeindruckt fest.

Hassan legte sein Handy auf den Tisch. „Ich konnte es nicht lassen", schmunzelte er. „Telefonieren mit Video ging heute glücklicherweise schon, Internet funktioniert erst morgen", erklärte er, als wäre das alles das Normalste auf der Welt.

„Internet?", hauchte Husni ganz verzückt, während Yasin nur große erstaunte Augen machte und Leila in herzerfrischendes Lachen ausbrach.

Hassan wurde wieder ernst. „So nah, wie Karim dem Monster ist, können wir nur Alltagsfloskeln austauschen. Man weiß ja nicht, ob mit den vielen Sendeantennen auf dem Dach auch der Handyfunk abgehört wird. Mir lag nur daran, dass ich täglich sein Gesicht sehen kann, um zu schauen, ob es ihm wirklich gut geht. Ich traue seinem Nachbarn nicht über den Weg."

„Kann ich verstehen", erklärte Yasin.

„Na, wer hatte Recht?", triumphierte Leila, als Hassan gegangen war.

„Du", gaben Yasin und Husni kleinlaut zu. „Uns wäre es im Traum nicht eingefallen, ihm die Sache mit dem Handy zu erzählen, oder ihm gar die Zeitung mitzugeben. Und dass er sich wirklich solch ein Prachtgerät kauft, damit hätten wir am allerwenigsten gerechnet."

„Seht ihr! Mich würde es nicht wundern, wenn er im Chat irgendwann sogar noch einmal die passende Frau für ein paar wirklich nette Jahre findet." Leila schenkte ihren ‚Männern' ein breites siegesbewusstes Lächeln.

„Ich werde mich hüten, mit dir zu wetten!", rief Yasin. „Seit der Sache mit dem Hubschrauber bin ich vorsichtig geworden."

Alle drei brachen in fröhliches Gelächter aus.

Entführungen

Für Karim begannen die folgenden Tage lange vor dem Weckerklingeln, indem er von Befehlsgebrüll und lautem Hupen aus dem Schlaf gerissen wurde. Doch statt sich darüber zu ärgern, legte er sich auf Lauerposten. Innerhalb von drei Wochen konnte er bereits feste Regeln für die einzelnen Wochentage erkennen. Nightingale tauchte jeden Freitag am späten Nachmittag per Hubschrauber auf und flog am Samstagabend immer wieder weg. Zwischen Kommen und Gehen hielt er sich fast nie im Haus auf. Meist wurde er mit einer gepanzerten Limousine chauffiert. Die letzte Fahrt zum Hubschrauber erfolgte aber stets mit einem Jeep, wobei Nightingale von mindestens einem schwer bewaffneten Bodyguard begleitet wurde.

Karim schrieb seinem Vater vorsichtshalber einen verschlüsselten Brief, indem er erklärte, was für einen tollen Roman er gerade gelesen hätte.

Die Männer werteten die Informationen aus und bewunderten die Kaltblütigkeit, mit der Karim bereits begann, eine Strategie zu entwickeln, um in einem Zug an Waffen und den verhassten Grund seines Auslandsaufenthaltes zu kommen.

Auf dem Markt erstarrte jedes Mal das Leben, wenn Nightingales Männer auftauchten. Niemand konnte sicher sein, nicht doch mit irgendetwas sein Missfallen erregt zu haben und abgeholt zu werden. Mustafa ließ nach solch einem Vorfall einmal Bemerkungen über ein Vorkommnis fallen, das rund zwanzig Jahre zurück lag. Er ahnte nicht, dass für Karim genau diese wenigen Wortbrocken wichtige Informationen enthielten. Mustafa war also der Junge gewesen, der Mahmud, Ali und Farid gewarnt und ihnen damit das Leben gerettet hatte.

Viel mehr war hier aus keinem heraus zu bekommen, zu tief saß die Angst. Aber für Karim konnte selbst diese Information überlebenswichtig werden. Das Überleben war auch der Grund, weshalb Karim geflissentlich die schmachtenden Augenaufschläge der ledigen Frauen ignorierte, obwohl einige dabei waren, die mehr als einen Blick wert gewesen wären. Mustafas witzige Bemerkungen darüber kommentierte er mit: „Ich brauche niemanden zum Waschen, Putzen, Nähen und Kochen."

„Aber du weißt schon, wozu Frauen noch da sind?", fragte Mustafa mit einem Augenzwinkern.

Karim schaute ihn treuherzig an. „Ich möchte einfach noch ein bisschen meine Freiheit genießen."

„Na gut, das lasse ich als stichhaltiges Argument gelten." Mustafa konnte nicht ahnen, dass Karim erst achtzehn war, denn dessen ruhige, besonnene Art ließ ihn erheblich älter erscheinen.

„Ich möchte auch keine Erwartungen wecken, die ich einfach nicht erfüllen will", fügte Karim noch hinzu. „Überbesorgte Mütter und erwartungsvolle Väter muss ich wirklich nicht im Nacken haben. Mein Vater ist nicht mehr der Jüngste. Kann gut sein, dass ich irgendwann über Nacht hier verschwinde, weil er mich braucht. Dann werde ich auch kaum jemals hierher zurück kommen. Ich bin echt nicht die richtige Beute für die Jägerinnen."

„Nicht mal ein kleiner Flirt?"

„Nein. Ich habe keine Lust mir die Finger zu verbrennen." Damit war für Karim alles gesagt und er mied das Thema Mädchen, wann immer es ging.

Mustafa hätte sich Karim gern als Schwager gewünscht. Seine jüngste Schwester, Maya, war gerade achtzehn geworden und hatte ihn schon mehrmals über Karim auszuhorchen versucht.

„Mädchen, mach dich nicht unglücklich", hatte Mustafa geantwortet. „Karim hat Frauen im Augenblick komplett ausgeblendet. Akzeptiere das und lass ihn einfach in Ruhe."

„Und du denkst, ich höre auf dich, nur weil du mein großer Bruder bist?"

Mustafa packte sie am Arm und wurde etwas lauter: „Versuche nicht, ihm nachzuspionieren! Er wohnt genau der ‚Festung' gegenüber! Keiner könnte dir helfen, wenn du dort auf Nimmerwiedersehen verschwindest!"

Maya wurde blass und unterließ fortan wirklich alle Versuche, Karim auch nur ein einziges Lächeln zu entlocken.

Nach etwas mehr als vier Monaten war sich Karim sicher, alle relevanten Daten zu haben. Er bat Hassan, mit Yasin und Husni am Freitag der gleichen Woche zu ihm zu kommen.

„Ich werde morgen abreisen", sagte er zu Mustafa, als sie am Donnerstag den Markt verließen.

„Schon?", fragte Mustafa überrascht und traurig. „Viel Glück und pass gut auf dich auf."

„Danke, ich kann alle guten Wünsche dringend gebrauchen." Karim nahm seinen letzten Lohn entgegen.

„Ist was passiert?", fragten alle zu Hause, weil Mustafa sehr wortkarg blieb.

„Ja, Karim ist abgereist", entgegnete er voller Bedacht.

„Nein!" Maya sprang auf.

„Doch!" Mustafa drückte sie auf den Stuhl zurück.

„Und nun?"

„Muss ich wieder irgendwie allein klar kommen. Er wird mir fehlen."

Die drei Ägypter buchten den nächsten Flug nach Libyen. Leila verabschiedete Mann und Sohn mit Tränen in den Augen. Hassan bat Nasri, sich um alle Belange der Firma zu kümmern. „Wir werden, wenn alles gut geht, am Samstag wieder da sein."

„Und wenn die Aktion schief geht?", fragte Nasri leise.

„Findest du auf meinem Schreibtisch die nötigen Anweisungen." Hassan umarmte seinen besten Mann.

Nasri brachte die drei mit dem Auto zum Flugplatz. Er schaute dem Hubschrauber hinterher, bis der endgültig hinter dem Horizont verschwand. Zwei Tage, in denen buchstäblich alles geschehen konnte. Mit sehr gemischten Gefühlen kehrte Nasri nach Hause zurück. Nur er war eingeweiht und nun machte er gute Miene zum bösen Spiel, gab Anweisungen und führte die Touristen, als sei nichts geschehen.

Karim wartete bereits den halben Nachmittag am Rande des Rollfeldes. Er hatte keine Ahnung, wann die drei und ob sie mit einem Flugzeug oder Hubschrauber kommen würden.

In der Ferne erklang immer lauter werdendes Knattern. Es schien ein ziemlich großes Heli-Exemplar zu sein. Karim sollte Recht behalten. Im direkten Landeanflug tauchte ein Lastenhubschrauber auf. Der junge Mann wollte schon seinen Standort wechseln, überlegte es sich aber noch einmal. Da landete das Fluggerät auch schon und einige Männer stiegen aus, unter ihnen die drei, die Karim so sehnsüchtig erwartete. Hassan eilte auf Karim zu und schloss ihn überglücklich in die Arme.

„Schön, euch zu sehen", strahlte Karim. „Beeilen wir uns ein wenig. In einer Viertelstunde kommt ‚er'. Ihr könnt dann mit eigenen Augen erleben, wie es hier manchmal zugeht."

Er führte sie auf schnellstem Weg zu seiner Unterkunft. Nightingale war, der Hektik in seinem Anwesen nach, bereits da. Gleich neben der Mauer stand die schwarze Limousine mit offenen Türen und jemand telefonierte in barschem Ton. Hassan blieb abrupt stehen. Karim, Yasin und Husni waren bereits im Haus. Sie hatten nicht einmal gemerkt, dass Hassan noch fehlte. Der ließ jetzt geschickt seinen Rucksack fallen, worauf sich der halbe Inhalt auf dem Weg verteilte. Auch mit dem Aufsammeln ließ er sich Zeit, um möglichst viel von dem Gespräch mithören zu können.

„Wo ist mein Vater?", rief Karim beunruhigt, als nur zwei an ihm vorbei ins Zimmer traten.

„Er war doch direkt hinter uns", murmelte Husni besorgt.

Karim lief rasch zurück. Er sah gerade noch, wie Hassan die letzten Utensilien aufsammelte und ungewöhnlich umständlich den Rücksack schloss.

„Tut mir leid, ich hab mich dumm angestellt", erklärte Hassan, als er Karim ins Haus folgte.

„Was ist wirklich passiert?", fragte der sofort, als die Zimmertür in Schloss fiel.

„Nuuun…" Hassan dehnte das Wort genüsslich. „…ich habe ein bisschen gelauscht, was unser spezieller Liebling am Telefon zu sagen hatte. Einfach stehen zu bleiben, wäre wohl eine blöde Idee gewesen, also habe ich meinen Rucksack so fallen lassen, dass er sich gut verstreut entleerte. Einsammeln dauert halt seine Zeit."

„Genial!", lachte Karim. „Und was hast du gehört?"

Hassan kratzte sich verlegen am Ohr. „Na ja ... ich bin nicht ganz sicher ... er sprach von einem ‚Keesy', das er heute noch mit dem Hubschrauber wegbringen will. Gegen einundzwanzig Uhr soll es so weit sein. Dann hat er noch was von Betäubungsmitteln oder Drogen gesagt und dass die Wirkung davon nicht sehr lange anhalten würde."

„Einundzwanzig Uhr", murmelte Karim. „Das ist eine halbe Stunde später, als er sonst hier verschwindet. Scheint so, als wollte er diesmal eine andere Richtung einschlagen."

„Planst du um?", wollte Yasin wissen.

„Nein, wir werden uns den Kerl heute greifen. Egal, in welche Richtung er will, er wird dahin fliegen müssen, wohin ich festlege." Karims Augen funkelten gefährlich. „Habt ihr alles mit, was ich brauche?"

Husni nickte und begann den Inhalt seines Rucksackes auszupacken. Vier kräftige Teleskopstangen mit großen Ösen, Nylonseil, dunkle Umhänge und zwei mittelgroße Glasflaschen, Stofflappen und Streichhölzer.

„Sehr gut", lobte Karim. „Den Inhalt fülle ich erst ein, wenn wir das Haus endgültig verlassen." Er stellte einen kleinen rostigen Kanister neben den Tisch. „Das Benzin dürfte gerade reichen, um die Flaschen halbvoll zu bekommen. Es ist ja nur für den Notfall."

Im letzten Licht des Tages tauchte der Hubschrauber über den Dächern auf.

„Pünktlich wie immer", stellte Karim erfreut fest. Plötzlich zog er die Augenbrauen zusammen. „Das ist nicht der, den ich erwartet habe. Der hier ist viel größer."

Husni betrachtete nachdenklich den Heli. „Was machen wir mit dem Ding?"

„In die Luft jagen." Karim trat zu ihm ans Fenster. „Meine Mutter hat es schwer verletzt geschafft, stundenlang durch die

Wüste zu laufen. Da schaffen wir das erst recht. Ich lasse also den Piloten genau jene Stelle anfliegen, wo man sie hinausgestoßen hat. Du wirst mit deinem Vater den Mann in Schach halten, während mein Vater und ich, sich mit Nightingale beschäftigen. Dann schießen wir ein paar ordentliche Löcher in den Tank – Streichholz dran – krabumm!"

„Klingt gut."

„Sag ich doch." Über Karims Gesicht huschte ein flüchtiges Lächeln.

Hassan und Yasin nickten stumm. Karim hatte die ganze Aktion so akribisch vorbereitet, dass keine Fragen mehr offen waren. Nun musste nur noch alles wirklich nach Plan laufen.

„Wenn die Kiste aus der Serienfertigung stammt, dann sehe ich keine Probleme. Nur, wenn er solch ein Zeug im Tank hat, wie die Apache-Helis, das kleine Löcher selbsttätig schließt, dann wird es eng. Ich packe mich zwei Stunden aufs Ohr", gab Karim bekannt, sicher, dass einer der drei anderen wach bleiben und notfalls Alarm schlagen würde. Sekunden später war er auch schon eingeschlafen. Er hatte sich einfach auf den Fußboden gelegt und den Kopf auf seinen zusammengerollten Umhang gebettet. Die anderen hielten stumm bei ihm Wache, warfen hin und wieder einen Blick aus dem Fenster, vor dem alles unverändert blieb. Als die Lampen am Landeplatz in Nightingales Grundstück aufflammten, öffnete Karim die Augen.

„Neuigkeiten?", fragte er kurz.

„Keine", entgegnete Hassan.

Yasin schaute auf die Uhr. „Falls es sich Nightingale nicht anders überlegt, müsste er in genau einer halben Stunde hier eintreffen."

„Du meist wegen dem komischen Telefonat?" Karim stützte sich auf das Fensterbrett.

Hassan zuckte hilflos mit den Schultern. „Ich hab leider nicht viel verstanden. Keine Ahnung was ein ‚Keesy' ist. Jedenfalls wollen sie das Ding in den Oman zu einem Mittelsmann von irgendeinem Prinzen bringen und dort Geld dafür kassieren."

Karim winkte ab. „Egal, was sie schmuggeln wollen, wir nehmen es ihnen ab. Vielleicht können wir es ja gebrauchen. Vor allem scheint es wertvoll oder geheim zu sein, wenn es Nightingale persönlich dort abliefern will."

Scheinwerferlicht ließ ihn verstummen. Er zog sich sofort an den Rand des Fensters zurück, von wo aus er noch immer einen guten Blick auf den Helikopter im anderen Grundstück hatte. Die drei anderen postierten sich ebenfalls so, dass ihnen nichts entging.

Der Jeep hielt genau neben der Ladeklappe des Fluggerätes. Zwei Männer sprangen heraus, beugten sich zur hinteren Sitzbank und hoben eine langes, schmales und biegsames Paket heraus. So vorsichtig, wie sie es handhabten, schien es sehr zerbrechlich zu sein. Sie luden es in den Heli, um wenige Minuten später wieder aufzutauchen und mit dem Jeep davonzufahren.

„Das könnte das ‚Keesy' gewesen sein", sinnierte Husni.

„Kommt, uns bleibt nicht mehr viel Zeit", erklärte Hassan, nach seinen dunklen Umhang greifend.

Gemeinsam huschten sie hinaus. Während die anderen vor dem Grundstück an die Mauer gedrängt warteten, zog Karim fast lautlos seine Lederschnur aus der Tasche, formte eine große Schlinge und zählte die Schritte des Wachpostens. Dreißig – nun würde der Mann umdrehen und den gleichen Weg zurückkommen. Als der Wächter den Schatten sah, war es auch schon zu spät zum Reagieren. So, wie der Mann die Schlinge um den Hals fühlte, zog Karim auch schon blitzschnell mit ganzer Kraft zu. Lautlos sackte sein Opfer zusammen. Karim nahm ihm die Waffen ab und schleppte ihn hinter die Treppe des Nebeneinganges. Husni griff sich die MPi und begann im gleichen Schrittrhythmus auf und ab zu wandern. Nichts deutete darauf hin, dass Ungewöhnliches geschehen wäre. Karim winkte indes die Väter heran. Hinter der Mauer, im Inneren des Grundstückes, hockten sie sich auf den Boden, um auf Nightingale zu warten. Yasin schaute hin und wieder auf die Uhr. Mit einer Viertelstunde Verspätung tauchte ein Fahrzeug am Ende der Straße auf, näherte sich zielstrebig, um vor dem Tor stehen zu bleiben. Die Insassen stiegen aus. Yasin hob drei Finger. Ein Mann mehr als geplant, aber leider nicht zu ändern.

Einer öffnete die Kanzel. Da waren Yasin und Husni auch schon über die beiden anderen hergefallen. Der Erste kreiselte herum und feuerte, aus der Hosentasche heraus, auf die Männer am Boden. Hassan stöhnte. Karim schleuderte blitzschnell seinen Dolch. Tödlich getroffen kippte der Mann aus der Luke. Die beiden anderen ergaben sich. Karim und Husni stiegen in den Heli, um sie in Empfang zu nehmen. Hassan und Yasin hielten mit der Pistole Nightingale in Schach, während die jungen Männer dem Piloten sehr genau auf die Finger schauten. Karim ging auf Nummer sicher, indem er das Funkgerät einfach kurz und klein schlug. Dann hielt er dem Mann die Karte mit dem Sektor unter die Nase, wohin er Nightingale zu bringen gedachte, deutete auf die genauen Koordinaten und befahl: „Starten!"

Als der Pilot nicht sofort reagierte, bluffte Karim, indem er sich an Husni wandte. „Wenn er in fünf Minuten nicht in der Luft ist, dann legst du ihn um und übernimmst selber den Steuerknüppel."

Der Pilot ließ die Rotoren an. Husni saß neben ihm und spielte scheinbar gelangweilt mit seinem Dolch, auf dessen höllisch scharfer Klinge dabei hin und wieder Lichtreflexe aufblitzen.

Karim ging hinüber zu den anderen. Er würdigte Nightingale keines Blickes, gewahrte aber sofort den Blutfleck an Hassans linkem Oberarm. „Du bist verletzt?", fragte er besorgt. „Zeig her!" Er schnitt ganz einfach den Ärmel auf. „Sieht nicht gut aus, obwohl es ein glatter Durchschuss ist." Schnell riss er einen Streifen von seinem Umhang und band die Wunde ab. Einen zweiten Streifen reichte er Yasin, der ohne Worte verstand. Wenige Augenblicke später war Nightingale geknebelt und wurde an einen der Sitze im Cockpit gefesselt.

„Kümmere dich bitte um meinen Vater", wandte sich Karim an Yasin. „Ich schaue jetzt erst mal nach, was in dem geheimnisvollen Paket steckt."

Das verschnürte Etwas fand er im Dunkel des Laderaumes. Er betastete es vorsichtig. Der Inhalt fühlte sich weich an und gab bei leichtem Druck nach. Auf der Suche nach dem Anfang des dicken Seiles, mit dem es zusammengezurrt war, drehte er es mühsam auf die Seite und erstarrte. Ein Stöhnen, das in leises Wimmern überging, drang daraus hervor. Karim zerrte das Paket kurzerhand ins Licht neben dem Cockpit. Er begann das Tau mit seinem Dolch an einem Ende aufzuschneiden und bekam einen Zipfel Stoff zu fassen, der sich als Kapuze entpuppte, unter der goldgelocktes Haar zum Vorschein kam. Karim strich es sacht beiseite. Große, himmelblaue, verweinte Augen musterten ihn und vor allem seinen Dolch in Todesangst.

„Ich will dir nichts tun", sprach er leise auf das Mädchen ein. „Halt ganz still. Ich hole dich hier raus."

Behutsam schnitt er die restlichen Stricke auf.

Hassan und Yasin hatten die Worte gehört. Jetzt kamen sie neugierig heran.

„Ach schau an!", rief Hassan. „Der Dreckskerl verkauft nicht nur Waffen, sondern auch junge Mädchen!"

Karim reichte der Fremden die Hand, um ihr beim Aufstehen zu helfen. Sie kippte ihm sofort in die Arme. Also trug er sie zu einem der Sessel.

„Wie heißt du?", fragte er.

„Katherine", lautete die kurze Antwort.

Über Hassans Gesicht huschte ein amüsiertes Grinsen. Das also war Kathy und nicht ein ‚Keesy', wie er völlig falsch interpretiert hatte. Hübsch, die Kleine, sie hätte Nightingale sicher einen Batzen Geld eingebracht.

„Wer bist du?", wollte Karim etwas genauer wissen, dem bei ihrem Anblick ein wohliger Schauer über den Rücken rann.

„Katherine Nightingale, die Nichte des Mannes, dem der Hubschrauber gehört. Er wollte mich an einen Prinzen im Oman verkaufen."

Die Männer schauten sich mit finsteren Gesichtern an, wobei Karim deutlich hörbar mit den Zähnen knirschte.

169

„Dann hat er dich von deinen Eltern entführt?", vergewisserte sich Hassan.

Das Mädchen schüttelte den Kopf. „Ich habe keine Eltern mehr. Das Gericht hat ihn für mich als Vormund bestimmt."

„Na fein, da haben sie ja den größten aller Böcke zum Gärtner gemacht", schnaufte Karim sarkastisch.

„Ich hasse Mädchenhandel", murmelte Yasin.

Hassan klopfte ihm auf die Schulter. „Ich kann dich verdammt gut verstehen."

Kathy schaute Karim fragend an.

„Was möchtest du wissen?"

„Seid ihr Terroristen?", fragte sie zögernd.

Die vier Männer begannen zu lachen.

„Ganz bestimmt nicht", schmunzelte Karim. „Wir sind Vater und Sohn", dabei deutete er auf Hassan und sich, „die mit zwei lieben Freunden den sauberen Mister Nightingale aus dem Verkehr ziehen werden, weil er für den Tod meiner Mutter verantwortlich ist. Sie hieß Claire Nightingale."

Katherine wurde blass und Samuel quollen fast die Augen aus dem Kopf.

„Du bist der Sohn seiner verschollenen Frau?", hauchte sie.

„So ist es. Und heute wird er für alles büßen, was er ihr, meinem Vater, mir und auch dir angetan hat. Er wird an genau jener Stelle sterben, wo er sie vor zwanzig Jahren einfach aus ein paar Metern Höhe aus dem Hubschrauber geworfen hat."

„Und was werdet ihr mit mir machen?" Kathy begann zu zittern.

„Dich nehmen wir erst einmal mit zu uns nach Hause, nach Siwa. Dort kannst du ganz in Ruhe entscheiden, was du tun möchtest. Wenn du zurück nach England willst, dann bringen wir dich zum nächsten Flughafen. Mein Vater hätte aber sicher auch nichts dagegen, wenn es dir bei uns gefiele und du bleiben würdest. Und ich hätte die allerwenigsten Einwände." Er schaute ihr tief in die faszinierend blauen Augen.

Kathy bekam einen Hauch von Röte, der auch den anderen nicht entging.

„Wir sind gleich da", ließ sich Husni vernehmen.

Gespannte Stille folgte. Samuel wurde leichenblass.

„Beschütze Kathy", bat Karim Yasin.

Und zu Kathy gewandt: „Er hat damals die schwer verletzte Claire hier in der Wüste gefunden und gerettet. Bei ihm bist du in völliger Sicherheit."

Katherines bittenden Blick beantwortete er mit: „Das, was hier gleich geschieht, ist nichts für eine Frau. Wir werden euch folgen, so schnell wir können."

Husni befahl inzwischen die Landung. Der Hubschrauber sank tief mit den Kufen in den lockeren Sand. Yasin sprang als Erster hinaus, schaute sich kurz um, dann reichte er Kathy die Hand. Er musste sie mit sanfter Gewalt hinter sich her ziehen, als er, sich an den Sternenbildern orientierend, den direkten Weg nach Siwa einschlug. Immer wieder schaute sie zurück.

Karim schnitt Nightingales Fesseln durch, nahm ihm den Knebel ab, dann brachten die Männer ihn und den Piloten hinaus. Nightingale versuchte gar nicht erst, zu verhandeln, er konnte sich locker ausmalen, dass er von Claires Sohn und dessen Vater keine Gnade zu erwarten hatte. Er hatte auch keinen Zweifel daran, dass dieser junge Mann wirklich der war, der er zu sein behauptete, denn die Ähnlichkeit mit seiner Mutter war allzu deutlich. Sam hoffte darauf, dass man ihn erschießen werde. Nur hätte man ihn, um das zu tun, sicher nicht so weit in die Wüste gebracht. Dieser junge Mann war alles andere als sentimental und hatte Kathy gegenüber deutlich ausgedrückt, dass er sich für sein Ende etwas Besonderes ausgedacht hatte. Man schlug ihn nicht, demütigte ihn nicht auf andere Weise, ganz sicher, um das Ende quälend langsam kommen zu lassen, ohne wirklich selbst dabei Hand anzulegen. Sam kannte die entsprechenden Methoden bestens und hatte sie oft genug angewandt oder anwenden lassen.

Nun zückte Karim gerade sein Messer, um mit einem Ruck Sams Jackett und das Hemd aufzuschlitzen. Er riss ihm die Fetzen achtlos vom Körper. Die eisigen Nachttemperaturen ließen den Verurteilten zittern. Karim nahm die vier lange Metallstangen mit den großen Ösen an einem Ende aus seinem Beutel. Zwei davon trieb er in einem Abstand von etwa einem halben Meter in den Boden. Er riss daran, ohne sie wieder herausziehen zu können. Hassan nickte zufrieden.

„Hinsetzen!", kommandierte Karim.

Nightingale schloss die Augen. Ihm war schlagartig klar geworden, welches Ende man ihm zugedacht hatte. Sekunden später waren seine leicht gespreizten Beine an die Ösen gefesselt. Auf dem Rücken liegend wurden ihm von Karim nun auch noch die Arme in gleicher Weise an den restlichen beiden Verankerungen festgezurrt. Keine Chance, auch nur die geringste Bewegung zu tun.

Hassan stöhnte auf und ging in die Knie. Husni sprang hinzu, um ihn zu stützen. In diesem Augenblick warf sich der Pilot herum, rannte auf den Helikopter zu, sprang hinein und versuchte zu starten. Der tiefe Sand verhinderte eine schnelle Flucht. Karim riss die Maschinenpistole von Husnis Schulter und schoss mehrfach auf den Tank, obwohl sich der Heli langsam vom Boden hob. Karim warf die MPi weg. Husni reichte ihm einen brennenden Molotow-Cocktail. Ein gezielter Wurf, eine Stichflamme, ein ohrenbetäubender Knall, herumfliegende Wrackteile – dann machte die sengende Hitze des Brandes das Atmen zur Qual.

Hassan fischte mit der Hand des unverletzten Armes eine große durchsichtige, mit Wasser gefüllte Plastikflasche aus dem Beutel. Husni schraubte sie für ihn auf. Statt daraus zu trinken, wie der junge Mann vermutet hatte, stellte Hassan die Flasche so neben Nightingale, dass dieser sie ständig im Blickfeld hatte, ohne sie jemals erreichen zu können.

„Möge dein Tod ein besonders langsamer und qualvoller sein", stieß er düster hervor, ehe er sich mit Karim und Husni auf den Heimweg machte.

„Falls er heute Nacht nicht erfriert, wird ihn die Sonne morgen rösten, es sei denn, die Düne wandert wegen des Windes etwas schneller. In diesem Fall erstickt er im Sand." Karim fuhr sich mit beiden Händen durch das Gesicht.

„Dann hätten wir ja alles erledigt", seufzte Hassan in tiefer Zufriedenheit.

Karim blinzelte. „Nicht ganz. Wir müssen deinen Arm wieder in Ordnung bringen und ich werde intensiv daran arbeiten, Kathy für mich zu gewinnen. Wo es einer Nightingale gefallen hat, fühlt sich vielleicht auch eine zweite wohl."

„So soll es ein!" Husni und Hassan legten ihm von beiden Seiten schmunzelnd die Arme um die Schultern, dann folgten sie endlich Yasin und Katherine.

In Siwa war die Explosion nicht ganz unbemerkt geblieben. Nasri war in ständiger Bereitschaft gewesen, seit Hassan, Yasin und Husni zu Karim nach Libyen aufgebrochen waren. Als er das ferne Grollen vernahm, riss er fünf Kamele aus dem Pferch und machte sich sofort auf den Weg zu jener Stelle, die er den beiden jungen Männern Monate zuvor gezeigt hatte. Er hoffte inständig, dass seine Vermutung richtig sei, die Männer dort zu finden.

Kathy

Yasin kam mit Kathy nur langsam voran. Ganz offensichtlich litt sie unter den Nachwirkungen eines Betäubungsmittels. Außerdem drehte sie sich ständig um, kam dadurch öfter ins Straucheln, fiel immer wieder auf die Knie. Als der ohrenbetäubende Knall erschallte, wollte sie sich von Yasins Hand losreißen, um zurückzulaufen. Yasin sprach ein Machtwort.

„Du kannst ihnen nicht helfen, falls irgendwas aus dem Ruder gelaufen ist. Ihre und unsere einzige Chance ist, dass wir die Oase Siwa erreichen, den einzigen Ort inmitten dieses Ozeans aus Sand, wo es wüstentaugliche Beförderungsmittel gibt."

Kathy schaute betreten zu Boden.

„Karim", hauchte sie.

Yasin ging endlich ein Licht auf. Da schien jemanden der Blitz aus heiterem Himmel getroffen zu haben.

„Du magst ihn?", fragte er, obwohl er die Antwort schon wusste.

„Ja. Ohne Karim wäre ich morgen vielleicht ein Spielzeug für den Prinzen gewesen oder gerade eben mit in die Luft geflogen, wenn er mich nicht gefunden hätte." Kathy schaute wieder in die Ferne, wo sie dunkle Punkte zu sehen glaubte, die sich bewegten.

Yasin schmunzelte. „Gut, du hast mich überzeugt. Auch darin, dass da hinten jemand kommt."

„Du siehst es auch?! Kannst du alle drei erkennen?"

Yasin begann herzhaft zu lachen. „Wir beide warten genau hier, bis sie da sind, dann gehen wir gemeinsam weiter. Wir müssen besonnen sein, denn der Weg ist noch sehr weit."

Es dauerte ziemlich lange, ehe die drei Nachzügler herangekommen waren. Hassan hatte viel Blut verloren und seine Kräfte verließen ihn langsam.

Kathy lief ihnen ein paar Schritte entgegen. „Wie geht es deinem Vater?", fragte sie besorgt.

„Nicht besonders", spielte Karim es herunter, während er Hassan beim Hinsetzen half.

Kathy überlegte kurz, dann löste sie ihr cremefarbenes Seidentuch vom Hals. Sie schlug es zum Dreieck zusammen und zog es vorsichtig unter Hassans verletztem Arm durch, den dieser mit der anderen Hand auf dem Schoß festhielt, um die Schmerzen ertragen zu können. Unter den erstaunten Blicken der Männer legte sie die beiden Zipfel um Hassans Genick und zog einen Knoten. Karim begriff, was sie vorhatte. Er brachte den verletzten Arm in die richtige Position, Kathy zog den Knoten fest und machte einen zweiten darauf, um das Tuch zu fixieren. Zuletzt legte sie die beiden anderen Zipfel um Hassans Oberarm. In Ermangelung einer Sicherheitsnadel steckte sie es mit ihrer Tuchbrosche fest. Fertig war das Tragetuch.

„Besser?", fragte sie leise.

„Viel besser", seufzte Hassan. „Das tut richtig gut, wenn der Arm etwas zur Ruhe kommt. Danke."

Karim wandte sich Katherine zu, reichte ihr beide Hände, um sich ebenfalls zu bedanken. Ehe er sich versah, barg sie ihren Kopf an seiner Brust.

„Wenn jemand Grund hat, danke zu sagen, dann bin ich das", erklärte sie leise.

Karim nahm sie einfach in die Arme. Wohlbehagen durchströmte ihn, als sie sich an ihn schmiegte. Die drei anderen blinzelten sich zu, Yasin nickte heftig.

„So schnell werden Wünsche war", kommentierten Hassan und Husni synchron.

Katherine hob plötzlich den Kopf. „Was sind das für Geräusche? Gibt es hier etwa Raubtiere?"

Auch die Männer lauschten.

„So brummen Kamele", beruhigte sie Karim. „Ich glaube, da kommt Nasri, um uns zu suchen. Die Detonation hat er sicher noch in Siwa gehört."

Bald war die kleine Karawane zu sehen, die sich trotz der Dunkelheit gut gegen den hellen Sand abhob.

„Allah sei Dank! Euch ist nichts passiert!", rief der Ankömmling bei ihrem Anblick.

„Nicht ganz – meinen Vater hat es erwischt", berichtete Karim.
„Die Hauptsache ist, dass ihr alle lebt. Oh, ich glaube, ich habe ein Kamel zu wenig mit", staunte Nasri, als er das hellhäutige Mädchen gewahrte. „Herzlich willkommen!"
„Keine Sorge, sie wird mit mir reiten", erklärte Karim, als er Hassan auf eines der Tiere half. „Wirst du durchhalten?", fragte er seinen Vater flüsternd.
Hassan blinzelte. „Ich werde doch jetzt nicht schlapp machen, wo ich berechtigte Hoffnung auf Enkel haben kann."
Karim schüttelte amüsiert den Kopf.
„In ihrem Kulturkreis ist es übrigens kein Makel, wenn ein Mädchen vor der Ehe Sex mit ihrem Partner hat", fügte Hassan noch leiser hinzu.
„Danke für den Tipp", raunte ihm Karim erfreut ins Ohr. Er schwang sich auf ein freies Kamel. Kathy schaute etwas irritiert, wie sollte sie nur da hinauf kommen?
„Königstreppe!", rief Husni lachend und warf sich einen Schritt neben dem Kamel in den Sand, so dass sein Rücken eine Stufe bildete, Nasri stellte sich tief gebückt zwischen Husni und das Kamel, eine noch höhere Stufe schaffend. Yasin reichte Kathy die Hand, um sie so sicher zu Karim hinauf zu führen. Der nahm sie auf den Schoß, hüllte sie mit in seinen Umhang und hielt sie sicher mit starkem Arm. Ein siegreicher Feldherr, der im Triumphzug seine Beute nach Hause brachte. Dieser Gedanke ließ ein amüsiertes Lächeln über sein Gesicht huschen.
Hassan betrachtete mit tiefer Zufriedenheit die beiden jungen Menschen. Es sah ganz danach aus, als habe Katherine schon eine Entscheidung getroffen, die Karims Pläne in eine völlig neue Richtung lenkte. Wenige Augenblicke später war Kathy vor Erschöpfung fest eingeschlafen.
„Wer ist sie?", fragte Nasri Hassan.
„Katherine Nightingale."
„Wie?" Nasri glaubte, sich verhört zu haben.
„Glaub es ruhig. Karim ist ihr großer Held. Er hat sie, wie ein Paket verschnürt, im Hubschrauber ihres Onkels gefunden, ihre

Fesseln durchtrennt und sie so wahrscheinlich auch vor dem Tod gerettet." Hassan deutete in die Wüste zurück. „Nightingale ging mit Frauen nie zimperlich um. Sie wollte er in den Oman in einen Harem verkaufen."

Nasri schüttelte einfach nur mit dem Kopf. „Und wie ist dein Eindruck von ihr?"

Hassan zeigte auf sein Armtragetuch. „Hat sie mir angelegt, ohne Kommentar und ohne Federlesen. Ich mag Frauen, die mitdenken. Wenn der erste Eindruck der richtige ist, dann ist sie mir als Schwiegertochter höchst willkommen."

„Spricht sie Arabisch?"

„Kein Wort. Aber das ist nicht so wichtig", winkte Hassan ab. „Ich habe es mir inzwischen abgewöhnt, alle mit Claire zu vergleichen. Jede Frau ist einzigartig. Und seit ein paar Stunden habe ich endlich meinen inneren Frieden gefunden. Karim hat es so eingerichtet, dass der Dreckskerl auch nicht durch einen Zufall entkommen kann."

„Dann ist er gar nicht tot???" Husni fuhr herum.

Karim antwortete an Hassans Stelle. „Noch nicht. Wir werden uns doch, an solch einem stinkenden Stück Aas, nicht die Finger schmutzig machen. Er liegt rücklings, an allen vier Ecken gut an Pfähle gefesselt, genau am Fuß der Düne."

Mehr musste er Nasri wirklich nicht erklären.

„Ich werde Wachen postieren, die niemanden durchlassen, der vielleicht neugierig nachschauen möchte, was explodiert ist", gab Nasri sofort bekannt.

„Tu das", gebot Hassan. „Es ist schon genug Leid geschehen. Ich will den Namen Nightingale ab sofort nur noch in Zusammenhang mit guten Nachrichten hören."

„Ich gebe mir Mühe", witzelte Karim. „Wenn du wüsstest, wie dankbar ich dir bin, dass du das komische Telefonat nicht richtig verstanden hast! Stell dir vor, wir hätten heute das Ding gesprengt und würden morgen davon erfahren, dass noch ein völlig unschuldiges Mädchen im Hubschrauber war!"

„Ekelhafter Gedanke." Yasin verzog angewidert das Gesicht.

Ein paar Minuten zogen sie schweigend dahin.

„Bist du sicher, dass sie völlig unschuldig ist?", kicherte Husni plötzlich leise.

„Ich werde es herausfinden", gab Karim schmunzelnd zurück. „Und wenn sie es nicht ist, dann werde ich davon auch nicht sterben." Er rieb kaum merklich sein Kinn an Kathys Wange.

„Stimmt", sagte Hassan.

„Warum auch", zuckte Yasin mit den Schultern.

Nasri meinte. „Was geht das andere an."

Husni murmelte: „Dann wäre die Welt ja auch völlig blöd eingerichtet."

In der Ferne tauchten die ersten Lichter auf.

„Ach, ist das schön, wieder zu Hause zu sein", seufzte Karim. „Ich bin zwar kein ängstlicher Typ, aber mein Bedarf an Abenteuern ist gründlich gedeckt."

„Ach ja?" Husni deutete mit dem Kopf auf die schlummernde Kathy.

Die Männer brachen in schallendes Gelächter aus. Karim grinste harmlos. „Das ist ein Beutestück. Jeder erfolgreiche Abenteurer bringt irgendeinen wertvollen Schatz mit nach Hause. Und hier ist meiner."

„Plausible Erklärung", freute sich Hassan. „Sie ist wirklich ein Schatz, schon allein, wenn ich an meinen Arm denke."

Karim zog vorsichtig sein Handy aus der Tasche. Erfreut über die schnelle Verbindung, sagte er: „Hallo Doc, hier ist Karim. Komm bitte in einer Viertelstunde zu uns nach Hause, Vater ist verletzt. Was es ist? Ein Oberarm-Durchschuss aus einer 9-Millimeter-Pistole." Er legte auf, ohne die Zustimmung abzuwarten. Der Doktor würde kommen, und wenn er schwimmen müsste.

Katherine wachte vom grellen Licht mehrerer Scheinwerfer und den lauten Rufen einiger Männer auf. Sie brauchte ein paar Sekunden, um sich zu orientieren. Mit einem seligen Lächeln stellte sie fest, dass die letzten Stunden kein Traum gewesen waren. Karim ließ sie in Yasins Arme gleiten. Noch etwas schlaftrunken blieb Kathy stehen, mit großen erstaunten Augen um sich schauend.

„Komm!", wandte sich Karim an sie. „Wir bringen meinen Vater ins Haus. Der Doktor wird gleich hier sein. Wir sehen uns morgen früh!", rief er den Männern zu.

Kathy folgte den beiden rasch. Alles war neu und fremd.

Der Doktor wartete schon vor dem Haus. „Was machst du denn für Sachen?", sagte er zu Hassan, dem Anstrengung und Schmerz ins Gesicht geschrieben schienen.

Karim brachte Kathy in den Wohnraum. „Setz dich bitte. Ich muss mich zuerst um meinen Vater kümmern. In ein paar Minuten widme ich mich ganz dir." Er eilte in Hassans Schlafzimmer, wo der Doktor bereits den Notverband abgenommen hatte.

„Wann ist das passiert?", fragte er, beim Anblick der verkrusteten Wunde.

„Gestern Abend", entgegnete Hassan.

Karim stellte eine Wasserflasche, Gläser und einen Löffel bereit. Auch Kathy brachte er rasch, etwas zu trinken hinüber.

„Es dauert noch einen Moment", sagte er, wie um Entschuldigung bittend und verschwand wieder.

Kathy war noch nie in einer typisch arabischen Wohnung gewesen, nun hatte sie Muße, alles genau zu betrachten. Es gefiel ihr.

Der Doktor löste gerade, trotz des Protestes Hassans, ein Schmerz- und Beruhigungsmittel auf. Erst, als Karim erschien, gab sich Hassan versöhnlicher. Mit einer Miene des Grauens schluckte er das bittere Zeug und trank schnell ein Glas Wasser nach. Er kam nicht einmal mehr dazu, zu erschrecken, als der Doktor Karim erklärte: „Ich habe es etwas höher dosiert."

Die Wirkung setzte sofort ein. Der Arzt konnte in Ruhe die Wunde behandeln, Karim assistierte. Kurze Zeit später zierte ein frischer blütenweißer Verband Hassans Oberarm.

„Das wird wieder", beruhigte der Doktor Karim. „Ich komme morgen Mittag wieder."

„Dann erzählen wir dir auch, wie und was passiert ist. Für heute bin ich viel zu müde. Außerdem muss ich mich noch um unseren

Gast kümmern, den du auch morgen kennen lernen wirst." Karim zog ein paar Scheine aus der Tasche und brachte den Doktor zur Tür.

Kathy saß mit geschlossenen Augen. Sie erschrak heftig, als sie plötzlich angesprochen wurde.

„Oh, ich muss wohl eingeschlafen sein", stammelte sie.

„Möchtest du etwas essen?", fragte Karim.

Kopfschütteln. „Ich möchte einfach nur schlafen, wenn ich darf", bat Kathy.

„Du darfst." Er hielt ihr die Hand hin, um ihr aus dem Sessel zu helfen. Sein Zimmer lag auf der anderen Seite des Hauses. „Du wirst in meinem Bett schlafen." Karim öffnete die Tür. Kathy nahm ihren Umhang ab. Als Karim sich anschickte, zu gehen, flüsterte sie: „Lass mich bitte nicht allein. Ich habe Angst in der Dunkelheit, nach allem, was passiert ist."

„Wenn du das wirklich möchtest, dann werde ich hierbleiben."

Kathy begann sich auszuziehen, während Karims Augen immer größer wurden. Als sie unter die Decke huschte, trug sie nur noch einen winzigen Slip und ihren BH. Fragend schaute sie ihn aus ihren himmelblauen Augen an. Mechanisch, ohne seinen Blick von ihr zu wenden, legte er langsam seine Kleidung ab. Ihm blieb nicht das Funkeln in ihren Augen verborgen, als unter seinem weiten Hemd ein ausgeprägter Sixpack und muskelbepackte Arme zum Vorschein kamen. Karim hielt einen Moment inne, überlegte, dann öffnete er seine Gürtelschnalle und ließ die Hose zu Boden rutschen. Zögernd ging er einen Schritt auf das Bett zu. Kathys Wangen überzog eine Hauch Röte. Sie würde ihm alles geben, wenn er das verlangte, das wusste sie genau. Sie strich mit der Hand über das Kopfkissen, um anzudeuten, dass sie seine Nähe sehnlichst erträumte.

Karim schlüpfte endlich zu ihr unter die Decke. Ziemlich schnell begriff er, dass an Schlafen nun nicht mehr zu denken war. Seine Hände machten sich selbstständig, wanderten über ihre heiße Haut, seine Lippen folgten ziemlich rasch demselben Drang. Auf welche Weise er den Verschluss ihres BHs geöffnet hatte, hätte er nicht einmal sagen können. Mit sanften Händen streichelte er ihre Brüste und wagte sich schließlich immer tiefer. Augenblicke später landete Kathys Slip achtlos neben dem Bett, während Karim zwischen ihren Schenkeln auf Erkundung ging. Auch ihm, ohne einschlägige Erfahrungen, war sofort klar, dass hier noch niemand zuvor eingedrungen war. Der Gedanke, dass es ihm gelungen war, etwas zu erobern, das andere für einen Prinzen vorgesehen hatten, ließ seine Erregung deutlich steigen. Die Art wie Kathy seinem Körper umfangen hielt, ihn an sich zog und gleichzeitig ihre Fingerspitzen über seinen Rücken wandern ließ, siegte schließlich über alle Bedenken. Ihr Stöhnen aus Lust und Schmerz, als er plötzlich in sie eindrang, heizte ihn immer weiter an. Seine Anspannung entlud sich in einem äußerst heftigen Samenerguss. Einen Moment noch genoss er diese wundervolle neue Erfahrung, indem er in ihr verweilte. Er küsste sie zärtlich auf die Stirn, ehe er sich aufraffte, das Licht auszuschalten. Mit einem fast verklärten Lächeln folgten ihm Kathys Blicke. Er schien diese Blicke zu fühlen, denn er drehte sich um und zwinkerte ihr zu. Kathy streckte ihm die Arme entgegen. Karim hatte es auf einmal sehr eilig, zum Schalter und zurück zu kommen. Kathy seufzte wonnig auf, als er sofort noch einmal in Besitz nahm, was er kurz zuvor im Sturm erobert hatte.

Irgendwann schliefen beide fest umschlungen ein.

Mit dem Morgengrauen wand sich Karim vorsichtig aus Kathys Armen. Um sie nicht zu wecken, zog er sich erst vor der Tür an. Er schlich auf Zehenspitzen in Hassans Schlafzimmer und vergewisserte sich, dass so weit alles in Ordnung war. Des Doktors Pülverchen wirkte noch immer. Also begab sich Karim zu den Männern, um mit ihnen die üblichen Arbeiten zu erledigen.

Er wurde mit einem regelrechten Freudentanz begrüßt.

„Du hast dir eine Frau mitgebracht?", fragte einer, denn es war schwer zu übersehen gewesen, wie zärtlich er sie im Arm gehalten hatte.

Karim nickte mit breitem Lächeln.

Nasri wurde aufmerksam. Offensichtlich stand der Sohn seinem Vater nicht nach, wenn es darum ging, sich Besitzansprüche zu sichern, indem man eben nichts anbrennen ließ. Und so, wie sich die Kleine an ihren Retter geschmiegt hatte, schien sie ihm letzte Nacht mit Freuden gegeben zu haben, was er verlangte.

„Findet heute gar keine Safari statt?", fragte Karim überrascht, weil keinerlei Vorbereitungen stattfanden.

Nasri wiegte langsam den Kopf. „Sie haben Sturm angesagt, da hielt ich das für sicherer. Wenn du natürlich …"

Karim fiel ihm ins Wort. „Keinesfalls! Ich werde weder den Wetterbericht, noch deine Kompetenz anzweifeln. Ich hatte, ehrlich gesagt, in den letzten Tagen anderes zu tun, als mich um die Großwetterlage zu kümmern. Ich bin auch ganz und gar nicht böse, wenn es heute etwas ruhiger zugeht. Vater ist bestimmt noch ein paar Tage aus dem Rennen und für Kathy wird es nicht ganz einfach werden, sich einzugewöhnen. Sie spricht nur Englisch – vorerst, hoffe ich …"

„Kümmere dich ganz einfach um die beiden. Ich komme dann rüber", erklärte Nasri. Er schob Karim einfach auf den Weg. „Na, beeile dich schon, sonst verhungern sie dir noch."

„Bis dann!", Karim eilte im Laufschritt zurück.

Lauschend legte er das Ohr an seine Zimmertür. Kathy schlief noch. Hassan war schon munter und versuchte gerade mit einer Hand eine frische Galabiya überzustreifen. Karim fasste sofort zu.

„Konntest du nicht warten, bis ich komme", sagte er mit leichtem Vorwurf in der Stimme.

Hassan zuckte mit den Schultern. „Ich dachte, ich komme allein klar."

„Ich gehe jetzt das Frühstück vorbereiten, dann wecke ich Kathy", erklärte Karim. „Und du unterlässt in dieser Zeit bitte alle Heldentaten."

Hassan schaute seinem Sohn verblüfft hinterher. Noch nie hatte ihn dieser so deutlich darauf hingewiesen, welch große Sorgen er sich machte. Mit einem dankbaren Lächeln setzte er sich auf das breite Sofa im Wohnraum und ließ die Dinge einfach laufen. Es fiel ihm nicht leicht, sich einzugestehen, dass er von den Aktionen der letzten beiden Tage körperlich völlig fertig war. Die Schusswunde schmerzte heftig und würde ihn sicher noch eine ganze Weile behindern. Er war neugierig, wie sich wohl Kathy heute fühlen würde. Kathy. Hassan stutzte, wenn er hier auf dem Sofa saß, welches die einzige Schlafmöglichkeit für Gäste war und Kathy vorhin noch geschlafen hatte, wie Karim sagte, dann ...

Er kam nicht dazu, den Gedanken zu Ende zu bringen, denn Kathy erschien mit einem Tablett mit Kaffeekanne und Tassen.

„Guten Morgen!", rief sie fröhlich, um sich sofort nach seinem Befinden zu erkundigen.

Karim folgte ihr mit den restlichen Frühstücksutensilien.

„Gut geschlafen?", fragte Hassan in die Runde.

Beide nickten und Kathys Wangen überzog ein Hauch Röte, was bei ihrer sehr hellen Haut kaum unbemerkt bleiben konnte.

Hassan war augenblicklich im Bilde.

Sie hatten noch nicht einmal mit dem Essen begonnen als es klopfte und Yasin, Husni und Nasri hereinschneiten. Hassan bat sie, sich zu setzen, Karim verschwand in der Küche, um Kaffee für alle zu bereiten. Die Neuankömmlinge wollten zuerst von Hassan wissen, wie es ihm gehen würde.

„Fragt lieber die junge hübsche Frau nach ihrem Befinden als einen alten Mann", witzelte er und übersetzte das kurze Gespräch sogleich für Kathy, die tomatenrot anlief. Sie atmete regelrecht auf als Karim endlich zurückkam.

„Sie sprechen alle hervorragend Englisch", sagte Kathy ehrlich erstaunt.

„Das bringen die Geschäfte so mit sich", erklärte Hassan. „Yasin betreibt mit Frau und Sohn einen florierenden Stoffhandel und wir sind Eigentümer einer Kamelherde, mehrerer Geländefahrzeuge, richten Safaris aus und handeln mit orientalischen Spezialitäten, die zum Teil aus unserem eigenen Dattel- und Olivenhain stammen. Nasri ist unser bester Mann, aber das hat er ja gestern Nacht bewiesen, ohne dass ich groß darüber erzählen muss."

Kathy seufzte. „Oh ja, er kam mit den Kamelen gerade zur rechten Zeit. Ich wäre sonst sicher beim Laufen eingeschlafen."

„Auf ihn ist immer Verlass. Deshalb fallen heute auch die Touren aus, weil Sturm angesagt wurde", sagte Karim zu Hassan und Kathy gleichermaßen.

„Sturm?", flüsterte Kathy ängstlich.

„Keine Sorge, Karim rettet dich aus jeder Gefahr", schmunzelte Yasin.

„Das entspricht zwar in allen Punkten der Wahrheit", erwiderte Karim. „Aber mein Bedarf an lebensgefährlichen Unternehmungen ist vorerst gründlich gedeckt."

„Kein Wunder! Für einen Mann von nicht ganz neunzehn Jahren, hast du wirklich mehr als genug erlebt." Husni klopfte seinem Freund auf die Schulter.

„Neunzehn?", fragte Kathy irritiert, in der Annahme, Husni hätte vielleicht die englischen Zahlen verwechselt. Der griff nach einem Zettel und schrieb eine Eins und eine Neun auf.

„Bist du jetzt enttäuscht?", fragte Karim beunruhigt.

„Ganz und gar nicht", versicherte Kathy. „Ich hatte dich nur, nach allem was ich erlebt, erfahren und gesehen habe, um einige Jahre älter geschätzt. Du bist ruhig, besonnen und weißt genau, was du willst."

„Klingt nach Liebeserklärung" warf Hassan lächelnd ein.

„Es ist die Wahrheit." Kathy lächelte zurück. „Ich kann es mir nur sehr schwer vorstellen, dass einer von denen, mit denen ich in die Schule gegangen bin, auch nur annähernd solch einen Coup hätte planen und durchführen können, wie ihn Karim befehligt hat. Gegen ihn sind die meisten Gleichaltrigen Kinder."

„Das ist nun aber schon eine ganz große Liebeserklärung", lachte Husni.

„Stimmt." Katherine blinzelte Karim schelmisch mit einem Auge zu.

„Wenn du ein Mann wärst, würde ich jetzt glatt nach deinem Alter fragen", lockte Husni.
Kathy lachte herzlich. „Das ist kein Geheimnis. Ich bin siebzehn und weiß, wovon ich dabei rede."
Hassan lehnte sich behaglich zurück. „Perfekt! Sogar das Wetter ist auf unserer Seite, nun muss der Spuk einfach ein gutes Ende finden."
„Weil der Sturm alle Spuren zudecken wird?", fragte Kathy leise.
„Ja." Hassan warf einen Blick zum Fenster hinaus, vor dem es heute einfach nicht hell werden wollte.
„Herr ..."
„Lass das, ‚Herr' zu mir zu sagen", bat Karims Vater. „Nenne mich einfach Hassan. Und wo wir das geklärt hätten: Was möchtest du fragen?"
„Darf ich bitte hierbleiben?" Flehend schaute ihn Kathy an. „Ich versuche auch ganz schnell, Arabisch zu lernen. Schickt mich bitte, bitte nicht nach England zurück".
„Welchen Grund sollte ich haben, dich wegzuschicken? Karim gibt dich sowieso nicht freiwillig her. Ich nehme an, das hat er dir in der letzten Nacht ziemlich deutlich gezeigt."
Mit Freudentränen in den Augen sank Kathy vor Hassan auf die Knie. Die Männer wechselten zufriedene Blicke mit Karim, dem der Stolz über seine Eroberung aus dem Gesicht leuchtete.
„Schnelle Entscheidung", meinte Yasin mit anerkennendem Nicken.
Hassan fand seine Vermutung bezüglich der vergangenen Nacht, gleich nach dem Frühstück bestätigt, denn als er seine Wäsche aus dem Rucksack und vom Vortag ins Waschhaus trug, fiel ihm das befleckte Bettlaken im Wäschekorb auf.
„Wie Recht ich doch hatte!", murmelte er, sich genüsslich die Hände reibend. Dass Karim zudem das große Glück hatte, ein unberührtes Mädchen zu erringen, verrieten ihm einige Blutflecke. Hassan fasste sich an die Stirn. Er hatte nicht mehr daran gedacht, dass das Tuch, welches ihm Kathy geliehen, auch noch

auf dem Stuhl lag und überdies arg gelitten hatte. Er beeilte sich, zu ihr zu gehen. Vielleicht hielt das Wetter ja noch eine halbe Stunde aus, ehe der Wind unerträglich werden würde.

„Hast du Lust, mich zu begleiten?", fragte er und reichte ihr den gesunden Arm.

„Ja, gern." Kathy hängte sich ein.

„Komm mit", blinzelte er Karim zu. „Sie findet ohne dich ja doch keine Ruhe."

Gemeinsam spazierten sie durch den großen Garten, folgten den Mäandern der Wandelwege. Kathy staunte über die wundervolle Anlage. Am Badeteich blieb sie einen Moment stehen.

„Ist das schön hier", flüsterte sie ergriffen. „Fast wie in einem Märchen."

„Und du musst Karim nicht einmal 1001 Geschichten erzählen, um in Ruhe leben zu können", witzelte Hassan.

„Dafür wohnt dann aber der Geist aus der Lampe gleich nebenan?", schmunzelte Kathy.

„Wer weiß?", orakelte Karim.

Sie waren inzwischen an den Speichern angekommen. Karim zog den Schlüsselbund aus der Tasche.

„Sesam öffne dich!", rief er und hielt den beiden anderen die Tür auf.

Überwältigt schnupperte Kathy. Es duftete intensiv nach den verschiedensten Gewürzen, die sie nicht einmal dem Namen nach kannte.

„Nimm gleich ein Beutelchen Weihrauch von ganz oben mit", bat Hassan Karim.

„Das ist die höchste Qualität aus der letzten Ernte des jeweiligen Baumes", erklärte er für Kathy, die ahnte, was die Endkunden an Unsummen für diese Rarität hinlegen würden. Im nächsten Lager standen Holzkisten, aus denen es verführerisch dufte, Flaschen mit den verschiedensten Ölen und im Hintergrund sogar riesige Holzfässer. Hassan hakte einen hellen Leinenbeutel los, den er Karim in die Hand drückte, dann begann er sorgfältig auszuwählen. Obwohl keine Etiketten auf Tiegelchen und Flakons klebten, wusste der Fachmann sofort Bescheid. Am Ende verschwanden unter Karims dankbaren Augen die verschiedensten Dinge im Beutel. Kathy ahnte nicht einmal, dass in Kürze diese ganzen hochwertigen Kosmetika ihr gehören würden. Sie begann aber langsam zu begreifen, dass Hassan und Karim tatsächlich jeden neureichen Hotelier hier in Siwa locker in den Sack stecken konnten. Fast wie im Traum folgte sie den Männern in das dritte Warenlager. Hassan öffnete eine Kiste. Sie war bis obenhin mit Seidentüchern gefüllt.

„Such dir zwei Tücher aus", sagte Hassan und schob Kathy, die nur dastand und staunte, einen Schritt näher. Karim breitete einige der schönsten Stücke auf den Stoffballen in einem der Regale aus.

„Das hier hat das gleiche wundervolle Blau als Grundfarbe, wie deine großen glänzenden Augen", schwärmte er.

„Es ist wunderschön. Wenn es dir auch gefällt, dann nehme ich es", freute sich Kathy.

Das zweite Tuch, welches sie sich aussuchte, war dunkelblau mit einem hellen wolkigen Schleier, als würde die Sonne gleich aus einem düsteren Himmel hervorkommen.

„Das würde ganz hervorragend zu einem traditionellen bestickten Kleid passen", sinnierte Karim.

Er zog eines aus seiner durchsichtigen Schutzhülle, hielt es Kathy an und steckte es wieder zurück.

Gemeinsam verließen sie das Lager, welches Karim sorgsam verschloss. Nach ein paar Metern rief er: „Ich muss noch mal zurück! Ich habe den Weihrauch liegen lassen!"

Hassan beeilte sich indes, Kathy ins Haus zu bringen, denn heftige Windböen wirbelten schon den ersten Staub auf, so dass das Atmen schwerfiel.

Karim kam fünf Minuten nach den beiden an und machte sich sofort über die Zubereitung des Mittagessens her.

„Darf ich helfen?", hörte er Kathy fragen. „Dein Vater hat sich ein wenig hingelegt und ich möchte gern von dir lernen."

„Ihm geht es schlechter, als er zugibt", erwiderte Karim besorgt.

„Würdest du es etwa sagen, wenn es dir sehr schlecht ginge?"
„Vermutlich nicht."
„Wann kommt der Doktor zu ihm?"
„Sicher am frühen Nachmittag."
Kathy seufzte. „Ich mache mir auch Sorgen."
Karim küsste sie auf die Nasenspitze. „Komm, lenken wir uns ein wenig ab, indem wir sein Lieblingsessen zaubern."

Hassan hatte Claire damals beigebracht, am offenen Feuer zu kochen. Karim begann mit Kathy ebenso, obwohl die Küche inzwischen auch über einen modernen Elektroherd verfügte. Allerdings war fraglich, ob die Elektrizität nicht wegen des Sturmes abgeschaltet wurde. Außerdem befand er es für gut, ihr zu zeigen, mit welch einfachen Mitteln man gut leben konnte. Kathy schälte Gemüse, schnitt Pepperoni und Knoblauch. Karim zeigte ihr, was alles in den unteren Behälter des Couscous-Topfes gehörte und in welcher Reihenfolge, wie lange es dort kochen musste und wie es mit dem Befüllen des oberen Behälters schließlich weiter ging. Zwischendurch bereitete er mit ihr eine leckere Süßspeise als Nachtisch zu. Dabei nannte er all die Zutaten auch noch beim arabischen Namen. Beide merkten nicht sofort, dass sie beobachtet wurden. Karim gewahrte aus den Augenwinkeln heraus einen Schatten.

„Ah, der Doktor ist da!", rief er erfreut und wusch sich rasch die Hände. „Gehen wir mit ihm zu meinem Vater! Hier brennt nichts an."

Katherine begrüßte den Mediziner erfreut.

„Kaum hier und schon Hausfrauenpflichten", witzelte der.

Kathy lachte. „Wie sähe denn das aus, wenn ich sagte: Schön, dass ich hierbleiben darf und nun füttert mich mal ohne Gegenleistung durch? Auf solche Leute kann wohl jeder gern verzichten." Sie nahm ganz selbstverständlich Gläser und Mineralwasser auf dem Tablett mit zu den Wohnräumen.

Hassan schlief noch.

„Lass ihn noch ein wenig ruhen", flüsterte der Doktor Karim zu. „Inzwischen kannst du mir erzählen, was in den letzten Tagen los war und ob eure Rache erfolgreich war."

„Ich werde es, wegen Kathy, auf Englisch tun", erklärte Karim. „Sie sollte auch wissen, was genau geschehen ist."

Er begann seine Geschichte mit jenem Tag, als ihn der Hubschrauber nach Al Jaghbub gebracht hatte.

Ein halbe Stunde später erschien Hassan in der Tür. Er machte Karim Zeichen, dass dieser zuerst in seinem Bericht fortfahren solle. Nun erfuhr auch Kathy, wie die Männer den Hubschrauber mitsamt Herrn und Besatzung in ihre Gewalt gebracht hatten und auch, dass sie ihr Leben einem Telefonat verdankte, welches Hassan zufällig belauscht hatte.

„Sie war bei der Exekution dabei?", fragte der Doktor mit Blick auf Kathy.

„Nein, ich habe sie mit Yasin fortgeschickt. Das sind Dinge, die eine Frau nicht sehen muss", erklärte Karim.

Der Doktor nickte. „Das ist wohl war. Der Sandsturm dürfte inzwischen auch alle Spuren beseitigt haben. Bei diesen Unwettern wandert die Düne oft mehrere Meter."

„Darauf fußte mein Plan", gestand Karim. „So, und nun ist der Arm meines Vaters dran, dann dürfte auch schon das Essen fertig sein."

Kathy begann den Tisch zu decken, die Männer begaben sich in Hassans Schlafzimmer, um den Verbandwechsel vorzunehmen. Der Patient biss die Zähne zusammen, als der Doktor die Kompressen ablöste. Karim verzog das Gesicht.

„Das tut ja schon vom Zusehen weh."

„Wenn die Wunde sauber bleibt, kriegen wir das wieder hin", sagte der Doktor aufgeräumt. „Jetzt spüle ich erst einmal die Eiweißbeläge ab." Er zog eine Sprühflasche aus der Tasche.

Hassan hatte sich seelisch auf brennende Schmerzen eingerichtet und stellte nun überrascht fest, dass das ganze Gegenteil der Fall war. Die Flüssigkeit löste die Verkrustungen beinahe schmerzfrei. Der Doktor verkniff es sich auch, irgendwelche Manipulationen vorzunehmen. Er deckte den Schusskanal wieder steril ab und sicherte die Kompressen mit einem Verband. Er drückte Karim zwei Packungen Tabletten in die Hand, nachdem er die Dosierung darauf geschrieben hatte.

„Das Antibiotikum fünf Mal täglich ganz regelmäßig, auch nachts. Die Schmerztabletten vier Mal nach dem Essen. Achte bitte sehr genau darauf, dass er sie auch wirklich schluckt."

Karim nickte. Er nahm die Schachteln lieber gleich komplett unter seine Obhut.

Um das Haus herum tobte inzwischen das Chaos. Der Orkan heulte schrill um die Ecken, bog die Palmen nieder und häufte allerorten Sandhügel auf.

„Du musst keine Angst haben", beruhigte Hassan Kathy. „Dieses Haus hat schon ganz andere Stürme überstanden."

Der Doktor ließ sich nicht zweimal zum Mittagessen bitten. Er wusste Karims Kochkünste zu schätzen. Auch Kathy war deutlich anzusehen, wie gut ihr die fremdartigen Speisen schmeckten.

„Sag mal Kathy, wann hast du eigentlich deine Eltern verloren?", fragte Karim plötzlich.

„Vor zwei Jahren. Sie kamen bei einem Autounfall ums Leben."

„Ging es dabei mit rechten Dingen zu?"

„Das ist nie geklärt worden. Warum fragst du?"

„Weil dein Onkel über zehn Jahre hinweg immer wieder versucht hatte, Claire umzubringen. Er wollte das Geld ihrer Lebensversicherung kassieren ", antwortete Hassan an Karims Stelle. „Würde mich nicht wundern, wenn er dich auch der Erbschaft wegen aus dem Weg haben wollte."

Kathy wurde blass wie eine gekalkte Wand. „Ich war tatsächlich die einzige Erbin und er wäre nach mir eingesetzt worden", flüsterte sie.

„Nur wirst du nun aber auch nicht mehr an das Geld kommen", warf Hassan ein.

„Was nützt es, eines der reichsten Mädchen der Welt zu sein, wenn man dabei todunglücklich ist?", fragte Kathy lächelnd.

„Jetzt habe ich nur noch das, was sich auf dem Leib trage, aber ich bin glücklich."

„Wie wäre es mit einem Ehemann, der dafür sorgt, dass es dir an nichts fehlen wird?", fragte Karim.

Hassan hielt den Atem an und auch der Doktor war auf die Antwort gespannt.

Kathy schaute Karim verunsichert an. „Das kommt so überraschend", stotterte sie. „Du würdest mich einfach so heiraten? Ein Mädchen, das nichts hat, nicht kochen kann, nicht einmal deine Sprache spricht und das du kaum kennst?"

„Du meinst ein Mädchen, das ich liebe, das schon begonnen hat, meine Sprache zu lernen, das perfekt Englisch spricht und das dadurch mit neuen Reisegesellschaften Verhandlungen führen könnte und das sich ganz bestimmt in den nächsten Wochen auch mit dem ganzen Küchenkram auskennen wird", präzisierte Karim. „Klartext: Willst du meine Frau werden?"

„Ja!" Kathy nickte heftig und warf sich an seine Brust. „Für mich kann alles nur besser werden. Bisher hat nie jemand gefragt, was ich möchte. Ich musste immer nur den Schein nach außen wahren und von meinem Onkel brauchen wir nicht erst zu reden."

„Wir heiraten, wenn Vaters Arm wieder gesund ist", blinzelte Karim.

„Erpresser!", rief Hassan gekünstelt.

„Ach, hat er dich jetzt an der Ehre gepackt?", kicherte der Doktor.

„Na klar, was denkst du, wie brav ich jetzt alle Bedingungen erfüllen werde, nur damit die beiden Turteltäubchen bald ein Ehepaar sind!" Hassan grinste genüsslich.

„Reich mir mal den Beutel rüber", bat er Karim.

„So, meine liebe Kathy. Da du momentan finanziell nicht in der Lage bist, dich selbst zu versorgen, junge Frauen aber ziemlich viele Dinge benötigen und wenn nicht, dann trotzdem haben wollen" schmunzelte Hassan, „ist es meine Verpflichtung als Oberhaupt dieser Familie, dafür zu sorgen, dass du alles bekommst, was du brauchst." Er stellte die vielen teuren Kosmetika auf den Tisch. „Karim wird dir die entsprechenden Etiketten schreiben, damit du ganz genau weißt, was in den Töpfchen ist."

„Das ist alles für mich?", staunte Kathy. „Vielen, vielen Dank!" Karim blinzelte ihr zu. „Da ich, als dein zukünftiger Ehemann, auch beweisen muss, dass ich dir mehr, als nur ein Dach über dem Kopf bieten kann, habe ich ein Verlobungsgeschenk für dich." Er zog das bestickte Kleid hervor, welches Kathy im Lager so bewundert hatte.

„Zieh es an", bat er sie.

Kathy bekam vor Freude rote Ohren und eilte davon, seine Bitte sofort zu erfüllen.

„Du legst ein Tempo vor!" Der Doktor schaute Karim überrascht an.

„Nachdem ich den zweiten Schritt schon vor dem ersten gemacht habe, möchte ich nicht, dass sich die Leute erst die Mäuler über sie zerreißen", verriet Karim. „Ich liebe sie wirklich und will mich nicht hinter dem Rücken meines Vaters verstecken, falls ich sie bereits geschwängert habe."

„Ich kann dich verstehen." Hassan legte ihm die Hand auf die Schulter.

Karim ging, um Kaffee zuzubereiten.

„Er macht sich Vorwürfe, weil sie noch unberührt war", klärte Hassan den Doktor auf. „Aber er würde sie auch heiraten, wenn das nicht der Fall gewesen wäre."

In diesem Augenblick kam Kathy zurück. Sie trug das neue Kleid, hatte das Haar offen gelassen und eines der Seidentücher zusammengerollt als Haarband umgebunden.

Hassan sprang auf. Er fuhr sich mit der Hand über die Augen.

„Claire trug die Kleider und Tücher genau wie du", hauchte er tonlos.

Karim nahte mit dem Kaffee. Er hatte auf dem Gang die leisen Worte trotzdem vernommen.

„Du siehst umwerfend aus", stellte er hoch erfreut fest.

Hassan hatte sich inzwischen wieder gefangen. Behaglich lehnte er sich in seinen Sessel.

Der Doktor lachte. „Ganz offensichtlich steht einer raschen Heilung nichts im Wege. Vater Hassan sieht glücklich aus und ihr beide passt zusätzlich ein bisschen auf ihn auf."

„Das machen wir Doc", versprachen Karim und Kathy.

Im Büro klingelte das Telefon. Hassan wollte aufstehen.

„Nein!", rief Kathy, ihn sanft zurückhaltend. „Der Doktor hat Ruhe verordnet, also wird sich Karim um das Unternehmen und ich mich um den Haushalt kümmern, so gut ich es vermag."

Hassan gab seufzend nach und der Doktor kicherte: „Recht so, diesmal ist mein Wort Gesetz und sie wird es hüten."

„Doc, das machst du nur, weil du weißt, dass ich Frauen gegenüber immer weich werde!", schmunzelte Hassan.

„Ja klar! Das nutze ich jetzt so was von schamlos aus!", amüsierte sich dieser.

Nach dem Essen brachte Katherine den Doktor an die Tür.

„Für Hassan und seine Familie bin ich jederzeit zu erreichen", schärfte er ihr ein. „Auf Wiedersehen bis morgen zum Verbandwechsel." Er zog sein Tuch vor das Gesicht, um die Augen vor den immer noch im Sturm herumwirbelnden Sandkörnern zu schützen.

Hassan blüht auf

„Ich habe Vater gerade zu Bett gebracht und die Medikamente verabreicht", flüstert Karim, als Kathy zurückkam. „Ich werde morgen fast den ganzen Tag außer Haus sein. Du musst keine Angst haben, dass mein Vater mit dir schimpfen könnte, wenn dir etwas nicht gleich gelingt. Er hat unendlich viel Geduld und vor allem Verständnis dafür, dass du sehr viele Dinge nicht wissen kannst. Dafür werde ich mir heute besonders viel Zeit für dich nehmen." Er blinzelte vielsagend und dirigierte sie in sein Zimmer. Kaum, dass sich die Tür geschlossen hatte, zog er Kathy in seine Arme, um mit ihr in einem endlos langen Kuss zu versinken. Als sie ihre Umgebung wieder wahrnahm lag sie bereits nackt in seinem Bett und fühlte heiße Hände über ihren Körper wandern, streichelnd zwischen ihren Schenkeln verharren, wohin im nächsten Augenblick seine Lippen folgten. Kathy gab einen erstickten Laut von sich. Mit geschlossenen Augen genoss sie die sanften Berührungen – wie schließlich seine Nasenspitze langsam wieder empor wanderte, über ihren Bauch zu den Brüsten huschte und er gleichzeitig lustvoll und tief in ihren Schoss eindrang. Kathy verharrte schließlich wie lauschend und hielt ihn fest umschlungen. Karim begriff. Wenige Bewegungen genügten, um genau jene Stelle bis zur Explosion der Gefühle zu erregen und er blieb die Antwort nicht schuldig.

„Ich glaube, ich werde ohnmächtig", hauchte Kathy, dann schwanden ihr tatsächlich für einen Moment die Sinne.

Karim lächelte still in sich hinein. Besseres konnte wohl kaum als Argument gelten, dass er genau der richtige Mann für sie sei. Kathy sah das wohl ebenso, denn sie kuschelte sich selig an und flüsterte. „Bei dir bekomme ich sogar im Liegen weiche Knie."

Karim küsste sie zärtlich. „Trotzdem müssen wir jetzt aufstehen, es gibt noch viel zu tun."

Interessiert schaute er zu, wie Kathy wieder in ihre Kleider schlüpfte. Er freute sich auf den Tag, an dem all die schönen Sachen auch vor dem Gesetz ihm gehören würden.

„Kochst du bitte schon Kaffee? Ich schaue inzwischen nach meinem Vater."

Kathy begab sich in die Küche. Auf einem kleinen Spickzettel hatte sie sich die jeweiligen Mengen notiert. Es war die Rede davon gewesen, dass zum Nachmittag Yasin mit Familie kommen werde. Kathy rekapitulierte: drei Erwachsene, zwei Kinder. Also setzte sie für fünf Personen Kaffee auf und bereitete für Husnis Brüder, deren Alter sie nicht kannte, vorsichtshalber Tee vor.

Kurz darauf kamen Karim und Hassan in die Küche.

„Nur für einen Tee", erklärte Karim. „Die beiden ‚Kleinen' sind vierzehn und sechzehn Jahre alt."

„Ooops, da hätte ich ja schön danebengegriffen!", lachte Kathy.

„Sie hätten es sicher überlebt", tröstete Hassan.

Kathy kicherte. „Im schlimmsten Fall hätte ich das blonde Dummchen gespielt."

Beide Männer brachen in schallendes Gelächter aus.

„Und du denkst, dass dir das wirklich jemand abnimmt?" Hassan lachte Tränen.

„Einen Versuch wäre es zumindest wert", schmunzelte Kathy.

„Ach", seufzte Hassan, „endlich ist wieder Stimmung im Haus. Die letzten Wochen und Monate waren doch ziemlich nervenaufreibend."

„Ehrlich?" Karim blinzelte Kathy zu. „Andere Kinder gehen auch irgendwann aus dem Haus."

Hassan lachte hellauf. „Schon. Aber nicht um irgendwelche Typen mitsamt Hubschrauber zu kidnappen."

Kathy und Karim fielen in Hassans Gelächter ein. Unter unzähligen Scherzen begannen sie, Gebäck und Snacks in kleine Schalen zu verteilen. Kathy holte wortlos einen Stuhl in die Küche und Hassan setzte sich, ebenso wortlos. Karim blinzelte er zu, was heißen sollte: Mir liegt sehr viel daran, auf sie zu hören, um schnell gesund zu werden.

Kathy hielt Hassan die Schale mit dem Kokosgebäck hin. „Möchtest du kosten?", fragte sie, weil ihr Karim verraten hatte, dass Vater genau diese Leckerei besonders mochte.

„Gern." Er angelte sich eines der kleineren Stücke.

„Ich mag deinen Schatz", sagte er zu Karim.

Kathy seufzte. „Hoffentlich sagst du das auch noch in ein paar Tagen. Aber bis dahin habe ich sicher schon das totale Küchenchaos angerichtet."

„So schlimm wird es schon nicht werden", entgegnete Hassan. „Lass den Stuhl am besten gleich hier stehen. Falls du dich dadurch nicht überwacht fühlst, kann ich dir von hier aus ja ein paar Tipps geben."

„Dafür wäre ich dir unendlich dankbar." Kathy nickte erfreut. „Unter Überwachung verstehe ich übrigens etwas ganz anderes." Sie zog die Augenbrauen zusammen.

Fragend schauten sie die Männer an.

„Mein Onkel wollte mir sogar einen Chip unter die Haut setzen lassen", flüsterte sie. „So einen, wie man bei Hunden und Katzen nimmt, damit man sie wiederfindet, wenn sie entlaufen."

Hassan wurde blass. „Das hat dieser Dreckskerl mit Claire gemacht. Unser Doktor hat ihr den Chip heraus operiert, kaum, dass sich ihr Zustand gebessert hatte."

„Das habt ihr mir aber nicht erzählt!", rief Karim.

„Ich hatte es verdrängt", erklärte Hassan. „Man hatte ihn ihr im Nacken eingesetzt. Frag den Doktor, wenn er das nächste Mal kommt."

„Bei mir hat er es auch nur bleiben lassen, weil er mich verkaufen wollte", berichtete Katherine. „Dafür hat er mich im Haus eingesperrt und mit Kameras beobachten lassen. Das ist genau so schlimm. Ich durfte nicht im Internet surfen, kein Handy und keine Freundinnen haben. Er hat mich zur Schule bringen und wieder abholen lassen, um mich auf Schritt und Tritt überwachen zu können."

Karim streichelte ihre Wange. „Das ist vorbei. Wenn du in den Garten möchtest, dann gehst du einfach. Und wenn du Hilfe brauchst, dann ist immer einer da, egal, ob wir beide oder die Männer, die für uns arbeiten."

„Geht es um Frauendinge, dann bist du bei Yasins Frau, Leila, an der richtigen Adresse. Sie ist als junges Mädchen von ihrem Vater an einen steinalten Mann verkauft worden. Yasin war für sie der Retter in der Not, genau wie Karim für dich", erzählte Hassan. „Claire hat für die beiden ein bisschen Schicksal gespielt und damit zwei Menschen sehr, sehr glücklich gemacht."

„Ich freue mich darauf, sie kennenzulernen." Kathys Gesicht zierte endlich wieder ein Lächeln.

Hassan stand auf. „Ich lege mich noch ein paar Minuten hin."

„Ich mag deinen Vater auch sehr", sagte Kathy. „Du musst ein sehr glückliches Kind gewesen sein."

„Dem leider die Mutter fehlte", warf Karim ein. „Der Doktor musste mich aus ihrem Bauch schneiden, als sie wegen einer Kugel im Sterben lag, die im Auftrag Nightingales abgefeuert worden war. Leila hat in den ersten beiden Jahren ihre Rolle übernommen. Husni ist sozusagen mein Milchbruder."

„Ich bin richtig neugierig auf Leila geworden", verriet Kathy.

„Du wirst sie mögen", versprach Karim.

Eine halbe Stunde später war es so weit. Kathy stand einer lächelnden Frau gegenüber, die fröhlich sagte: „Hallo, ich bin Leila."

„Angenehm, ich bin Katherine. Ich freue mich, Sie kennen zu lernen."

Und schon waren beide ganz selbstverständlich miteinander in der Küche zu Gange, während die Männer auf Bewirtung warteten. Leila warf Kathy immer wieder amüsierte Blicke zu, über die großen Augen, mit denen Adil und Sinan ihr goldblondes Haar und die weiße Haut bestaunten.

„Man könnte denken, die beiden hätten noch nie eine Frau gesehen", schmunzelte Leila.

Sie wiederholte für ihre Söhne die Worte arabisch.

Sinan, der Ältere der beiden, grinste breit. „Doch schon, aber noch keine so hübsche."

Die Männer brachen in wieherndes Gelächter aus. Kathy stimmte ein, nachdem ihr Yasin Sinans Antwort verraten hatte.

„Na, das kann ja heiter werden", murmelte Husni. „Wenn die beiden zur Höchstform auflaufen, dann sind sie kaum zu bremsen. Aber", strahlte er plötzlich, „sie verstehen beide nicht gut Englisch, damit sind wir wieder quitt."

Leila schaute in die Runde. „Ihr werdet doch sicher ein halbes Stündchen ohne Frauen auskommen? Ja? Gut! Im Notfall findet ihr uns im Garten." Sie blinzelte, ohne überhaupt eine Antwort der Männer zu erwarten, Kathy an und deutete mit dem Kopf auf die Tür.

„So, nun können wir beide endlich vernünftig reden", lachte sie draußen. „Die Männer können alles essen, brauchen aber nicht alles wissen. Und die Halbwüchsigen sind noch zu grün hinter den Ohren, zumal erschwerend hinzukommt, dass sie auch mal Männer werden wollen."

Kathy schmunzelte. Leila hatte es mit vieren, von der Sorte, bestimmt nicht immer leicht.

„Ihr wollt heiraten, hat Yasin erzählt", sagte Leila im Tonfall einer Frage.

„Ja, gleich wenn Hassans Wunde verheilt ist", erwiderte Kathy.

„Das ist eine ganz wundervolle Nachricht", freute sich Leila. „Dann brauchst du sicher ein paar Tipps für die Festkleidung, das Zubehör und die Hochzeitsnacht?"

Kathy wurde beim letzten Wort flammend rot.

Leila nahm Kathys Hände und kicherte. „Okay, okay, also keine Tipps mehr, weil ihr sie schon vorverlegt habt. Ich wusste gar nicht, dass Karim solch ein Draufgänger ist." Sie klang ehrlich überrascht.

Kathy lächelte. „Für das, was er für mich getan hat, hätte ich ihm auch dann alles gegeben, wenn ich mich nicht Hals über Kopf in ihn verliebt hätte. Du kannst mich da sicher besser verstehen als andere." Kathy berichtete, wie Karim sie gefunden und ihr nun ein neues Zuhause gegeben hatte.

„Wenn Hassan wieder richtig fit ist, können wir beide ja ein bisschen gemeinsam unternehmen", bot Leila an.

„Sehr gern", strahlte Kathy. „Aber eben erst, wenn er wirklich wieder richtig gesund ist. Ich möchte da sein, wenn er Hilfe braucht, zumal er sich sehr schwertut, überhaupt welche anzunehmen. Ich musste sogar schon ein Machtwort sprechen", kicherte sie.

„Und?", fragte Leila amüsiert.

„Er hat meine Einwände akzeptiert."

„Sehr gut. Dann mag er dich wirklich sehr." Leila drückte Kathys Arm.

Langsam gingen sie wieder zum Haus zurück.

„Wenn du irgendwelche Hygienedinge brauchst, über die du mit Karim nur ungern sprechen würdest, dann komm zu mir", schärfte Leila Kathy ein.

Kathy blieb stehen, blinzelte fröhlich. „Du, ich glaube eher, dass ich in den nächsten Monaten gewisse Dinge nicht brauchen werde, so intensiv, wie Karim und ich unsere neuen Erfahrungen genießen."

„Jetzt bin ich aber völlig entrüstet! Vor der Hochzeit! Nein!", rief Leila, dabei straften sie ihr schelmisches Grinsen und die Art, wie sie Kathys Hand streichelte lügen. „Was soll es denn werden?", fragte sie neugierig.

Kathy lachte herzlich. „Uns ist das ziemlich egal. Hassan wünscht sich nichts sehnlicher als Enkel, er hat aber nicht gesagt, dass er Enkelinnen weniger gern hätte."

Scherzend kehrten sie zu den anderen zurück.

„Ah! Da kommen zwei, die sich offensichtlich blendend verstehen." Yasin blinzelte Karim zu.

Leila und Kathy lächelten charmant. „Was habt ihr erwartet?"

„Wir werden es sicher auch beide genießen, hin und wieder weibliche Gesellschaft haben zu können. Ihr tauscht doch eure Geheimnisse auch nur unter Männern aus", fügte Leila mit einem Blinzeln an, während Kathy nickte.

„Für mich ist das Wichtigste, dass sich Kathy, trotz Vaters und meiner Gesellschaft, nicht einsam fühlt", sagte Karim. „Und es gibt so viele Dinge, die nicht so krass und endgültig wirken, wenn sie von einer Frau erklärt werden."

Nicht einmal die beiden Halbwüchsigen wagten, daraufhin eine flapsige Bemerkung zu machen. Von Karim sprachen alle voller Hochachtung. Erst recht, seit er wieder zu Hause war. Sie wussten zwar nicht, was er in den letzten Monaten getan hatte, aber es musste etwas Großartiges gewesen sein. Für die beiden gehörte auf jeden Fall dazu, dass er sich eine wunderschöne Frau mitgebracht hatte, wie es sonst nur in den alten Märchen und Sagen vorkam. Und die Erwachsenen mochten diese junge Frau, wie es auch nicht immer geschah.

Als die Frauen noch einmal Getränke holten, stellte Hassan fest, weil Adil und Sinan Kathy kaum aus den Augen ließen: „Ich glaube, Kathy hat zwei Verehrer bekommen".

Karim hob überrascht den Kopf und Husni murmelte: „Könnte nach Ärger riechen."

„Wenn du dich da nicht auch noch mit einreihst, dann bleibt der Frieden gewahrt", entgegnete Karim.

„Ich bin doch auch nicht lebensmüde", gab Husni sofort Bescheid.

Yasin zog die Augenbrauen zusammen. Es war wohl an der Zeit, den beiden Jüngeren gehörig die Richtung zu weisen. Probleme mit Hassans Familie wären das Allerletzte, was er überhaupt brauchen würde.

Sein Mienenspiel genügte offenbar, denn die beiden hielten sich im Laufe des Nachmittags erstaunlich und unübersehbar verschüchtert zurück.

In der Küche war ein Gespräch zum selben Thema zwischen Leila und Kathy im Gange.

„Versuche, die beiden zu ignorieren, so gut es geht und sag mir sofort Bescheid, wenn sie dich irgendwie dumm anmachen", bat Leila. „Sinan ist in einem Alter, wo ich es nicht mehr als bloße Kinderei hinnehmen kann."

Kathy seufzte. „Für mich ist das im Augenblick alles ziemlich kompliziert und schwer zu begreifen. Ich möchte ja auch nicht, dass meinetwegen irgendjemand Ärger bekommt."

„Sinan ist einfach ein Kindskopf. Wenn ich daran denke, wie erwachsen dein Karim in diesem Alter schon wirkte, dann könnte ich mir manchmal die Haare ausraufen", erklärte Leila.

Katherine nickte. „Du kannst die beiden einfach nicht vergleichen, egal, wie du es drehst. Ich habe Karim auch auf Mitte zwanzig geschätzt und war völlig überrascht, dass er noch nicht einmal neunzehn ist. Er ist ein Ausnahmefall. Er gibt mir so viel Sicherheit, wie es vielleicht manch älterer Mann nicht einmal könnte. Das Unglück seiner Familie hat ihn deutlich geprägt. Vielleicht ist Sinan in zwei, drei Jahren auch ganz anders. Wer weiß das heute schon?"

„Wie alt bist du eigentlich?", fragte Leila, erstaunt über Kathys eindringliche Rede.

„Auch erst siebzehn", bekam sie lächelnd zur Antwort.

„Oh, da hätte ich genau so völlig falsch gelegen. Ich hätte auf neunzehn oder zwanzig getippt", staunte Leila. „Vielleicht ist für meine ungestümen Söhne ja doch noch nicht alles vergeben."

„Ganz bestimmt nicht. Komm, die Männer, ob klein oder groß, werden schon auf das Mineralwasser warten", sagte Kathy und eilte voran.

„Wir haben uns etwas vertrödelt", erklärte sie mit einem verlegenen Schulterzucken, als sie einschenkte.

Hassan lachte. „Keine Sorge, wir sind inmitten einer Wüste zu Hause und Trockenheit gewöhnt, so schnell verdursten wir nicht."

„Das beruhigt mich", erwiderte Kathy aufatmend.

Karim blinzelte ihr unmerklich zu.

Die Männer hatten inzwischen einige Details zur bevorstehenden Hochzeit besprochen. Sinan war sehr still geworden. Nun verstand er auch die Worte seines großen Bruders. Er war sich durchaus bewusst, was Karim tun würde, ließe er dessen Verlobte nicht in Ruhe. Bis zu jenem Augenblick war er in dem Glauben gewesen, Kathy würde einfach nur so mit bei Hassan und Karim wohnen und malte sich zumindest ein paar harmlose Flirtchancen aus. Dass Karim sofort Nägel mit unübersehbar großen Köpfen machen würde, konnte er nicht ahnen. Die Erwachsenen hatten zwar davon gesprochen, aber Kathy war ja erst seit gestern hier. Vielleicht hatten die einfach nur was falsch verstanden?

„Wie das Leben so spielt", hörte er gerade Yasin zu Husni sagen. „Die hübschen Mädchen sind immer sofort vom Heiratsmarkt weg."

Der lachte. „Da Karim ebenfalls erst mal vom Markt ist, habe ich sogar ernsthafte Chancen, auch was Passendes zu finden."

„Erst mal?", fragte Kathy beunruhigt.

Karim schaute Husni missbilligend an. „Ich bin weg. Definitiv. Ich habe nicht vor, mir irgendwann einen Haufen Nebenfrauen anzuschaffen." Er sparte ganz bewusst das Wort ‚Harem' aus, das ihm eigentlich auf der Zunge gelegen hatte.

Leila hielt den Atem an. Kathy schloss für den Bruchteil einer Sekunde die Augen. Sie hatte Karim als jemanden kennen gelernt, der immer zu seinem Wort stand. Es würde damit sicher kaum anders ein. Nun lächelte sie ihn dankbar an.

Kaum waren am frühen Abend die Gäste weg, rief Hassan Kathy und Karim zu sich. Ohne Umschweife begann er Kathy zu erklären: „Kurz zum Thema Nebenfrauen: Unsere Familie hat nie öffentlich gezeigt, wie wohlhabend sie ist. Du wirst dich vielleicht schon gewundert haben, wie unscheinbar dieses Haus für das ist, was wir eigentlich besitzen. Mit Frauen ist es genau so. Keiner von uns hat je durch viele Frauen dokumentiert, was er für ein toller Hecht ist, egal ob finanziell oder der Potenz wegen. Mich freut es deshalb aufrichtig, dass du Karims Worte nicht anzweifelst. Alles klar?"

Kathy nickte. „Ich weiß ja, dass Husni den Satz eher scherzhaft sagte, aber ..."

„Schon gut, ich weiß, dass es eine dumme Situation war, zumal er ja darüber informiert ist, was man dir angedacht hatte. Nimm es ihm nicht übel, er muss auch erst mal wirklich erwachsen werden und das hat nichts mit dem Alter zu tun", sagte Hassan mit einem Blinzeln zu Karim.

Kathy schmiegte sich in Karims Arme. „Ich habe es Leila auch erklärt, dass es sinnlos ist, andere mit ihm vergleichen zu wollen. Die können dabei nicht gut wegkommen." Dann seufzte sie: „Hoffentlich bist du ganz schnell wieder gesund."

Hassan lachte. „Okay, ich habe den Wink mit dem Zaunpfahl verstanden. Ich bin schon weg!"

Kathy schüttelte amüsiert den Kopf, schaute auf die Uhr. „Ich bringe dir gleich deine Tabletten."

„Sie gehört einfach zu dir. Fast ist es, als wäre sie schon immer hier gewesen", schwärmte Hassan. „Aber das scheint ein Zauber zu sein, der ausschließlich den Nightingale-Frauen eigen ist. Pass immer gut auf sie auf."

Karim wollte gerade antworten, als Kathy schon zurück war. Er grinste harmlos, als Hassan von ihr die Medikamente nahm, ohne angewidert das Gesicht zu verziehen, wie er es bei ihm immer tat. Sie schüttelte die Kissen auf, als hätte sie es nicht bemerkt, und verschwand wieder. Karim half seinem Vater ins Bett.

Kathy stand mit großen Augen etwas ratlos vor einem Riesenberg Abwasch. „Auf geht's", murmelte sie, um sich selbst zu motivieren, denn bisher hatte stets das Hauspersonal alle Arbeiten für sie getan. Aber die Tatsache, dass zwei wirklich reiche Männer, wie Hassan und Karim, jahrelang alle Hausarbeiten allein erledigt hatten, beeindruckte sie so, dass sie nicht einmal auf den Gedanken kommen wäre, zu resignieren. Erst warmes Wasser, dann Spülmittel, fiel ihr kichernd ein. Ich will ja keine Schaumparty feiern. Na also, das lief doch gut! Dass zuerst die Gläser und Tassen ins Wasser kamen, verstand sich von selbst. Schnell wurde der Berg auf dem Tisch kleiner, um sich gut sortiert im Abtropfbecken zu türmen.

Als Karim ein paar Minuten später hinzukam war sie bereits beim Abtrocknen. Ganz selbstverständlich fasste er mit an, wie er es von klein auf gewöhnt war. Wegräumen, ausfegen und schnell das Abendbrot vorbereiten, dachte Kathy.

„Du siehst müde aus", stellte Karim besorgt fest.
„Halb so schlimm. Ich habe nur noch nie selber im Haushalt helfen müssen, geschweige denn, dass ich selbst einen führen musste", gab Kathy zu. „Ich wusste nicht einmal, wie anstrengend das alles sein kann."
„Dafür war es aber sehr gut, was du heute schon alles getan hast."
„Danke. Ich gebe mir Mühe."
„Für Vater war es heute auch sehr anstrengend. Er wird wohl gleich durchschlafen, bis zur nächsten Tabletteneinnahme. Wir bereiten nur eine Kleinigkeit vor, falls er doch Hunger bekommen sollte. Hast du einen besonderen Wunsch?", fragte Karim Kathy.
„Ich würde am liebsten auch gleich durchschlafen", entgegnete sie etwas unsicher, wohl wissend, dass er das Abendbrot gemeint hatte.
„Geh nur", sagte er liebevoll. „Ich weiß ja, dass es auch für dich schon viel zu viel war."
Kathy nickte dankbar und verließ die Küche.
„Duschtücher findest du im Regal!", rief Karim noch hinterher.
Kathy ließ das warme Wasser in der Massageeinstellung über ihren Körper prasseln. Sie ahnte nicht, dass es diesen Luxus auch nur gab, weil Hassan Claire jeden Wunsch erfüllt hatte. Kathy staunte, als sie beim Abtrocknen bemerkte, dass ihre vielen Fläschchen und Tiegelchen schon kleine Schilder mit Karims Handschrift trugen. Daneben lagen verschiedene Bürsten, Kämme, Haarspangen und Zopfgummis. Auf der Konsole vor dem Spiegel stand, noch in einer Folie eingeschweißt, ein Zahnputzglas mit einer Bürste. Wie hatte Karim das nur alles unbemerkt in so kurzer Zeit besorgen können?
Kathy huschte, nur in das Duschtuch gehüllt, über den Flur. Sie schaltete auch im Zimmer das Licht nicht erst an, hängte das Tuch über die Stuhllehne und setzte sich auf die Bettkante. Sie zuckte heftig zusammen, als plötzlich zwei Hände nach ihr fassten und sie unter die Decke zogen.

„Hast du mich erschreckt!", rief sie, während ihr Herz bis zum Hals schlug.

„Oh, tut mir leid", flüsterte Karim schuldbewusst. „Das war ganz und gar nicht meine Absicht. Kann ich es wieder gut machen?"

„Ja. Ich verurteile dich zum Kuscheln und Schmusen und all den anderen schönen Sachen."

„Urteil angenommen", erwiderte Karim, während seine Hände schon auf Wanderschaft gingen.

Kathys Müdigkeit war sofort wie weggeblasen. Karim atmete den zarten Duft ihrer Haut. Mit einer Hand zog er das Duschtuch vom Stuhl und breitete es auf dem Bettlaken aus. Die kleine Geste mit dem versteckten Hinweis was gleich folgen würde, jagte wohlige Schauer über Kathys Haut. Karim genoss die, eigentlich noch verbotene, Frucht mit allen Sinnen. Nasri, der Karim noch ein paar Papiere von der letzten Tour bringen wollte, machte im Hof kehrt, denn die Seufzer aus dem halboffenen Fenster von Karims Zimmer erklärten deutlich, dass im Augenblick Lust auf anderes als Geschäftspapiere angesagt war. Kathy war im Handstreich etwas gelungen, das so einige junge Mädchen hier in Tränen ausbrechen lassen würde. Sie hatte das Herz des begehrtesten Junggesellen der ganzen Oase erobert. Nasri rieb sich genau so die Hände wie Yasin, denn nun hatten ihre Söhne auch eine größere Auswahl an heiratswilligen Damen passenden Alters.

Karim interessierte das nicht einmal am Rande. Sein Herz schlug für Kathy und was die anderen davon hielten, interessierte ihn wie die letzte Reisernte in China. Im Augenblick saß sie rittlings auf seinen Oberschenkeln, er modellierte mit den Händen ihre Silhouette nach, die er im fahlen Licht der schmalen Mondsichel kaum noch erkennen konnte. Die Schritte auf dem Gang, die einen winzigen Moment vor seiner Tür verharrten, um sich dann etwas leiser aber schneller zu entfernen, nahm er nur flüchtig wahr. Kathy ließ sich langsam mit dem Oberkörper nach vor sinken, Karim spürte ihre Brüste auf seiner Haut, wälzte sich mit ihr herum, um, nunmehr auf ihr liegend, noch einmal ungebändigte Lust zu erleben.

Kathy schlief irgendwann völlig erschöpft unter ihm ein. Karim deckte sie sorgsam zu, streifte seine Kleider über und ging, mit der nötigen Tablettendosis in der Hand, hinüber zu seinem Vater.

Hassan schaute ihn amüsiert an. Mit einem Blick auf die Uhr stellte er schmunzelnd fest: „Du bist fünf Minuten überpünktlich."

Karim lachte. „Ich weiß. Aber du wärst gleich eine Viertelstunde überpünktlich gewesen."

„Oh je, hoffentlich habe ich Kathy nicht die Laune verdorben!"

„Ich bezweifele ernsthaft, dass sie dich auch gehört hat." Karim reichte ihm ein Glas Wasser zur Medizin. „Möchtest du etwas essen?"

„Das habe ich schon getan. Ihr hattet ja alles bestens vorbereitet. Packt mich nicht gar so in Watte. Es ist nur mein Arm, der nicht richtig funktioniert. Wenn es nach mir ginge, dann wäre eure Hochzeit schon in zwei Wochen."

„Wenn es nach mir ginge, auch", gab Karim seufzend zu.

Hassan lachte. „Na, also! Ich muss doch nur dasitzen und Glückwünsche entgegennehmen. Die Arbeit habt ihr. Ein bisschen telefonieren kann ich sogar vom Bett aus und sogar freihändig."

Karim dachte einen Moment nach. „Ich rede morgen mit dem Doktor. Erst muss ganz sicher sein, dass du durch den Feierstress keine weiteren Probleme mit deinem Arm bekommst."

„Tu das!", rief Hassan beinahe fröhlich. „Ach, noch was: Lass Kathy morgen früh ruhig ausschlafen. Es bringt nichts, wenn sie zusammenbricht, weil viel zu viel Neues auf sie einstürzt. Gib mir einfach die Tablettenpackungen, ich schwöre dir, dass ich die Pillen pünktlich nehmen werde. Noch ein oder zwei Tage ein bisschen kürzer treten …"

„Stopp, stopp, stopp! So haben wir aber nicht gewettet!", rief Karim. „Es ist auch keinem gedient, wenn du komplett aus den Schuhen kippst, weil du dich hoffnungslos übernimmst. Stuhl in der Küche – gut, vom Bett aus telefonieren – auch gut, den Rest gehst du bitte ganz in Ruhe an. Von mir aus setz dich mit Kathy stundenlang in den Garten, aber herumgewuselt wird nicht!"

„Ja, Mama." Hassan zog einen lustigen Flunsch.

Karim brach in schallendes Gelächter aus. „Das hat man nun von seiner Gutmütigkeit." Er machte sich, immer noch lachend, auf, um Hassan die Tablettenschachteln zu holen. Kathy schlief so tief, wie wohl noch nie in ihrem Leben. Karim schlich leise ins Zimmer hinein und huschte genau so schnell wieder davon.

„Hat dich dein Schatz tatsächlich noch einmal gehen lassen?", witzelte Hassan.

„Sie schläft einen schon fast komatösen Tiefschlaf", erklärte Karim. „Hoffentlich überfordere ich sie nicht mit allem, was sie nun erst lernen muss."

Hassan klopfte ihm grinsend auf die Schulter. „Im Bett?"

„Ich glaube fast, dir geht es wirklich schon wieder besser", schmunzelte Karim, der seinen Vater noch nie so ausgelassen witzig erlebt hatte. Kathys Anwesenheit schien ihn regelrecht zu beflügeln. „Zwar war das jetzt keine Antwort auf deine Frage – ich genieße schweigend."

„Gute Nacht, Karim. Ruf mich morgen auf alle Fälle an, wenn es bei den Vertragsverhandlungen irgendwelche Probleme geben sollte."

„Mach ich, versprochen. Gute Nacht."

Veränderungen

Mit dem ersten Tageslicht war Karim schon auf den Beinen. Wie jeden Morgen absolvierte er sein Krafttraining, welches er in den letzten beiden Tagen etwas vernachlässigt hatte. Feste Regeln einzuhalten, hatten ihm Hassan und Yasin beigebracht, schon als er ein ganz kleiner Junge war. In der Wüste konnte das überlebenswichtig werden. Nasri startete gerade einen neuen Versuch, seine Akten loszuwerden, als Karim ins Haus zurückkehrte.

„Schön, dann kann ich dir das Ganze ja gleich in die Hand drücken. Du wirst es vielleicht heute brauchen", sagte er erfreut.

„Danke. Ich schau es mir gleich an und komme dann rüber zu euch." Karim brachte die Papiere ins Büro, verschwand eilig unter der Dusche, um sich anschließend ganz dem Geschäftlichen zu widmen. Einen Kaffee würde er irgendwann zwischendurch trinken.

„Sag mal, Nasri, hab ich das richtig gelesen, dass hier jemand nach Jagdsafaris angefragt hat?"

„Hmm", brummte der verstimmt.

„Lieber chauffiere ich täglich einen Rentnerclub durch die Gegend, als mich auf so etwas einzulassen!", rief Karim.

Nasri schmunzelte. „So hat dein Vater glücklicherweise auch gleich reagiert. Er nannte es noch krasser ‚ein Kaffeekränzchen alter Damen'."

„Gut. Dann weiß ich erst einmal, was heute auf mich zukommen könnte."

Karim konnte deutlich Nasris unausgesprochene Frage, ob Hassan und Kathy allein klar kommen würden, an dessen Augen ablesen. Er blinzelte.

„Mach dir keine Sorgen. Vater würde nie Unmögliches von ihr verlangen. Er ist sicher noch viel nachsichtiger, als ich es vielleicht wäre."

„Das beruhigt mich." Nasri begann die Kamelsättel für die heutige Tour vorzubereiten. Sein ältester Sohn arbeitete inzwischen auch für Hassan. Er würde als zweiter Mann die Kurzsafari begleiten. Vier andere waren mit den Jeeps beschäftigt, die in zwei Stunden mit je drei Gästen ebenfalls in die Wüste aufbrechen sollten.

Karim schwang sich in eines der beiden großen Fahrzeuge. Bei diesem potenziellen Geschäftspartner war es unerlässlich, standesgemäß aufzutreten, um etwaige Bestechungsversuche im Keim zu ersticken. Vor dem Haus hielt er noch einmal kurz, um seinen Aktenkoffer zu holen. Er trug auch Landestracht und seinen Dolch in der Lederscheide, statt schwarzem Anzug, um zu dokumentieren, wer hier das Sagen hatte.

Nasri nickte zufrieden.

Karim fuhr genau vor den Eingang des Hotels, in dem man sich treffen wollte. Der Page eilte herbei, übernahm die Autoschlüssel und brachte das Fahrzeug auf den bewachten Parkplatz. Der Vertreter des amerikanischen Reiseveranstalters beobachtete das erstaunt aus der Lobby des Hotels. Augenblicke später stand ihm, anstelle des erwarteten älteren Herrn, ein junger Mann gegenüber, der sich als Mitinhaber des Unternehmens vorstellte und schon mit der Begrüßung unmerklich die Gesprächsführung übernahm, indem er vorschlug: „Sprechen wir Englisch."

Im Laufe der Unterhaltung fiel der Satz: „Sie werden sicher verstehen, dass ich gern Bildmaterial hätte."

Karim lächelte, zog sein Handy aus der Tasche. „Ich übertrage ihnen sofort sämtliche Dateien per Bluetooth. Sie werden sicher verstehen, dass die Bilder mein Copyright tragen", womit er sein Gegenüber vollends verwirrte. Hatte man dem doch, hinter vorgehaltener Hand, gesteckt, dass man bei diesem Unternehmen etwas altmodisch sei. „An einem geeigneten Internetauftritt wird gearbeitet", ließ Karim ganz nebenbei fallen.

„Ihr Spektrum umfasst?", fragte Mr. Stone daraufhin lauernd.

„Alles, außer Jagdsafaris und Panzer fahren", entgegnete Karim entschieden, seinem Gesprächspartner fest in die Augen schauend. „Daran wird sich auch nichts ändern." Er lehnte sich, auf Mr. Stone beinahe entspannt wirkend, zurück. „Lassen Sie es mich per Email oder Anruf wissen, ob Sie an einer Zusammenarbeit interessiert sind." Karim erhob sich, zahlte die Bewirtung für beide und verabschiedete sich.

Mr. Stone sah im sehr lange, sehr nachdenklich und durchaus positiv beeindruckt hinterher. So deutlich hatte ihm hier noch niemand die Grenzen aufgezeigt und Geld schien als Lockmittel wirklich keine Rolle zu spielen. Der junge Mann war trotz seiner Dominanz ein angenehmer Gesprächspartner gewesen und es war zu erwarten, dass Verträge bestens erfüllt würden.

Kathy wurde vom Motorengeräusch des abfahrenden Autos wach. Ein kurzer Blick auf die Uhr, dann sprang sie aus dem Bett. Es war schon nach acht. Waschen, anziehen, schnell das halblange Haar mit einer Spange hochstecken und in die Küche eilen. Mit fliegenden Fingern Kaffee bereiten und den Tisch decken, zwischendurch Hassans Tabletten holen. Sie bekam einen Riesenschreck, als sie die beiden Schachteln nicht finden konnte. *Ganz ruhig bleiben*, hämmerte es in ihrem Hirn, *und Hassan nach dem Verbleib fragen*. Da hörte sie auch schon seine Zimmertür klappen. Schnell lief sie in den Wohnraum zurück.

„Guten Morgen!", rief sie schon an der Tür. „Wie geht es dir heute?"

„Guten Morgen. Alles bestens", strahlte Hassan und legte die beiden vermissten Packungen auf den Tisch.

Kathy atmete auf.

„Gut geschlafen?", fragte Hassan.

„Oh ja! Bestimmt so fest wie ein Stein. In den letzten Jahren habe ich mich immer wie in einem Schützengraben gefühlt. Die Ruhe und die Sicherheit hier tun mir richtig gut."

„Ich bin glücklich, dass du dich hier wohl fühlst. Weißt du eigentlich, dass ich es dir zu verdanken habe, dass es meinem Arm relativ gut geht?"

Kathy schüttelte überrascht den Kopf.

„Dadurch, dass du meinen Arm fixiert hast, lag der Schusskanal immer über Herzniveau. Sonst hätte das durchaus anders enden können." Hassan legte Kathys Brosche auf den Tisch. „Ich lasse sie wieder in Ordnung bringen."

„Das ist ja nun wirklich der geringste Kummer", erklärte Kathy. Sie hob lauschend den Kopf. „Ich glaube, da kommt jemand." Rasch ging sie nachschauen.

„Ah, Doktor! Treten Sie ein!" Sie hielt ihm die Stubentür auf.

„Oh, ich komme ungelegen", murmelte der, beim Anblick des Frühstückstisches.

„Setz dich", bat Hassan und Kathy holte ein Gedeck.

Hassan wartete, bis der Doktor in Ruhe seinen Kaffee getrunken und etwas gegessen hatte, dann sprach er: „Doc, ich habe gestern Nacht mit Karim beraten. In Anbetracht der Situation, dass die beiden jungen Leute die Arbeit haben werden und ich verspreche, mich zurückzuhalten, wollen wir die Hochzeit schon in zwei Wochen feiern."

Kathy machte eine überraschte Handbewegung und sah Hassan mit großen glänzenden Augen an.

Der Doc zog die Augenbrauen hoch. „Klingt nach deinem Vorschlag."

„Stimmt. Das gebe ich auch gerne zu."

„Mal schauen, was dein Arm heute sagt", stellte der Doktor in den Raum. „Vielleicht kann ich eine verlässliche Prognose wagen." Er schaute Kathy nachdenklich an. „Wäre es ein vermessener Wunsch, wenn Sie mich dann beim Verbandwechsel etwas unterstützen würden?"

„Nein, nein! Natürlich helfe ich!" Kathy nickte heftig.

„Ich habe wohl kein Mitspracherecht?", wollte Hassan wissen.

„Nicht, wenn du in vierzehn Tagen eine Hochzeit ausrichten möchtest", erklärte der Doktor. „Sie wird sicher nicht in Ohnmacht fallen, wenn sie ein Stück nackten Oberkörpers, dabei zu sehen bekommt und du wirst das auch überleben."

Kathy löste die beiden Tabletten aus den Blistern, reichte sie Hassan und legte die Packungen in ein Regalfach. Schließlich begleitete sie die Männer in Hassans Zimmer. Der Arzt begann, die Kompressen zu lösen. Kathy wurde schreckensbleich. Sie hatte noch nie eine Schusswunde aus der Nähe gesehen und im Fernsehen immer weggeschaut, wenn so etwas gezeigt wurde.

„Die Kugel hat zum Glück nicht den Knochen erwischt", erklärte ihr der Doktor. „Es heilt auch gut von innen ab. Einmal täglich intensiv mit dieser Lösung spülen und desinfizieren, damit sich keine Bakterien und Keime ansiedeln können, so kriegen wir das ganz gut in den Griff. Natürlich werden zwei große Narben bleiben, besonders da, wo das Projektil an der Austrittsstelle das Gewerbe so arg zerfetzt hat."

„Wird er seinen Arm wieder richtig bewegen können?", fragte Kathy besorgt.

„Aber ja. Es wird nur noch ein Weilchen dauern."

Hassan atmete tief ein „Und die Hochzeit?"

„Wird in zwei Wochen stattfinden", blinzelte der Doktor.

„Wie schön!", rief Kathy, sich mit beiden Händen über das Gesicht fahrend.

Hassan stieß die angehaltene Luft mit einem Mal aus. „Ich hätte nie gedacht, dass mein Leben noch mal so spannend werden könnte."

Kaum war der Doktor gegangen, gab Hassan Kathy in lustige Sprüche verpackte Haushaltstipps und die nötigen Anweisungen beim Kochen.

„Karim müsste auch in ein paar Minuten auftauchen", erklärte er ihr. „Ach, da ist er ja schon!" Er deutete auf das große Auto, welches soeben in den Hof fuhr. Kathys Herz begann bei diesem Anblick heftig zu klopfen. Die stattliche Erscheinung und das willensstarke Auftreten Karims hatten sicher auch die anderen beeindruckt.

„Ihr beide seht sehr zufrieden aus. Es scheint also gute Neuigkeiten zu geben", fragte er sofort.

„Jawohl. Nächsten Monat wird dein Junggesellenstatus abgeschafft", verriet Hassan.

„Ach schau an! Womit hast du den Doc herumgekriegt?"

„Mit einer gut heilenden Wunde", entgegnete Hassan.

Karim nahm die glücklich lächelnde Kathy in die Arme. „Kaum in Freiheit, wirst du gleich wieder in goldene Ketten gelegt."

„So lange mir diese nicht die Luft zum Atmen abschnüren, ist alles in Ordnung." Kathy rieb ihre Wange an seiner Schulter.

Am Nachmittag berichtete Karim über das Treffen mit dem Amerikaner.

„Sehr gut, wie du ihm die Flügel beschnitten hast", lachte Hassan. „Bin gespannt, ob er sich noch mal meldet."

„Wie sieht eure Homepage jetzt aus?", fragte Kathy am Ende.

„Wir haben noch nicht einmal einen Computer", sagte Hassan kleinlaut. „Wenn Karim nicht gewesen wäre, dann würde ich wohl noch immer mit Buschtrommeln und Rauchzeichen arbeiten."

Kathy schüttelte amüsiert den Kopf. „Keinen Computer? Bei so einer großen Firma? Unglaublich!"

Hassan zupfte sich am Ohr. „Ihr zwei fahrt jetzt sofort los und besorgt ein ordentliches Gerät, mit allem, was dazu gehört. Und ich meine wirklich mit allem. Nein, stopp! Zwei Geräte. Kathy wird sicher auch einen Laptop haben wollen, auf dem sie nach Herzenslust herumwerkeln kann. Na ihr macht das schon."

Und weil die beiden wie angewurzelt stehen blieben und Hassan mit höchst erstauntem Blick anschauten: „Na, ihr steht ja immer noch hier rum!"

„Sind schon weg!", grinste Karim, Kathy an der Hand hinter sich her ziehend. Er half ihr beim Einsteigen und schon rollte der Jeep die Gasse hinunter.

„Bin ich schuld?", fragte Kathy völlig verdattert.

„Eindeutig."

„Oh je."

Karim lachte. „Darauf kannst du mächtig stolz sein. Er nimmt sich selten die Meinung anderer so sehr zu Herzen." Er ließ das Auto langsam vor dem Geschäft ausrollen, wo sofort zwei Verkäufer bereit standen.

„Ich brauche", begann Karim und betete seine Wunschliste herunter.

Einer der beiden Männer notierte eifrig, während der andere die Kunden schon zu den ausgestellten Geräten dirigierte. Nach fast einer Stunde hatten die beiden jungen Leute ihren jeweiligen Traum-Laptop gefunden und beide entschieden sich für silberfarbene Geräte. Mit einem Multifunktions-Laser-Drucker, zwei externen Festplatten und diversen Kabeln, nebst den Laptops samt Tragetaschen kehrten sie nach Hause zurück.

„Um den Internetzugang und alles, was dazu gehört, kümmere ich mich morgen", versprach Karim. „Rom wurde auch nicht an einem Tag erbaut."

Hassan schaute neugierig beim Auspacken zu. „Das ist alles?", fragte er überrascht. „Ich dachte, dazu braucht man mehr."

„Das ‚Mehr' ist in diesem Gerät versteckt", Karim zeigte auf den Drucker. „Damit kannst du drucken, scannen, kopieren und sogar die Bilder gleich mailen oder faxen und das auch noch kabellos. Vom Stromkabel einmal abgesehen. Die mitgebrachten Verbindungsschnüre sind für den Notfall."

„Fantastisch", murmelte Hassan. „Ich schaue euch dann ein bisschen über die Schulter."

„Aber gern doch!", rief Karim. „Du wirst diese Sachen schnell zu schätzen wissen."

„Kathy, warte!", rief Hassan hinterher, als sie sich in Richtung Küche begab. Er drückte ihr einen Beutel in die Hand. „Ein Hauskleid, damit du nicht dein gutes überstrapazieren musst."

„Oh, vielen, vielen Dank!" Sie eilte davon, um sich sofort umzuziehen.

„Du magst sie wirklich sehr", schmunzelte Karim.

„Ja, natürlich. Ich mache mir auch ganz und gar nichts daraus, euch beide das deutlich merken zu lassen. Solch eine Frau im Haus ist ein Geschenk, das man nicht leichtfertig verspielen sollte."

„Wahre Worte. Deshalb werde ich ihr auch gleich in der Küche ein wenig helfen." Karim streifte seine Galabiya ab, unter der er ein T-Shirt trug, legte sie über einen Stuhl und beeilte sich, zu Kathy zu kommen.

„Habt ihr, zufällig, auch schwarzen Tee im Haus?", fragte sie.
Karim schüttelte den Kopf. „Ich bringe dir morgen welchen mit. Möchtest du eine bestimmte Sorte haben?"
„Nein. Nur eine Packung Milch hätte ich gern dazu, wenn es sich machen ließe."
„Sollst du haben. Tee mit Milch, vermute ich."
„Hmm, hmm. Das habe ich schon sehr lange nicht mehr getrunken." Kathy schaute zu, wie der grüne Tee langsam das heiße Wasser färbte.
Am Tisch sagte Karim zu Hassan: „Ich gehe übermorgen mit Kathy einkaufen."
„Guter Plan. Vergesst nicht, Hafiz zu besuchen", erwiderte er mit einem Blinzeln.
„Wer ist das?", fragte Kathy.
„Der beste Juwelier am Platze", erklärte Karim sehr zutreffend.
Kathys Augen strahlten. „Ringe kaufen?"
Karim nickte. „Und ein wunderschönes Kleid, Schleier, Schuhe und tausend kleine Dinge. Ich gehe davon aus, dass du mir in landestypischer Tracht das Ja-Wort geben wirst."
Hassan horchte auf. Das war also der Punkt, an dem Karim nicht nachzugeben gewillt gewesen wäre, selbst wenn Kathy Gegenargumente eingeworfen hätte.
Aber für sie schien Karims Wort Gesetz zu sein und so lange er nichts Unmögliches verlangte, würde sie es befolgen. Hassan hatte allen Grund, zufrieden zu sein.
Karim holte seinen Laptop, über den ab sofort auch die Firmendaten laufen sollten. Gemeinsam mit Katherine, die ziemlich gut über Datenbanken Bescheid wusste, begann er ihn einzurichten, dabei für Hassan buchstäblich jeden Handgriff detailliert erklärend.
„Ich richte die Firmendaten in Englisch ein", legte er fest. „Kathy kann sie so später einfacher bearbeiten. Den arabischen Schriftverkehr muss ich eh alleine machen. Ich werde zumindest versuchen, die englischen Übersetzungen mit zu hinterlegen, da-

mit sie weiß, worum es geht. Arabische Schrift wirst du wohl mit ihr üben müssen, weil mir ganz einfach die Zeit dazu fehlt."

Hassan und Kathy nickten zum Zeichen des Einverständnisses. Alle persönlichen Programme richtete sich Karim arabisch ein, so auch das für sein Handy. Sogleich schob er sämtliche Bilddateien auf den Laptop, um den Speicher für Neues frei zu haben.

„Diese Bilder habe ich auch dem Amerikaner zu Verfügung gestellt", ließ er beiläufig fallen. „Natürlich mit meinem Copyright."

Hassan staunte.

„Möchtest du, dass ich deine Bilder auch hier sichere?", fragte Karim.

„Dann sind sie aber aus dem Handy weg", mutmaßte Hassan.

„Nicht, wenn ich sie nur kopiere." Karim schloss das Gerät an, erzeugte für Hassan einen privaten Unterordner für Bilder, um gleich dessen Dateien hinzuzufügen. „Siehst du? Deine Bilder sind nun hier auf dem Computer und in deinem Handy. Und wenn du in deinem Telefon einige nicht mehr brauchst, dann löschst du sie einfach."

„Genial", schmunzelte Hassan. „Prinzip begriffen. So ein Telefon ist wirklich fast ein halber Computer."

„Das beschreibt es ziemlich gut", lachte Karim. „Ich wusste doch, dass du der Sache etwas abgewinnen kannst. Du könntest natürlich auch deine Bilder direkt aus dem Handy auf den Drucker schicken. Nämlich so ..." Er wählte ein Bild aus und wenige Sekunden später lächelte Kathy großformatig von einem Blatt Papier.

„Wunderschön!", rief Hassan begeistert.

„Die Art des Druckens oder das Motiv?", hakte Karim sofort blinzelnd nach.

„Beides." Hassan grinste breit.

Kathy wurde sehr verlegen, sie hatte nicht einmal bemerkt, dass Hassan ein Bild von ihr gemacht hatte.

„Dein Vater ist sehr charmant", sagte sie zu Karim, als sich alle zum Schlafen zurückzogen. „Das hat sich eindeutig auf dich vererbt. Ich kann es kaum begreifen, dass er allein lebt."

„Ich auch nicht", gab Karim zu. „Mutter hätte es sicher nicht gewollt, dass er nach ihrem frühen Tod ein Leben lang allein bleibt."

„Vielleicht wollte er dir ja auch eine böse Stiefmutter ersparen", warf Kathy ein.

Karim seufzte. „Da kommen so viele Kleinigkeiten zusammen, dass es ziemlich nervenaufreibend sein kann, darüber nachzudenken. Wäre schön, wenn ihn deine Anwesenheit endlich wieder auf andere Gedanken brächte. Auf alle Fälle hat er es nicht verlernt, wie man einer schönen Frau den Hof macht." Er zog Kathy zwinkernd in die Arme. Schon fühlte sie seine Hände auf der nackten Haut, wurde emporgehoben und sacht zum Bett getragen. Karim ließ sie auf die Bettkante nieder. Wie zufällig huschten ihre Lippen über seinen Penis, als sich Karim aufrichtete und eigentlich das Licht löschen wollte. Nun ließ er es brennen, um mit geschlossenen Augen die noch völlig unbekannten Freuden zu genießen, anschließend ihren Körper mit Blicken zu streicheln, die dem Streicheln der Hände nicht nachstanden und ihr schließlich mit gleicher Münze zu zahlen. Hassans Karawanenführer hatten sich manchmal, wenn der Boss nicht in der Nähe war, über den Unterschied zwischen beschnittenen und unbeschnittenen Frauen unterhalten und Karim begriff wohl gerade eben, welches Glück er hatte, eine Frau im Vollbesitz aller Geschlechtsmerkmale sein Eigen zu nennen. Möglicherweise war ja auch das ein Punkt, der Hassan in den letzten Jahren von Frauen abgehalten hatte. Keine, der Einheimischen, hätte ihm das bieten können, was er bei Claire gefunden hatte.

Irgendwann in der Nacht war es Kathy, die das Licht löschte. Karim hatte sich völlig verausgabt. Das hielt ihn aber nicht davon ab, sie unter der Decke liebevoll in den Arm zu nehmen, es zu genießen, wie sie ihren Kopf an seine Brust bettete und schließlich mit ihr einzuschlafen.

Die ersten Sonnenstrahlen sahen ihn trotzdem putzmunter beim Training mit dem Dolch und mit den Hanteln. Dann schaute er bei Nasri und den Männern nach dem Rechten, ehe er unter die Dusche trat. Kathy hatte ihn davonhuschen hören, war ebenfalls aufgestanden, hatte das Frühstück bereitet und wartete nun darauf, dass sich die Männer im Wohnraum einfinden würden. Hassan schaute durch die Tür.

„Ich bin noch nicht ganz gesellschaftsfähig. Ich komme allein nicht mit der Armschlinge klar."

Kathy sprang auf und richtete sowohl die Schlinge, als auch Hassans Galabiya, die beim Kampf mit Stoffband arg in Schieflage geraten war.

„Eigentlich müsste ich mit dir schimpfen, weil du wieder nicht auf Karim gewartet hast", sagte sie vorwurfsvoll.

Hassan grinste schuldbewusst. „Ich kann mich einfach nicht daran gewöhnen, so völlig hilflos zu sein."

Kathy seufzte. „Ich kann dich doch auch verstehen. Halten sich wenigstens die Schmerzen in vertretbaren Grenzen?" Sie winkte ab. „Du würdest mir ja doch nicht die Wahrheit sagen, wenn es nicht so wäre."

„Liest du ihm die Leviten?", fragte Karim im Hereinkommen.

„So ähnlich", schmunzelte Hassan.

„Ich schätze, es ging wieder darum, dass er mit dem Anziehen nicht auf mich gewartet hat." Karim setzte sich an den Tisch.

Kathy nicke mit Blick auf Hassan. Der grinste burschikos.

„Na macht nichts", sagte Karim. „Bei seinem eisernen Willen und der Gott sei Dank hervorragenden körperlichen Verfassung ist er eins-zwei-fix wieder voll am Mitmischen. Trotzdem wirst du ein Auge darauf haben müssen, dass er es nicht übertreibt."

„Dann werde ich ihn heute an seinen Bürosessel fesseln, den Laptop einschalten und ein paar Filme heraussuchen, denen er nicht widerstehen kann." Kathy blinzelte Hassan lustig zu.

„Tu das!", kicherte Karim.

Hassan zog ein gespielt finsteres Gesicht. „Warum fesselst du mich dann nicht gleich an mein Bett?"

„Weil ich nicht so viele Stricke habe." Kathy schaute ihn entwaffnend naiv an.

Die Männer brachen in schallendes Gelächter aus. Kathy blieb ihnen wirklich keine Antwort schuldig.

Karim schüttelte amüsiert den Kopf. „Na, wenigstens weiß ich, dass ihr euch nicht gegenseitig das Leben schwer machen werdet, wenn ich nicht da bin, auch wenn das mit den Filmen nicht funktionieren wird, so ganz ohne Internet. Ich bringe euch heute ganz einfach ein paar DVDs mit."

„Bis dahin kann ich ja ein gutes Buch lesen." Hassan griff ins Regal.

Kaum war Karim aus dem Haus, schlug er es tatsächlich auf. Kathy konnte sich beruhigt dem Haushalt widmen. Sie schüttelte zuerst Hassan Bettzeug auf, wischte Staub und stieß im Regal auf eine leere Vase. Ein paar Minuten später zierte diese ein Ikebana-Gesteck aus trockenen Zweigen, Gräsern und einer großen dunkelroten Blütenranke aus dem Olivenhain. Jetzt erst widmete sie sich Karims Zimmer und dem Büro. Im Ausgabeschacht des Kombidruckers lagen mehrere Blätter eines frisch eingegangen Faxes. Sie steckte sie mit einer Klammer zusammen und trug sie sofort zu Hassan.

„Ich bringe dir andere Lektüre."

„Was steht drin?"

„Kann ich dir nicht sagen." Kathy reicht ihm die Blätter. „Selbst wenn ich es lesen könnte, würde ich es nicht tun, wenn ich nicht die strikte Order dazu habe."

Hassan schaute sie nachdenklich an. Sie hatte ja durchaus Recht. Genau genommen gehörte sie im Augenblick weder zur Familie noch zum Unternehmen.

„Okay, dann ernenne ich dich hiermit zur persönlichen Assistentin der Geschäftsleitung, wie das heutzutage so schön heißt. Möchtest du das Gehalt bar oder auf ein Konto?"

Kathy wurde flammend rot. „Tut mir leid, ich wollte dich nicht verärgern."

„Setz dich!", gebot Hassan. „Ich meine das verdammt ernst. Du hast den Finger mitten in der Wunde, wenn du mich darauf hinweist, dass dich der Inhalt der Geschäftspost nichts angeht. Wenn du also ab sofort für mein Unternehmen arbeiten sollst, dann musst du auch angemessen dafür bezahlt werden – Fast-Ehefrau eines Geschäftsführers hin oder her."

„Und was wird Karim dazu sagen?"

„Dem kann es doch nur Recht sein, wenn du ein eigenes Einkommen hast, mit dem du dir Sonderwünsche selbst finanzieren kannst. Solange du ihn nicht plötzlich vor den Kopf stößt, indem du sagst, ich brauche nun keinen Ehemann mehr, ich komme selbst zurecht, ist die Welt völlig in Ordnung."

„Glaubst du wirklich, ich würde das tun?" Kathy war blass geworden.

„Nein." Hassan sah sie fest an. „Es kommt nur neben dem Firmenchef auch hin und wieder der Vater durch, der die Interessen seines Sohnes im Auge hat und umgekehrt. Sei also bitte nicht böse, für mich ist diese Situation auch neu. Versuche mich innerhalb des Familien- und Freundeskreises ausschließlich als Schwiegervater zu betrachten."

Karim kam wieder. „Gibt es Probleme? Ihr seht so ernst aus."

„Nein, die sind geklärt", entgegnete Hassan. „Kathy ist sei einigen Minuten offiziell die Assistentin der Geschäftsleitung mit dazu gehörendem Einkommen. Sie hatte nur Bedenken, dass du dagegen sein könntest."

Karim zog die Augenbrauen hoch. „Wieso das denn? Das erspart uns eine Menge unnützer Geheimniskrämerei bis zu Hochzeit. Gehalt lässt sich abrechnen, Taschengeld nicht. Außerdem habe ich doch bei meinem Heiratsantrag selber ins Spiel gebracht, dass ich es gern hätte, wenn sie für das Unternehmen arbeiten würde. Auch, dass ich gestern die Dateien in Englisch angelegt habe, gehört dazu. Wozu also die Aufregung?"

„Einzige ungeklärte Punkte sind die Höhe des Gehaltes und die Form der Auszahlung", erklärte Hassan.

Vater und Sohn wechselten in sehr ruhigem Ton und beinahe unbewegter Miene einige Sätze auf Arabisch, dann unterbreitete Hassan Kathy das Angebot. Karim rechnete es in Englische Pfund um, ihr so eine Entscheidungshilfe gebend.

Kathy musste nicht lange überlegen. „Für jemanden, der darauf nicht ausgebildet ist, ist das ein sehr hoher Betrag. Ich müsste Prügel bekommen, würde ich in diesem Fall feilschen. Wenn es keine zu großen Umstände bereitet, dann möchte ich gern ein Konto dafür anlegen."

„Gut. Darum kümmern wir uns gleich morgen", sagte Karim sehr zufrieden.

„Wie war die erneute Unterredung mit Mr. Stone?", wollte Hassan wissen.

Karim zog ein bedientes Gesicht. „Er hat es noch Mal versucht, mich auf die Schiene Jagdsafari zu bringen. Nicht direkt, aber unterschwellig. Er hat es sich in den Kopf gesetzt, heute noch einmal anzurufen."

„Solche wirst du immer wieder dabei haben." Hassan winkte ab.

Kathy begab sich in die Küche, um Tee für die Männer aufzubrühen, als der Doktor etwas verfrüht eintraf.

„Wie geht es meinem Patienten?", fragte er sofort.

Kathy lächelte. „Das sollte er Ihnen lieber selber sagen. Frauen gegenüber kehren die Männer doch immer den harten Typ heraus."

Der Doktor lachte herzlich. „Das ist was Wahres dran."

Karim eilte an ihnen vorüber. „Ich bin in ein paar Minuten wieder da!"

„Ich kann leider nicht warten. Nun, Kathy, dann müssen Sie wieder assistieren." Der Doktor ging voran. Er klopfte und trat ein. „Heute wieder mit Krankenschwester", witzelte er.

Hassan zog vorsichtig den verletzten Arm aus der Schlinge und dem Ärmel.

„Ausziehen, mein Lieber!", befahl der Doc. „Ich will sehen, wie es mit der Beweglichkeit des Armes steht."

Hassan schnaufte. Ehe er sich widerwillig aus seiner Galabiya helfen ließ. Kathy ließ sich ihr Erstaunen nicht anmerken. Bei einem Mann dieses Alters hatte sie alles Mögliche, nur keinen Waschbrettbauch erwartet. Nun konnte sie seine Ungeduld erst richtig verstehen, mehrere Tage oder Wochen pausieren zu müssen. Der Doktor spülte gerade die Wunde, als Hassans Handy klingelte.

„Gehst du bitte ran, Kathy."

Sie meldete sich mit dem Firmennamen und ging auf Mithören.

„Hier ist Mr. Stone. Mit wem spreche ich?"

„Mit der Assistentin der Geschäftsleitung Katherine Nightingale", gab Kathy Auskunft. „Was kann ich für Sie tun?"

Mr. Stone schien irritiert zu sein, denn es dauerte eine Sekunde, ehe er das Gespräch wirklich begann.

„Es geht um die Jagdsafari, die für kommende Woche geplant ist."

Zwischen Hassans Augenbrauen bildete sich eine Zornesfalte, als Kathy bereits reagierte.

„Mr. Stone, dann müssen sie wohl die Telefonnummern verwechselt haben. Wie Ihnen bekannt ist, führt unser Unternehmen keine Jagden durch und wird es auch nicht tun. Unsere Firmenphilosophie ist der Einklang mit der Natur, nicht deren Zerstörung."

Hassan und der Doktor wechselten amüsierte Blicke.

„Oh, verzeihen Sie, ich habe mich wirklich etwas vertan. Es geht natürlich um die Zwei-Tages-Tour mit den Pensionären."

Kathy grinste nun ebenfalls amüsiert, wie schnell und elegant ihr Gesprächspartner noch die Kurve kriegte.

„Ich habe das Angebot durchgesehen und werde es zu Ihren Preisen annehmen. Allerdings werden die Damen und Herren schon morgen zu Ihnen kommen."

Hassan nickte Kathy zu.

„Keine Sorge, Mr. Stone, es ist alles bereit. Die Gäste werden ein wundervolles Safarierlebnis haben."

Hassan hob neun Finger.

„Wir erwarten die Herrschaften ab neun Uhr", interpretierte Kathy vollkommen richtig.
„Ich danke Ihnen. Auf gute Geschäftsbeziehungen."
„Der Dank ist ganz auf unserer Seite. Auf Wiederhören." Kathy drückte die Taste. „Uff! Der ist ja wirklich penetrant. Nur gut, dass uns Karim vorgewarnt hat!"
„Mädchen, du bist einsame Spitze!", kicherte Hassan und der Doktor stimmte zu. „Souveräne Gesprächsführung gehört eben auch zu unserer Firmenphilosophie, wie Mr. Stone nun offenbar doch noch begriffen hat."
Kathy fasste wieder mit beim Verbandwechsel zu.
„Was haben eigentlich deine Eltern beruflich gemacht?", fragte Hassan.
Kathy lächelte schmal. „Mein Vater war Star-Architekt und Mutter musste nur gut aussehen. Als Kind hat es mich immer maßlos gelangweilt, wenn ich stundenlangen Unterhaltungen über Geld und Geschäfte zuhören musste. Manches hat sich dabei regelrecht ins Hirn gebrannt. Dass das nicht ganz umsonst war, hab ich gerade eben gemerkt."
Der Doktor bewegte den verletzten Arm und Hassan zuckte zusammen. Kathy sah ihm an, wie sehr er die Zähne zusammenbiss, um nicht aufzustöhnen. Es rann ihr eiskalt den Rücken herunter, denn sie hatte schon lange gemerkt, dass ihr Schwiegervater in spe normalerweise ein eisenharter Mann war. Nun traten ihm winzigkleine Schweißperlen auf die Stirn.
„Geht das nicht irgendwie anders?", fragte Kathy leise.
„Leider nicht." Der Doktor zog ein finsteres Gesicht. „Ich würde es ihm auch lieber ersparen. Aber wenn er seinen Arm eines Tages wieder richtig bewegen will, muss er hier durch. Ich zeige Ihnen, wie es gemacht werden muss und Sie können jeden Morgen fünf Minuten mit ihm üben."
„Bist du einverstanden?", fragte Kathy Hassan.
„Hab ich eine Wahl?"
„Ja", antwortete der Doktor. „Dass dein Arm erst ein paar Wochen später wieder funktioniert." Dann wandte er sich an Kathy.

„Diese Muskelpartie muss wieder richtig geschmeidig werden. Eine sanfte Massage kann da wahre Wunder bewirken. Nämlich so…"

Hassan schloss die Augen. Am liebsten wäre er aufgesprungen und davongerannt. Das war im Augenblick wirklich zuviel des Guten. Der Doktor drückte Kathy ein Fläschchen mit öligem Inhalt in die Hand. „Ein Mittelchen mit Tiefenwirkung, aber bitte nicht auf den Verband bringen, es könnte sehr heftig brennen."

„Verstanden", sagte Kathy. „Ich werde sehr sorgsam damit umgehen." Sie half Hassan beim Anziehen und legte ihm vorsichtig die Armschlinge an.

Hassan zahlte die Behandlung und bat Kathy, den Doktor an die Tür zu bringen. Kaum waren beide weg, nahm er seine Schmerztablette und ließ sich vorsichtig auf sein Bett sinken. Da kam Kathy noch einmal wieder, klopfte und trat ein.

„Kann ich irgendetwas für dich tun?", flüsterte sie.

Hassan schüttelte den Kopf. Dabei kam das Blumenarrangement in sein Blickfeld. Ungläubig starrte er es an.

„Doch, du kannst etwas für mich tun", sagte er. „Stell dieses wunderschöne Kunstwerk auf das Schränkchen hier, damit ich es in Ruhe betrachten kann."

Kathy erfüllte sofort diesen kleinen Wunsch. Fragend schaute sie ihn an.

„Das wird schon wieder." Hassan versuchte zu lächeln, was unübersehbar gequält ausfiel. „Komm jetzt nur nicht auf den Gedanken, die Hochzeit verschieben zu wollen."

Kathy nahm das benutzte Verbandmaterial vom Tisch. An der Tür dreht sie sich noch einmal zu Hassan um, doch der lag mit geschlossenen Augen und reagierte nicht. Kathy ging leise hinaus. Den Abfall trug sie gleich in den Behälter hinter dem Haus. Karim war immer noch nicht zurückgekommen und so eilte sie hinüber zu Nasri.

„Ich muss dringend mit Ihnen reden!", rief sie am Gatter der Lastkamele.

Nasri kam heran. „Wo brennt es denn?"

„Morgen soll gegen neun Uhr eine zweitägige Safari für ältere Amerikaner stattfinden. Hassan ist verhindert, Karim nicht da und so müssen Sie wohl oder übel mit mir die Details besprechen."

Nasri schaute Kathy erstaunt an.

„Ich bin seit heute offiziell die Assistentin der Chefs", gab sie schmunzelnd Auskunft. „Sagen wir einfach ‚du', weil es hier alle tun."

„Wann kommt Karim wieder?"

„Er sollte schon lange zurück sein. Er weiß noch nicht einmal, was auf uns zukommt. Hassan war nur bei meinem Gespräch mit dem neuen Geschäftspartner zugegen. Er ist überzeugt, dass du das schon irgendwie managen wirst."

„Wie viele Personen?"

„Zehn. Beiderlei Geschlechts, wobei ich die Verteilung und Zusammengehörigkeit noch nicht weiß."

„Alle älter?"

„Vermutlich, weil es sich um Pensionäre handelt. Kannst du notfalls eine Blitzentscheidung treffen, ob die Fahrzeuge oder die Kamele zum Einsatz kommen?"

„Kein Problem."

„Komm am besten zum Abendbrot rüber, vielleicht hat Karim schon Pläne für solch einen Notfall." Kathy lief zum Haus zurück.

Familienzuwachs

Nasri schaute ihr lange hinterher. Interessant, was er soeben über sie erfahren hatte. Aber das erste dienstliche Gespräch machte Hoffnung auf gute Zusammenarbeit. Kathy gab präzise, kurze Informationen, wie er es auch von Hassan und Karim gewohnt war.

Also fand er sich pünktlich auf Kathys Anweisung in Hassans Haus zum Abendessen ein.

„Setz dich", bat Hassan. „Ist alles für morgen vorbereitet?"

Nasri räusperte sich. „Auf Kathys Vorschlag stehen Fahrzeuge und Kamele für zehn ältere Personen, sowie zwei Übernachtungszelte für je zehn Personen bereit, da die Geschlechtsverteilung unklar ist."

„Sehr gut", bemerkte Karim. „Mehr Informationen haben wir wirklich nicht. Das ist wohl eine Art Rache dafür, dass wir Mr. Stone die Mucken bezüglich Jagdsafaris gründlich ausgetrieben haben."

Hassan klärte Nasri über das Telefonat zwischen dem Amerikaner und Kathy auf.

„Ich bin beeindruckt", schmunzelte Nasri. Die attraktive Engländerin hatte offenbar gewaltig mehr Qualitäten, als Karim im Bett zufrieden zu stellen.

Kathy empfing gemeinsam mit Karim und Nasri am nächsten Tag die Gäste. Erst als alle Unklarheiten ausgeräumt und die Autokarawane davon gezogen war, fuhren beide ins Zentrum der Oase. Das Essen für Hassan stand bereit, er musste es nur noch aufwärmen, wie er dankbar feststellte.

Kathy staunte, mit welcher Wertschätzung man überall Karim begegnete. Für sie war es das erste Mal, sich überhaupt außerhalb des Besitzes ihres zukünftigen Schwiegervaters zu bewegen. Der Einfluss der beiden Männer schien gewaltig zu sein.

Hafiz, der Juwelier, breitete seine teuersten Stücke vor ihnen aus, als er hörte, dass es um die Hochzeit der beiden ging. Er ließ ihnen Kaffee servieren und beriet persönlich seine Kunden. Dabei hing sein Blick unverwandt an den faszinierend himmelblauen Augen und dem maximalen Goldblond der Locken der glücklichen Kathy. Karim hatte die ganze Zeit mit dem Juwelier Arabisch gesprochen und so hatte Kathy ein ganz großes Geheimnis zwar hören, aber nicht verstehen können. Sie wunderte sich nur, dass das Kästchen, das Karim überreicht bekam, geradezu riesig für die beiden Ringe war. Karim schien das nicht einmal zu bemerken. Andere Länder, andere Sitten, dachte Kathy erstaunt.

Auch beim Ausstatter für Hochzeiten sprach Karim ausschließlich Landessprache. Kathy wunderte sich nicht. Möglicherweise verstand ja wirklich niemand Englisch. Der Verkäufer verstaute eigenhändig die Tragetaschen mit den Festgewändern in Karims Auto.

Kathy fiel ein, dass Leila davon gesprochen hatte, welchen Stellenwert Kajal bei Festlichkeiten einnahm. Sie bat Karim, irgendwo zu halten, wo man sich mit Schönheitsdingen auskannte. Mit dem schwarzen Stift und Wimperntusche verließen sie schon nach ein paar Minuten wieder das Geschäft. Die Nachricht, dass Karim, der reichste und noch dazu begehrteste Junggeselle am Platz, mitten in den Hochzeitsvorbereitungen steckte, flog schneller voran, als sein Auto fahren konnte. Dass er eine hellhäutige Ausländerin heiraten würde, wie es auch sein Vater getan hatte, wunderte niemanden. Wohin sie auch kamen, sie wurden meist schon erwartet und neugierig taxiert.

Zu Hause begrüßte sie Hassan mit den Worten: „In Siwa tragen die Mädchen heute Trauer, habe ich gehört."

Kathy nickte mit strahlenden Augen. „Das deckt sich mit meinen Beobachtungen. Ich bin noch niemals so offen und unverblümt gemustert worden. Aber es hat gut getan", fügte sie lächelnd an.

„Ich habe inzwischen die Bewirtung und die Künstler gebucht", verriet Hassan.

„Solltest du dich nicht ausruhen?", fragten Kathy und Karim wie aus einem Munde.

Hassan lachte. „Ach was! Das war blanke Medizin. Hab mich selten so gut gefühlt."
„Was hast du ausgeheckt?" Karim schaute seinen Vater amüsiert an.
Der rieb sich die Hände. „Ach, lasst euch doch einfach überraschen. Nur so viel, ihr werdet beide keinerlei Arbeit mit irgendwas haben und den Tag inmitten einer fröhlich feiernden Gesellschaft genießen können."
Karim schaute Kathy an, zog die Mundwinkel herunter und ob gleichzeitig die Schultern.
„Aber den Tag wirst du uns doch hoffentlich verraten können", schmunzelte er dann.
„Ach ja, den solltet ihr vielleicht doch wissen", witzelte Hassan. „Am Samstag steigt die große Party."
„Genau noch fünf Tage Zeit, um mit dem Junggesellendasein abzuschließen", sinnierte Karim.
Kathy schaute ihn beunruhigt an.
Die Männer brachen in schallendes Gelächter aus.
„Nicht das, was du denkst", erklärte Karim amüsiert. „Ich möchte nur einen Abend mit Husni verbringen, wie wir es früher immer getan haben."
„Wenn du möchtest", wandte sich Hassan an Kathy, „erzähle ich dir an diesem Abend ein bisschen mehr über Sitten und Gebräuche unseres Landstriches."
„Oh, das wäre wirklich fantastisch. Ich habe diesbezüglich so einige Lücken." Kathy nickte erfreut.
Die wenigen Tage bis dahin waren mit Safari-Planungen, Vertragsgesprächen und dem endgültigen Einrichten des Laptops ausgefüllt. Kathy bewältigte inzwischen den Haushalt problemlos und hatte sich von Karim ein Kochbuch in englischer Sprache zu landestypischer Kost mitbringen lassen, um nicht Hassan mit jeder Kleinigkeit belästigen zu müssen.
Nach jedem Frühstück erfüllte sie ihr Versprechen, Hassans Arm physiotherapeutisch zu versorgen, indem sie Bewegungs-

übungen mit ihm durchführte und natürlich auch das Einmassieren des Heilöls nicht vergaß.

„Du bist ja völlig verspannt!", rief sie, als sie zufällig seine Nackenmuskeln berührte.

„Ja ist das denn ein Wunder! Schließlich muss ich noch immer den Arm in einer völlig unbequemen Stellung tragen", beschwerte er sich.

„Stillhalten, das könnte weh tun." Kathy begann die verkrampfte Muskelpartie durchzukneten.

„Ach, tut das gut", seufzte Hassan. „Ich könnte mich glatt daran gewöhnen."

„Und warum lässt du das dann nicht einen Profi machen?", fragte Kathy verständnislos.

„Ja, warum? Weil ich noch nie solche Probleme hatte und immer selbst zurechtgekommen bin?", fragte sich Hassan selber.

„Es ist schon frustrierend genug, wenn man bei der Körperpflege doppelt so lange braucht. Duschen ist ein regelrechtes Abenteuer, selbst wenn man den Verband mit einer Folie schützt", beschwerte er sich.

Kathy lachte. „Du hast es ja bald überstanden. Die Wunden sind gut verheilt und die Muskeln beginnen wieder ihre normale Arbeit zu tun. Außerdem bin ich ziemlich überzeugt, dass du das mit der verordneten Ruhe auch nicht mehr ganz so ernst nimmst."

Hassan grinste ertappt. „Pure männliche Eitelkeit."

Kathy grinste zurück. „War ja klar."

Am nächsten Morgen kam der Doktor, den üblichen Besuch machen. Kathy öffnete. Prüfend schaute er sie an.

„Sie werden doch nicht etwa krank, so kurz vor der Hochzeit?", fragte er besorgt.

„Weil ich heute ein wenig blass um die Nase aussehe?", fragte Kathy lächelnd. „Das hat möglicherweise eine ganz natürliche und sehr schöne Ursache, die ich Karim aber erst mitteilen möchte, wenn ich ganz sicher bin."

„Kleiner Schwangerschaftstest gefällig", schmunzelte der Doc und kramte in seiner Tasche. „Ach, da haben wir ja das Gesuchte! Ich drücke die Daumen."

Für Hassan ging auch endlich ein Wunsch in Erfüllung. Nämlich, endlich den Arm aus der Trageschlinge nehmen zu dürfen. Er wanderte den ganzen Tag mit einem zufriedenen Lächeln umher, das sich am nächsten Tag noch um ein Vielfaches steigerte, als er von Karims markerschütterndem Freudenschrei geweckt wurde und die Ursache dafür erfuhr.

Mit stolz geschwellter Brust machte sich Karim zu Husni auf, während Hassan sein Versprechen an Kathy erfüllte und über Sitten und Gebräuche berichtete. Schließlich schlug er einen Bogen zu den Hochzeitsritualen und kam von da zwangsläufig auf die Praktiken der, eigentlich schon lange verbotenen, Beschneidung von Mädchen und Frauen zu sprechen.

„Karim kann mit dir nicht darüber reden, weil ihm der Vergleich fehlt, den ich aus eigenen Erfahrungen habe", erklärte Hassan leise und mit wehmütigem Blick. „Mein erstes Kind musste sterben, weil meine Frau komplett beschnitten war. Es gab extreme Probleme bei der Geburt. Das Gehirn unseres Babys wurde, weil sich der Geburtsweg nicht richtig öffnen konnte, mit zuwenig Sauerstoff versorgt. Es konnte nicht selber atmen, der Saugreflex funktionierte nicht. Meine Frau hat die Entbindung mit sehr schweren Verletzungen überlebt."

Kathy stiegen Tränen in die Augen.

Hassan atmete tief ein. „Dann kam Claire und ich habe die Vorzüge einer Frau kennen gelernt, die im Vollbesitz aller Geschlechtsmerkmale war. Seitdem kann ich es noch viel weniger fassen, was man Mädchen mit diesem Unsinn der Beschneidung antut. Man reduziert sie so auf eine Gebärmaschine, denn woher soll Lust beim Sex kommen, wenn sie ihn nur unter Schmerzen erleben? Wer gibt jemandem das Recht, anderen einen großen Teil der natürlichen Gefühle vorzuenthalten? Auch das Argument, dass es verschiedene Formen der weiblichen Beschneidung gibt, hilft denen nicht weiter, die daran zugrunde gegangen sind, sei es schon bei diesem Frevel oder bei der Geburt des ersten Kindes. Wenn sich im Rest der Welt eine Frau die Brüste vergrößern lässt, dann ist sie volljährig und kann darüber selber entscheiden. Hier wird kleinen Kindern etwas aufgezwungen, das sie ein Leben lang mit sich herumtragen müssen. Ein Implantat kann man notfalls wieder entfernen, eine Genitalverstümmelung nicht."

Hassan verstummte. Lange saßen sie sich schweigend gegenüber und jeder hing seinen Gedanken nach.

„Danke, für die vielen Informationen. Nun verstehe ich auch endlich einige Andeutungen von Leila und die witzigen Bemerkungen der Männer zu Karim", sagte Katherine.

„Sie haben wohl alle süße Erfahrungen mit Touristinnen. Auf den Safaris kommt es immer mal vor, dass sich einsame Frauen auf ein schnelles Abenteuer mit meinen Männern einlassen. Da steckt wohl auch viel von dem Reiz darin, den das orientalische Leben auf Europäer ausübt."

Hassan stand auf. Er blieb am Fenster stehen, schaute in den samtschwarzen Abendhimmel, an dem unzählige Sterne funkelten. Ohne sich umzudrehen, sprach er: „Ich möchte, dass der Doktor wenigstens jeden Monat ein Mal kommt und schaut, dass es dir und dem Baby gut geht. Sonst würde ich wohl kaum Ruhe finden. Ich weiß zwar, dass Schwangerschaft keine Krankheit ist aber mir hat das Leben so verdammt übel mitgespielt, dass ich jeden Preis dafür bezahlen würde, um euch solche Dinge zu ersparen."

Kathy trat neben ihn. „Ich werde deinen Wunsch erfüllen."

Hassan atmete auf. „Ich habe gehofft, dass du mich verstehen würdest."

Kein Wunder, dass er am nächsten Tag sofort mit dem Doktor sprach und feste Termine für Kathy vereinbarte. Die werdende Mama war äußerst dankbar für die Fürsorge, denn Hassan beauftragte alle Untersuchungen, die Probleme schon im Keim erkennen konnten.

Und weil der Doktor mit seiner Frau zu geladenen Hochzeitsgästen gehörte, konnte Hassan sicher sein, dass Kathy sofort Hilfe bekommen würde, sollten ihr die Aufregungen des Tages zu viel werden.

Am Vortag des großen Festes bauten Hassans Männer das riesige Festzelt auf, trugen Tische und Bänke hinein. Kathy staunte. Offensichtlich erwartete Hassan bis zu einhundert Gäste, denn es war fester Brauch, dass an solchen Tagen auch die Familien seiner Angestellten eingeladen wurden. Die Ehrenplätze gehörten den Familien Yasins, des Doktors und Nasris. Ihnen war es zu verdanken, dass es Karim überhaupt gab. Leila hatte sich mit Kathy zurückgezogen, um ihr beim Anlegen der Festkleidung zu helfen. Sie öffnete die dunkle Schutzfolie. Kathy bekam riesengroße Augen.

„Das ist nicht das Kleid, das ich mir herausgesucht habe! Dieses hier ist ja noch viel schöner!"

Leila lachte. „Und mit Sicherheit viel kostbarer. Die Stickereien haben genau das gleiche Blau wie deine Augen. Karim scheut keine Kosten, wenn es um dein Glück geht. Jeder soll heute schon von weitem sehen, dass einer der reichsten Männer heiratet. Sie begann, Kathys Haar hochzustecken. „Der Brautschmuck wird wundervoll aussehen."

„Brautschmuck?", fragte Kathy beunruhigt. „Ich habe gar keinen Schmuck gekauft."

„Du nicht, aber dein zukünftiger Ehemann." Leila öffnete das Kästchen und hielt es Kathy hin.

Auf nachtblauem Samt lagen Ohrgehänge, zwei Armreifen, ein breites Kollier und Stirnschmuck aus massivem Gold, über und über mit Aquamarinen bestückt.

„Ist das wundervoll", hauchte Kathy. „Das muss doch ein Vermögen gekostet haben."

Leila nickte. „Ganz sicher sogar. Aber Karim ist nicht irgendwer. Das wird auch das einzige Mal sein, dass er seinen Reichtum offen zur Schau stellt. Für diesen einen Tag vergessen Karim und Hassen ihre sonstigen Prinzipien." Sie hielt Kathy den kleinen

Handspiegel hin, mit dem sich von allen Seiten vor dem großen Spiegel betrachten konnte. „So, nun noch der Schleier."

„Aber da sind doch schier unzählige Perlen aufgestickt", staunte Kathy den schillernden Organza an.

Leila lächelte versonnen. „Weißt du, für mich ist auch ein ganz besonderer Tag. Ich fühle mich, als würde einer meiner Söhne heiraten. Und dann auch noch die Ehre, dich schmücken zu dürfen, so wie ich es damals für Claire getan habe." Sie zupfte noch einmal den Schleier zurecht, dann führte sie Kathy hinaus.

Das Zelt platzte fast aus den Nähten. Alles, was Rang und Namen hatte, war hier versammelt.

Karim schaute seiner wunderschönen Braut mit brennendem Blick entgegen. Mit der Anmut einer Königin trat sie ihm gegenüber.

„Na, wenn das nicht märchenhaft ist, dann weiß ich gar nicht, was Märchen sind", raunte Nasri seiner Frau ins Ohr, als es alle anderen wohl gerade dachten.

Und keiner ahnte auch nur ansatzweise, dass die Braut ein süßes Geheimnis hütete, denn Karim, Hassan und der Doktor schwiegen darüber wie drei Gräber.

Kathy strahlte den ganzen Tag mit der Sonne um die Wette. Karims und Hassans stolze Blicke machten sie glücklich.

Spät am Abend endete die grandiose Feier mit einem Feuerwerk. Karim trug Kathy auf den Armen ins Haus, um in der Hochzeitsnacht offiziell in Besitz zu nehmen, was ihn schon seit Wochen beflügelte. Seit er von der Schwangerschaft wusste, zügelte er sich merklich beim Sex, um das gemeinsame Baby nicht zu gefährden. „Qualität statt Quantität", schmunzelte Karim, während er mit sanften Berührungen Kathy zum Höhepunkt streichelte. „Wenn das Kleine auf der Welt ist, holen wir nach, was uns jetzt entgeht."

Ein paar Tage nach der Hochzeit sprach er erstmals offiziell darüber, Vater zu werden.

Husni schüttelte erstaunt den Kopf. „Meine Güte! Legst du ein Tempo vor!"

„Kein Wunder, bei dem, was er im Bett vorfindet", sagte Yasin." Ich kann mir gut vorstellen, dass du ziemlich gut darüber Bescheid weißt, was dir unter Umständen mit einem hiesigen Mädchen entgehen kann."

Husni grinste. „Ich habe ausschließlich Erfahrungen mit etwas, wie er es besitzt. Was mich hier erwarten könnte, darüber habe ich noch nicht wirklich nachgedacht."

Yasin hob ruckartig den Kopf. „Du hast doch hoffentlich aufgepasst, ihr kein Andenken zu hinterlassen?"

Husni zog den Mund noch mehr in die Breite. „Ich hatte vier Mädchen und alle haben versichert, sie würden die Pille nehmen."

Yasin sah seinen Sohn völlig entgeistert an. Erst recht, als der ungerührt erklärte: „Ich war schließlich bei keiner von ihnen der Erste. Ich habe ganz einfach ihren Abenteuerurlaub noch etwas prickelnder und abenteuerlicher gemacht."

Für Karim war mehr als nur prickelnd, was er zu Hause hatte und wie jeden Tag Kathys Babybauch eine Winzigkeit wuchs. Als er das erste Mal den Tritt winziger Babyfüße beim Kuscheln spürte, glaubte er, die ganze Welt umarmen zu müssen. Mit leuchtenden Augen betrachtete er Kathys nackten Bauch, in dem sein Baby Gymnastik zu machen schien, weil hier und da und dort plötzlich kleine Hügelchen erschienen. Nach dem Duschen cremte er mit Hingabe diesen wundervollen Bauch und Kathys langsam anschwellende Brüste ein, um die Haut elastisch zu halten und Schwangerschaftsstreifen vorzubeugen, wie er auf Ratgeberseiten für junge Eltern im Internet gelesen hatte.

Es erstaunte ihn, wie sexhungrig Kathy trotz allem blieb.

„Im Augenblick ist alles besonders gut durchblutet, die Gefühle dadurch noch intensiver", erklärte sie, sich katzenhaft anschmiegend, womit sie Karim wieder völlig schwach machte und er ihr sofort gab, was sie sich so sehnlich wünschte.

Hassans Blicke huschten auch immer, wann es irgendwie ging, zu Kathys Bauch, der sich unter der weiten Kleidung deutlich abzeichnete. Und manchmal gelang es ihm sogar, zu sehen, wie sich sein Enkel darin bewegte. Er zählte inzwischen schon, genau wie der werdende Vater, die Wochen, bis das kleine Wunder der Natur endlich auf die Welt kommen würde.

Kathy begrüßte trotz allem immer noch täglich die neuen Safari-Gäste, gab charmant lächelnd Auskunft und erledigte den ganzen Computerkram, der Hassan nicht lag und zu dem Karim keine Zeit hatte.

Nach des Doktors Rechnung brachen heute die letzten vier Tage an. Kathy fühlte sich wie zerschlagen. Ihr Rücken schmerzte, alle Bewegungen fielen schwer und so übernahm es Hassan, die rückkehrende Karawane zu empfangen. Dies war umso wichtiger, weil es wieder einmal eine Reisegruppe Mr. Stones war, der permanent mit Sonderwünschen aufwartete und diese prompt erfüllt bekam.

Die zehn Frauen und Männer waren bereits von ihren Kamelen gestiegen, machten letzte Fotos und beteuerten, wie wunderbar die Tour gewesen war.

Hassan sah Karims Auto in den Hof fahren, ihn aussteigen, ins Haus gehen und wenige Sekunde später schnellen Schrittes, mit verstörtem Gesicht auf sich zukommen.

Hassan schaute Karim beunruhigt entgegen.

„Unser Baby will auf die Welt und ich kann den Doktor nicht erreichen!", rief Karim verzweifelt.

Hassan wurde blass. „Das kann doch alles nicht wahr nicht!" Er zog sein Handy und von Sekunde zu Sekunde verfinsterte sich seine Miene.

„Was soll ich denn nun tun?"

„Hole Leila. Sie kann Kathy vielleicht helfen."

„Was ist passiert?", fragte eine weibliche Stimme hinter den Männern in gebrochenem Arabisch.

„Bei meiner Frau haben Wehen eingesetzt und der Arzt geht nicht ans Telefon", erklärte Karim auf Englisch, machte kehrt und eilte davon.

„Warten Sie! Ich bin Hebamme!", rief die Urlauberin und lief Karim hinterher. „Schnell, bringen Sie mich zu Ihrer Frau." Dabei hatte sie eine Araberin vor ihrem geistigen Auge, die wahrscheinlich Geburtsprobleme wegen beschnittener Genitalien hatte.

Gemeinsam strebten sie dem Haus entgegen, in dem Kathy völlig ratlos umherwanderte. Das Ziehen im Rücken kam in immer kürzeren Abständen und verlagerte sich schließlich eindeutig in den Bauch. Laute Schritte ließen sie aufhorchen und dann stand plötzlich Karim mit einer der Urlauberinnen im Zimmer, die ihrerseits die goldblonde Frau völlig überrascht musterte.

„Sie ist Hebamme", erklärte er Kathy kurz und zu der Fremden gewandt: „Was brauchen Sie?"

„Viel warmes Wasser, saubere Tücher, feste Schnur, eine scharfe saubere Schere, einen leeren Eimer und vielleicht etwas, um das Bett nicht zu verschmutzen."

„Desinfizierende Seife?", fragte Karim im Hinausgehen.

„Wäre super!", rief die Frau und wandte sich endlich Kathy zu.

„Ich bin Eileen", sagte sie Arabisch.

„Angenehm. Ich bin Kathy und in England geboren", erhielt sie mit einem erleichterten Lächeln zu Antwort.

„Sehr gut, dann werden wir uns zumindest verbal gut verstehen", lachte Eileen. Sie begann alle relevanten Daten abzufragen.

„Das erste Kind, so, so. Sind Sie beschnitten?"

Kathy schüttelte den Kopf. „Nein, nein, dann wäre ich jetzt wohl schon in völliger Panik."

„Kann ich mir lebhaft vorstellen. Aber so kriegen wir das Kleine auch ohne den Doktor auf die Welt, wenn es keine Schwangerschaftsprobleme gegeben hat." Sie erklärte Kathy, wie sie wann zu atmen hätte.

Karim räumte inzwischen das Bett leer, ließ nur das Kissen zurück und eine, an der Unterseite, folierte Picknickdecke. Er streichelte beruhigend Kathys Hand.

„Du schaffst es", flüsterte er.

„Ich gebe mir Mühe", stöhnte Kathy.

Die Hebamme schaute auf die Uhr. „Legen Sie sich bitte hin, es wird langsam ernst."

„So fühlt es sich auch an", presste Kathy mühsam hervor.

„Atmen, atmen, atmen", hörte sie und befolgte die Anweisungen. „Erstaunlich, dass die Fruchtblase erst jetzt platzt."

Die Männer saßen unruhig im Wohnzimmer und warteten.

Nach kurzer Untersuchung rief Eileen: „Oh, ich kann schon das Köpfchen sehen!"

Kathy vergaß vor Aufregung glatt die richtige Atmung. Ihr Schmerzensschrei ließ Karim aufspringen. Hassan packte ihn am Arm, zog ihn in die Polster zurück. „Das gehört nun mal dazu, auch wenn es dir Angstschauer über den Rücken treibt."

Ein paar Minuten später sprangen beide auf, als das lang ersehnte Babygeschrei ertönte.

„Ein strammer Junge, an dem alles an den richtigen Stellen sitzt", erklärte Eileen, Kathy das schreiende Bündel auf den Bauch legend. „Am besten lassen wir den stolzen Papa die Nabelschnur durchschneiden."

Sie band sie schnell ab und rief nach Karim, der im Bruchteil eines Augenblicks auftauchte. Mit unübersehbarem Stolz waltete er seines Amtes, küsste Kathy auf die Stirn und dankte Eileen, die gerade seinen kleinen Sohn wusch und in ein sauberes Tuch wickelte.

„Es dauert noch einen Moment, ich muss mich erst noch um die glückliche Mama kümmern."

Karim verließ selig lächelnd das Zimmer.

„Ich habe einen Sohn!", jubelte er, als er das Wohnzimmer betrat.

Hassan zog ihn überglücklich an seine Brust.

Eine Viertelstunde später betraten sie gemeinsam das Zimmer. Eileen hatte Kathy versorgt, die letzten Blutspuren beseitigt und alle Tücher in den Eimer getan.

Alle überhäuften die junge Mutter mit Glückwünschen.

„Was bekommen Sie für Ihren raschen Einsatz?", fragte Hassan die Hebamme.

„Nichts. Es ist für mich selbstverständlich, in so einer Situation zu helfen."

„Kann ich Ihnen irgendeine Freude machen?", fragte Hassan weiter.

„Ich wäre dankbar, wenn ich Mutter und Kind noch einmal besuchen dürfte, bis ich wieder nach Hause fliege."

„Wir werden morgen Abend ein kleines Fest zu Ehren des neuen Erdenbürgers geben, Sie dürfen dabei nicht fehlen!", rief der stolze Großvater. „In welchem Hotel wohnen Sie? Ich hole Sie ab", versprach er.

„Lassen wir die drei ein wenig allein." Eileen griff nach dem Eimer.

Hassan nahm ihn ihr sofort ab.

„Seien Sie vorsichtig, unter dem Stoff liegt noch die Nachgeburt."

„Kein Problem. Ich kümmere mich später darum." Hassan trug den Eimer hinaus und brachte aus der Küche gleich einen starken Kaffee, Gebäck und Mineralwasser mit.

Nun saß er der hilfreichen Fremden gegenüber.

„Ich weiß noch nicht einmal Ihren Namen", beschwerte er sich scherzhaft.

„Ich bin Eileen", entgegnete sie lächelnd.

„Ich bin Hassan, der Glückliche", erwiderte er.

„Unübersehbar!" Eileen lachte herzlich.

„Sind Sie hier allein im Urlaub?"

„Ja, leider."

„Ihr Mann hat Sie wohl versetzt?", fragte Hassan teilnahmsvoll.

„I, wo! Von dem bin ich seit vielen Jahren geschieden. Meine Freundin hat mich versetzt, indem sie plötzlich keine Lust mehr hatte, zu verreisen. Also bin ich allein losgezogen und mache nun all das, wozu die anderen nie Lust hatten. Heute war ich eben per Kamel mit in der Wüste unterwegs. Es war wundervoll! Ich buche nächste Woche garantiert noch einmal. Das gönne ich mir, und wenn ich zu Hause dafür drei Monate hungern muss!"

„Darf ich Sie zu einer Drei-Tages-Tour einladen? Übernachtung landestypisch im Zelt. Nur wir beide, mit Kamelen oder mit dem Jeep, ganz wie Sie möchten."

Eileen hob erstaunt den Kopf. „Sie trauen sich allein in die Wüste?"

Hassan grinste breit. „Jederzeit. Mir gehört dieses Safari-Unternehmen. In jungen Jahren habe ich die Karawanen geführt und Stück für Stück ein kleines Imperium aufgebaut."

„Oh", hauchte Eileen ehrlich überrascht.

„Geben Sie mir morgen Bescheid, wenn Sie etwas Bedenkzeit brauchen", bat Hassan.

Eileen stand auf. „Ich werde jetzt noch einmal nach Kathy und dem Baby sehen, dann mache ich mich langsam auf den Weg."

„Ich bringe Sie mit dem Auto zum Hotel." Hassan folgte ihr zu seinen drei Lieblingen, wie er sie im Stillen nannte.

Kathy schlief und Karim wiegte seinen Sohn im Arm.

„Er hat gut getrunken", verriet er auf Eileens Nachfrage.

„Wunderbar", flüsterte sie. „Ich lasse Ihnen meine Handynummer da. Rufen Sie mich an, wenn es Probleme gibt oder auch einfach nur, wenn Sie irgendwelche Fragen haben." Sie schrieb die Zahlenfolge auf einen Zettel. „Alles Gute und bis morgen."

Hassan brachte sie mit dem großen Geländewagen zum Hotel. Beim Abschied fragte er. „Darf ich auch anrufen, wenn ich Fragen habe, die nicht mit Mutter und Kind zu tun haben?"

„Was für Fragen meinen Sie?"

„Die Frage, ob es Ihnen gut geht. Oder vielleicht die Frage, ob ich Sie auf einen Kaffee einladen darf."

Eileen schaute ihn irritiert an.

„Schlafen Sie gut", flüsterte Hassan, ihre Hand streichelnd. „Bis morgen." Er drehte sich um und fuhr rasch davon. Da war es wieder einmal, dieses Schmetterlingsgefühl. Hassan kam nicht dagegen an. Diese Frau faszinierte ihn. Im Überschwang der Gefühle hätte er fast noch ein Huhn überfahren, welches sorglos auf der Straße herumlief.

Karim erwartete ihn. Prüfend schaute er ihn an.

„Oh, oh, das sieht nach schwerem Diebstahl aus."

Hassan schaute sich erschreckt um. „Was ist gestohlen worden?"

„Ich schätze – dein Herz. Diese glänzenden Augen können nicht nur davon herrühren, dass du nun stolzer Großvater bist."
„Wie?"
Karim lächelte. „Schau am besten in den Spiegel."
Hassan seufzte. „Oh je, ist das wirklich so offensichtlich?"
„Eindeutig. Wäre doch schön, wenn sie deine Gefühle erwidert. Du warst schon viel zu lang allein."
Hassan schaute Karim mit offenem Mund hinterher. Dann lag er noch die halbe Nacht wach, grübelte über dies und das nach, lächelte wenn sein süßer Enkel zu hören war und fiel erst gegen Morgen in einen unruhigen Schlaf.

Die Hebamme

Omar, wie Karim und Kathy ihren Sohn nannten, warf alle gegen vier Uhr aus dem Bett. Lautstark forderte er Nahrung und vor allem eine trockene Windel. Kathy beeilte sich, seine Wünsche zu erfüllen, während Karim selbstvergessen dabei zusah. Satt und zufrieden schlief Omar in Papas Arm ein, während sich Kathy von der anderen Seite eng an Karim schmiegte, der sich als glücklichster Mann auf Erden fühlte. Vor einem Jahr hätte er nicht einmal im Traum an so etwas gedacht, wie er hier mit zwei Armen schützend umfangen hielt.

Hassan war ebenfalls wach geworden. Ihm fiel siedendheiß ein, dass hinter dem Haus ja noch der Eimer stand. Also machte er sich daran, die Wäsche in die Maschine zu stecken und den Rest mit dem Abfall zu entsorgen. Und wo er schon mal putzmunter war, bereitete er auch gleich das gemeinsame Frühstück vor. Kathy hatte mit dem Kleinen genug um die Ohren. Ihn interessierte das Klischee von Männersache und Frauensache sowieso herzlich wenig. Mochten es die anderen halten, wie sie wollten. Hier half man sich, wann immer es nötig war. Nach einem kurzen Blick auf die Uhr zog er noch die Wäscheleinen.

Karim tauchte auf, um trainieren zu gehen. Überrascht blieb er stehen.

Hassan legte den Zeigefinger auf den Mund und machte: „Pssst. Nicht die Heinzelmännchen stören."

Als Karim zurückkam war gerade die Waschmaschine fertig und er begann, die Leinen zu bestücken. Diesmal kam Hassan und Karim machte: „Pssst."

Hassan reichte ihm die restlichen Wäschestücke zu.

„Wie geht es deinen beiden Lieblingen?"

„Blendend, würde ich als Laie sagen", erwiderte Karim. „Sohnemann trinkt gut und schläft dann gleich wieder friedlich."

„Und die Mama?"

„Hatte die ganze Nacht heftige Nachwehen."

„Das spricht zumindest dafür, dass bald alles wieder in Ordnung ist und weiteren Enkeln nichts im Wege steht."

Karim lachte herzlich. „Eine charmante Art, uns weiterhin viel Spaß im Bett zu wünschen."

Hassan stimmte in das Gelächter ein. „Dabei wollte ich wirklich nur kundtun, dass organisch bald alles wieder normal funktioniert."

„Und wie geht es dir? Ist bei dir auch alles in Ordnung?"

Hassan überlegte kurz. „Es fühlt sich zumindest gut an. Ich bin gestern regelrecht vor ihrem Hotel geflüchtet, um nicht noch restlos sentimental zu werden."

Karim schaute ihn fragend an.

„Ach, verdammt, ich habe ihr kurz zuvor eine Tour zu zweit über drei Tage angeboten."

„Hat sie angenommen?"

„Nein." Hassan lächelte melancholisch. „Na, ja, vielleicht bekomme ich heute Abend noch eine positive Antwort."

„Ich drücke dir wie wahnsinnig alle verfügbaren Daumen. Und falls es nur die paar Tage sein sollten, bis sie wieder abreisen muss, genieße die Zeit, so intensiv, wie sie es zulässt."

Hassan zog Karim an seine Schulter. „Danke. Ich hatte befürchtet, du würdest mich für völlig übergeschnappt halten."

„Warum? Mutters Tod ist über zwanzig Jahre her und du hast sie erfolgreich gerächt. Wo steht geschrieben, dass du nicht auch glücklich werden darfst?"

Gemeinsam gingen sie ins Haus zurück. Kathy saß im Wohnzimmer, trug Omar in einem Dyadetuch am Körper und strahlte vor innerer Ruhe. Hassan konnte sich kaum satt sehen an seinem Enkel.

Die Haut in der Farbe eines Milchkaffees, hatte er eindeutig von seinem Vater geerbt. Dafür waren die Augen fast so himmelblau wie die der Mama, was einen interessanten Kontrast ergab. Die Haarfarbe tendierte zu sehr hellem Braun.

Karim sah seinem Vater die Gedanken regelrecht an. Er grinste amüsiert.

Hassan grinste in gleicher Weise zurück. „Lass ihn eines Tages im richtigen Alter sein, dann könnt ihr euch vor potenziellen Schwiegertöchtern kaum retten."

Kathy lachte hellauf. „Wenn er nach Großvater und Vater gerät, dann haben hier alle keine Chance. Dann können wir nur ein Warnschild für die Urlauber aufhängen: Mütter haltet eure Töchter fest."

Die Männer schauten sich erschreckt an, dann brachen sie in wieherndes Gelächter aus.

„Das muss ich mir merken", feixte Karim. Er ließ seine Finger liebevoll durch Kathys goldblonde Löwenmähne gleiten. „Auf alle Fälle werde ich ihn nicht bremsen, wenn er das Objekt seiner Begierde aus einem anderen Kulturkreis erwählt. Wir sind hier schließlich gut in Übung."

Kathy schmunzelte. „Wie wäre es, wenn wir ihn erst einmal ganz in Ruhe wachsen und später selbst entscheiden lassen?"

„Akzeptiert!", riefen die Männer und streichelten von beiden Seiten das winzige Gesichtchen in dem Tuch.

Für Hassan verging der Tag viel zu langsam. Wie ein Löwe im Käfig wanderte er herum. Um sich etwas abzureagieren, nahm er Kathy die meisten Vorbereitungen für das kleine Fest ab. Kathy atmete auf. So kurz nach der Entbindung fiel doch manches recht schwer, weil der Kreislauf immer wieder streikte. Omar begnügte sich damit, zu schreien, wenn er Hunger hatte oder die Windel voll war. Den Rest des Tages schlief er friedlich.

Karim war in der Siedlung unterwegs, um die Gäste einzuladen und Besorgungen zu machen.

„Was? Das Baby ist schon da?", rief Yasin. „Und es ist ein Junge? Gratuliere! Aber klar kommen wir!"

Der Doktor war nicht zu Hause. Der Gemüsemann vor dem Haus erklärte Karim, der Doc sei seit zwei Tagen am anderen Ende der Oase im Einsatz. Also steckte Karim einen Zettel unter der Tür durch, in der Hoffnung, dass der seinen Empfänger noch pünktlich erreichen werde.

Leila war, sofort als sie die freudige Nachricht erhalten hatte, zu Kathy geeilt. Sie schob die junge Mutter aus der Küche. „Ich mache das schon mit Hassan. Genieße inzwischen die Zeit mit deinem kleinen Sonnenschein."

Also setzte sich Kathy mit Omar an den Badeteich in den Schatten der Palmen und ruhte zwei Stunden. Sie freute sich auf den Abend im Kreise der Freunde und darauf, Eileen endlich richtig danken zu können.

Gegen siebzehn Uhr wurde Hassan aktiv. Wie ein junges Mädchen vor dem ersten Ball, besetzte er für eine halbe Stunde das Bad, duschte, rasierte sich und wählte anschließend sehr sorgfältig die Festkleidung aus. Die Schmetterlinge in seinem Bauch aktivierten ihren Rundflug und Hassan hatte Mühe nicht gleich mit abzuheben. Kopfschüttelnd murmelte er: „Erst zwanzig Jahre Tiefschlaf und dann so was." Er schwang sich in den großen Jeep. In der Lobby des Hotels kam ihm eine gut aussehende Dame in landestypischer Festtracht entgegen. Hassan schaute gleich zweimal hin, sonst hätte er Eileen kaum wieder erkannt. Sie trug das halblange Haar hochgesteckt, hatte einen Hauch Kajal aufgelegt und sah einfach umwerfend aus. Seine ernst gemeinten Komplimente nahm sie lächelnd entgegen, wobei ihr Blick deutlich zeigte, dass sie auch von ihm beeindruckt war. *Wie alt wird sie sein?*, überlegte Hassan. *Mitte Fünfzig? Ende Fünfzig?* Möglicherweise gäbe es für ihn, trotz des gewaltigen Altersunterschiedes ja doch eine kleine Chance?

„Zu Hause alles in Ordnung?", fragte Eileen, kaum dass sie im Auto saß.

„Dank Ihnen ist alles bestens", entgegnete Hassan. „Alle freuen sich schon auf Sie. Ich mich wohl am allermeisten", fügte er leise hinzu.

Eileen lächelte still. Sie hatte sein Angebot nicht vergessen. Ganz im Gegenteil hatte es sie die halbe Nacht wach gehalten. *Wie alt mochte Hassan sein? Anfang Sechzig? Ende Sechzig?* Egal, wie sie es drehte, er sah gut aus, war zuvorkommend und ließ ganz offensichtlich auch Gefühle merken, wie sie es noch nie erlebt hatte. Was konnte schon passieren, wenn man sich auf einer romantischen Reise zu zweit doch näher kam? Eine Frau schien es nicht zu geben, sonst hätte er sie wohl kaum so unverblümt eingeladen.

Schon rollten sie in den Hof, wohin Kathy mit dem Baby sofort eilte.

„Eileen, schön, dass Sie gekommen sind. Ich bin Ihnen so unendlich dankbar." Kathy drückte beide Hände ihrer guten Fee. Sie blinzelte Hassan unbemerkt zu, denn Karim hatte ihr erzählt, welche Gefühle sein Vater für die resolute Amerikanerin hegte.

Die anderen Gäste waren schon da und Hassan stellte alle einander vor. Für Eileen war der Platz ihm gegenüber reserviert worden, wie er mit äußerster Freude feststellte.

Heute hatte Eileen auch Zeit und Gelegenheit, die frisch gebackenen Eltern zu beobachten. Natürlich fiel ihr auf, dass Karims Haut erheblich heller war, als die der anderen, von Kathy einmal abgesehen. Möglicherweise war seine Mutter auch wo ganz anders geboren, als hier in Siwa. Die Fröhlichkeit der Feiernden und die herzliche Art, wie alle mit Kathy umgingen, machte sie neugierig. Die junge Frau wurde nicht als Exotin behandelt, sie sah einfach nur anders aus, als das Gros der Freunde am Tisch.

Als Kathy Omar versorgen ging, bat Eileen, mitkommen zu dürfen. Im Zimmer des jungen Paares, schaute die Hebamme noch einmal nach dem Nabel des Kleinen und freute sich, wie gut Kathy mit allem zurechtkam.

„Hatte Karims Mutter auch so helle Haut wie Sie?", fragte sie plötzlich.

Kathy ahnte den Sinn der Frage.

„Ja, sie war auch Engländerin. Sie ist seit mehr als zwanzig Jahren tot. Sie war hochschwanger, als sie sterben musste. Der Doktor hat Karim mit einem beherzten Schnitt gerettet."

„Wie furchtbar!" Eileen schlug die Hände vor das Gesicht. „War es ein Unfall?"

Kathy nickte. „Ein besonders tragischer. Hassan hat sehr unter diesem Verlust gelitten. Er hat nie wieder geheiratet und Karim allein großgezogen."

Im Laufe des Abends huschte Eileens Blick immer wieder zu Hassan, der ihn in gleicher Weise beantwortete. Eine stumme Zwiesprache, die deutlich über bloße Neugier hinausging. Ein Funken Sympathie, der langsam zu einem Flämmchen wurde.

„Hast du Lust auf einen kleinen Spaziergang?", fragte Hassan, als die anderen Gäste nachhause aufbrachen. Eileen quittierte das vertraute ‚Du' mit einem Blinzeln.

„Ja, ich habe Lust", antwortete sie zweideutig und nahm den dargebotenen Arm.

Diesmal blinzelte Hassan. Er führte sie in den Garten, den die schmale Mondsichel gerade so viel erhellte, um den Weg erkennen zu können.

„Du bist mir noch eine Antwort schuldig", sagte er leise und blieb stehen.

Eileen hob den Kopf. Hassan schaute sie in einer Mischung aus Wehmut, Flehen und Traurigkeit an.

„Wann reiten wir los?", fragte sie, seine Hände an ihre Brust ziehend.

Hassan schloss die Augen. „Wann immer du willst."

„Gleich morgen?"

„Gleich morgen! Nach dem Frühstück brechen wir auf."

„Ich bräuchte noch ein paar Kleinigkeiten aus dem Hotel", warf Eileen ein.

„Noch heute Abend oder holen wir sie morgen früh?"

Eileen lachte. „Du legst ein ziemlich rasantes Tempo vor."

„Ich lasse nicht gern etwas anbrennen. Aber ich werde dich auch zu nichts drängen, was du nicht selber möchtest."

„Okay. Dann noch heute Abend." Sie folgte Hassan zum Auto.

„Sie fahren, obwohl sich Eileen noch nicht einmal verabschiedet hat", sagte Kathy überrascht.

Karim schmunzelte. „Da steckt wohl mehr dahinter. Ihre Tasche liegt nämlich noch auf dem Sofa. Ich könnte wetten, dass die beiden in einer halben Stunde wieder hier sind. Dann wird es richtig interessant."

„Ich freue mich für ihn, selbst wenn es nur eine Kurzromanze sein sollte." Kathy bezog vorsichtshalber Decke und Kissen.

Hassan stieg am Hotel mit aus. „Ich werde hier auf dich warten. Es schickt sich nicht, einer Dame auf das Zimmer zu folgen."

„Ich beeile mich." Eileen holte am Tresen ihren Schlüssel. Statt auf den Aufzug zu warten, nahm sie die Treppe.

Sportlich ist sie, staunte Hassan. Immerhin lag das Zimmer im fünften Stock.

Zehn Minuten später war sie wieder da, nachdem sie dem Portier Bescheid gegeben hatte, die folgenden vier Nächte außer Haus zu verbringen.

„Auf ins Abenteuer!", rief sie, als Hassan den Wagen startete.

„So soll es sein", orakelte er mit einem zufriedenen Lächeln in den Mundwinkeln.

Karim zeigte Kathy den erhobenen Daumen, als er das Auto auf den Hof einbiegen sah. „Mit Rucksack", kommentierte er.

„Klingt nach Safari-Zusage", erwiderte Kathy mit hochgezogenen Augenbrauen.

Vor der Haustür blieb Eileen stehen. „Schickt es sich eigentlich für eine Dame, einen Gentleman nachts in sein Haus zu begleiten?"

Hassan zog den Mund in die Breite. Hier mache ich die Regeln und nach denen könntest du ihn sogar in sein Schlafzimmer begleiten, wenn du wolltest."

„Und was würde der Gentleman denken, wenn ich es täte?"

„Dass du möglicherweise schon viel zu lang allein lebst und sehnsüchtig auf sanfte sexuelle Stimulation wartest. Und ich bin ziemlich sicher, dass er mit Hingabe diesen Wunsch erfüllen würde." Er zog Eileen in seine Arme und flüsterte: „Sag mir, wenn du es möchtest. Lieber einmal ein schlechtes Gewissen haben, weil man sich etwas gegönnt hat, als ewig einer ungenutzten Chance nachzutrauern, die vielleicht niemals wieder kommt."

Eileen schmiegte sich in Hassans Arme. „Du verwirrst mich. Ich möchte schon … ich weiß nur nicht, ob das nicht völlig falsch ist."

Hassan streichelte ihr Haar. „Ich werde nicht sterben, wenn du morgen früh zu mir sagst, dass du dir Besseres vorgestellt hast." Er deutete nach links. „Du kannst jetzt durch diese Tür gehen oder durch die da ganz hinten." Er machte zwei Schritte in jene Richtung und Eileen ebenso.

Hassan drückte zärtlich ihre Hand und führte sie geradenwegs in sein Schlafzimmer. Er zündete, statt des elektrischen Lichtes, nur ein Öllämpchen an und zwei winzige Krümel Weihrauch in einem Schälchen. Eileen stellte ihren Rucksack neben der Tür ab. Hassan setzte sich auf einen der Stühle am Tisch, zog Eileen auf seinen Schoß, um sie so leidenschaftlich zu küssen, dass ihr schwindelig wurde. Ihr letzter, innerer Widerstand schmolz dahin, stattdessen hoffte sie inständig, dass er sich möglichst rasch nehmen würde, was sie ihm zu bieten hatte. Kaum merklich wanderte der Saum ihres Kleides immer höher, genau so, wie Hassans Hände ihre Oberschenkel immer höher hinauf glitten. Die Fingerspitzen huschten über ihren Slip.

„Zieh ihn aus", flüsterte Hassan und half ihr dabei. Gleichzeitig schob er seine Galabiya hoch, sodass Eileen auf seinen nackten Schenkeln zu sitzen kam und seinen Penis berührte.

„Oh, mein Gott", seufzte sie, mit halb geschlossenen Augen, staunend betrachtend, was er ihr bot. Streichelnd erkundete sie das sehenswerte Geschenk.

Hassans Hände huschten über ihren Rücken, umfassten ihre Taille und zogen sie fester an sich.

Eileen fühlte eine ungezügelte Lust aufsteigen.

„Tu es", hauchte sie, stemmte sich hoch und ließ seinen Penis tief in sich eindringen.

Hassan erlebte mit ihr zugleich einen viel zu lang entbehrten Glücksrausch.

Beide hätten nicht einmal sagen können, auf welche Weise sie irgendwann ins Bett gekommen waren. Eileen wachte morgens auf, eng an Hassan gekuschelt, ihre Hand ruhte auf seiner Brust. Sie lauschte mit einem leisen Lächeln seinem starken Herzschlag. Vorsichtig wollte sie die Hand unter dem Stoff hervorziehen, glitt dabei über seinen Bauch und hielt beeindruckt inne. Das hatte sich soeben sehr muskulös angefühlt.

„Alles echt", schmunzelte Hassan in diesem Moment und hielt ihre Hand fest. „Geht auch nicht kaputt, du kannst ruhig fester zufassen."

„Auf deine Verantwortung", erwiderte Eileen, streichelte den Sixpack und ließ ihre Hand immer tiefer sinken, wo sie auf eindeutiges Wohlwollen der angepeilten Stelle traf. Hassan zog mit wenigen Handgriffen sein Hemd aus, um sofort in Besitz zu nehmen, was er am vergangenen Abend erobert hatte. Das Spiel sehenswerter Oberarmmuskeln, als er sich aufstützte, faszinierte Eileen. Da war nirgends ein Gramm Fett zuviel. Sie zog seinen heißen Körper an sich, um kurz darauf mit ihm Erfüllung zu finden.

„Es war eine wundervolle Nacht", seufzte sie, als sie sich anschickte aufzustehen.

Hassan blinzelte ihr zu. „Ein alter Mann genießt eben ein Mal intensiver, wo die jungen Kerle öfter am Werke sind."

„Wieso alter Mann?" Eileens Augen huschten über seine Muskeln.

„Vielleicht bis du ja enttäuscht, wenn ich dir verrate, dass ich einundsiebzig bin."

„Du scherzt!"

„Ich? Keineswegs."

Eileen schaute ihn groß an. „Ich bin, in jeder Weise, äußerst angenehm überrascht, obwohl ich mich hoffnungslos verschätzt habe. Ich hatte dich in die Sechziger eingeordnet."

„Na, da wachse ich doch gleich vor Stolz noch ein Stückchen", amüsierte sich Hassan. Dann wurde er ernst. „Kann natürlich nun sein, dass du dich fragst, was du mit so einem alten Gockel sollst."

„Warum sollte ich das fragen? Mit zweiundsechzig einen Mann mit deiner Potenz zu finden, ist schließlich auch nicht einfach. Also habe ich es gar nicht erst versucht."

Diesmal schaute Hassan ratlos drein. „Ich bin dem gleichen Phänomen aufgesessen wie du und habe auf die Fünfziger getippt. Freut mich umso mehr, dass der Altersunterschied in für dich erträglichen Grenzen liegt."

Auf ihren fragenden Blick hin: „Wir sind hier ziemlich unsinnige Zwangsverheiratungen gewöhnt. Es ist doch frustrierend, wenn ein siebzehnjähriges Mädchen einem Tattergreis von fünfundneunzig angetraut wird."

„Erschreckender Gedanke", murmelte Eileen.

Die Entscheidung

Das Klappern von Geschirr lockte die beiden schließlich in den Wohnraum.

„Guten Morgen!" Kathy steckte den Kopf durch die Tür. „Möchtest du lieber Kaffee oder Tee?"

„Kaffee", sagte Eileen schnell, verwundert darüber, dass Kathy ihre Anwesenheit als normal hinnahm.

„Wir brauchen, den beiden gegenüber, kein Theater zu spielen", flüsterte ihr Hassan zu.

„Na, Gott sei Dank! Ich bin nämlich eine schlechte Schauspielerin."

Karim kam von den Kamelen zurück. „Ich habe euch drei besonders gutmütige Tiere reserviert. Nasri hat die Sättel und das Zelt schon bereitgestellt. Ihr müsst nur noch Wasser und Nahrungsmittel fassen. Pferde oder ein Auto wolltet ihr ja sicher nicht haben."

„Alles richtig", entgegnete Hassan. „Was sagt das Wetter?"

„Es hält aus. Nasris Beobachtungen decken sich genau mit dem Satellitenbericht. Nimmst du das Handy mit?"

„Ja, natürlich. Sicher ist sicher."

„Gut, das beruhigt mich. Macht euch ein paar schöne Tage da draußen."

„Danke! Wir werden uns Mühe geben. Ihr beide passt dafür gut auf meinen kleinen Liebling auf."

Omar bekam davon nichts mit. Er schlief.

Eileen genoss das Frühstück in dieser völlig entspannten Atmosphäre. Bevor sie mit Hassan zum Wüstentrip aufbrach, schaute sie sich noch einmal Omar genau an und nickte zufrieden. „Wunderbar. Ein gesundes, kräftiges Kerlchen."

Karim, Kathy und Omar begleiteten die beiden Ausflügler zum Pferch der Kamele. Karim füllte die Wasserbehälter und zurrte sie am Sattel des Lastkamels fest. Hassan lud das Zelt, die Lebensmittel und das restliche Gepäck auf. An die Sättel der Reit-

kamele band er die Beutel mit je zwei Wasserflaschen und etwas Trockenobst.
„Hast du deine Kamera griffbereit?", fragte er Eileen.
„Ja." Sie hielt das Gerät hoch.
„Dann kann es ja losgehen."
Beide verabschiedeten sich von der jungen Familie. Hassan küsste seine Lieben auf die Stirn. Er half Eileen auf ihr Kamel, schwang sich auf das andere freie Tier und ritt langsam mit seiner Mini-Karawane vom Hof.
„Hoffentlich wird was Ernsthaftes daraus", seufzte Kathy.
„Wir werden sehen." Karim legte ihr den Arm um die Schulter.
Hassan ritt mit Eileen gemächlich fernab der üblichen Touristenrouten. Er brillierte mit seinem Wissen über uralte Legenden, die schon seine Vorfahren erzählt hatten. Am Stand der Sonne las er exakt die Zeit ab. Eileen staunte. Hassan sprang vom Kamel und half auch Eileen beim Absteigen. Schnell baute er ein Sonnensegel auf, bereitete auf einem Kocher Kaffee und stellte auf einem Teppich sämtliche Utensilien für die Mittagsrast bereit. Heute Abend werden wir uns am offenen Feuer ein warmes Essen bereiten, erklärte er. Das wird auch über Nacht die Tiere der Wüste fernhalten. Eileen lehnte an Hassans Schulter. Seine Nähe tat ihr unendlich gut. Mit ihrem geschiedenen Mann hatte sie selbst auf gut ausgeschilderten Waldwegen Panik befallen, sich zu verirren. Von Hassan ließ sie sich in eine unendlich große Wüste führen, ohne Wege oder Hinweisschilder, ohne Karte und Kompass, aber auch bar jeder Angst, denn er konnte am Stand der Sonne nicht nur die Uhrzeit, sondern auch noch die Himmelsrichtung ablesen. Ein Mann, der von der Natur und mit der Natur lebte, der sehr wohlhabend zu sein schien und trotzdem auf dem Boden geblieben war. Einer, der, trotz seines Alters, gut aussah, durchtrainiert und ehrlich war, der sagte, was er dachte und fühlte und dann die Faszination der vergangenen Nacht. *Ich glaube, ich bin verliebt*, schoss es Eileen durch den Kopf. Dann fiel ihr ein, was Kathy über ihren Schwiegervater erzählt hatte, den sie sehr hoch achtete.

Schließlich überwand sie sich und fragte: „Ist Karim dein einziges Kind?"

Hassan nickte. „Ja, er ist mein ganzer Stolz, der mir mit Kathy und Omar das Leben versüßt."

„Wie viele Kinder hast du?"

Eileen schluckte. „Keine. Mein Mann mochte keine Kinder. Ich habe tausenden Kindern auf die Welt geholfen und durfte nie ein eigenes haben."

Hassan schüttelte verständnislos den Kopf. Er zog sie an seine Brust.

„Hast du dich deshalb scheiden lassen?"

„Auch, aber zu spät."

„Und dann hattest du von Männern die Nase gestrichen voll", mutmaßte Hassan.

Eileen nickte. Sie schmiegte sich enger an. „Bis gestern. Da hat es doch plötzlich so ein Exemplar tatsächlich geschafft, Neugier zu wecken."

„Vor, oder nach, körperlichen Argumenten?"

„Vorher." Eileen strahlte über das ganze Gesicht. „Sonst hätte er es kaum geschafft, die anderen Vorzüge zu präsentieren."

„Ich glaube, die anderen Vorzüge beginnen gerade, sich an der Unterhaltung beteiligen zu wollen", flüsterte Hassan.

Eileen ließ sich umsinken. „Ich bin aufnahmebereit für ihre Argumente."

Ein paar Minuten später hauchte sie. „Wie machst du das nur, mich derart in Ekstase zu versetzen?"

Hassan blinzelte ihr verschmitzt zu. „Ich rauche nicht, ich trinke nicht, ich halte mich fit und ich fühle, was du besonders magst."

„Das ist für mich eine völlig neue Erfahrung."

„Im Ernst?"

„Todernst. Mein Ex war in den letzten Jahren nur noch auf Selbstbefriedigung am lebenden Objekt aus. Ob ich dabei Spaß hatte, hat ihn nicht interessiert. Außerdem kam Sex so selten vor, dass ich es, auf ein ganzes Jahr gerechnet, an den Fingern einer Hand abzählen konnte."

„Verrückte Welt", murmelte Hassan und ließ seine Fingerspitzen über ihre Taille gleiten. „Wenn mein Fleisch meinem Geist noch folgen könnte, dann …" Er seufzte. „Na, heute Abend sind die beiden vielleicht noch einmal Willens, zusammenzuarbeiten. Und wenn nicht, dann wirst du trotzdem ganz auf deine Kosten kommen."

„Ich freue mich darauf", strahlte Eileen.

Hassan reichte ihr die Hand. „Komm, es sind noch ein paar Kilometer bis zu einem geeigneten Übernachtungsplatz."

Schnell waren die Kamele beladen. Nebeneinander ließ Hassan die Reittiere laufen, gefolgt von ihrem Lastkamel.

Im nächsten Jahr werde ich wieder hierher kommen, kreiste es in Eileens Gedanken.

In Hassan Kopf rumorte es: *Wie gern möchte ich sie fragen, ob sie hierbleiben würde, aber vielleicht verderbe ich damit alles…'*

So ritten sie fast zwei Stunden, ohne es wirklich zu merken, dass sie beide schwiegen.

„Da vorn, wo der Sand etwas dunkler wird, schlagen wir unser Zelt auf", sagte Hassan und ließ kurz darauf den Worten die Taten folgen.

„Weißt du, dass ich noch nie in einem Zelt übernachtet habe?", sagte Eileen.

Hassan schaute sie amüsiert an. „Nicht mal als Kind, wo das doch überall auf der Welt ausprobiert wird?"

„Nicht mal da."

„Dann wird es aber wirklich Zeit, diese Variante des Schlafens zu testen." Er rollte die Schlafsäcke auf dem dicken Teppich aus.

„Oh je", seufzte Eileen. „Und wie wird es kuschelig warm darin? Ich bekomme immer eiskalte Füße."

Hassan zuckte fröhlich mit den Schultern, zog die Reisverschlüsse auf und koppelte beide Säcke zu einem breiten Partnerschlafsack. „Besser?"

„Viel besser!" Eileen nickte heftig.

„So, nun mache ich für uns ein Feuerchen und ein warmes Häppchen, sonst verhungerst du mir noch, bevor wir ins Zelt verschwinden."

Eileen schaute staunend zu, wie flink Hassan alle Arbeiten von der Hand gingen.

„Das ist alles irgendwie neu für mich – ein Mann macht den Haushalt und eine Frau schaut zu. Und am Ende wird er noch nicht einmal dafür bezahlt."

Hassan hielt inne, schaute Eileen nachdenklich an. „Kannst du dir vorstellen, dass diese drei Tage der erste Urlaub meines Lebens ist?"

„Du hast nie frei gehabt?", fragte sie verstört.

„Nie. Im vorigen Jahr bin ich mal zwei Tage wegen einer Verletzung ausgefallen, ansonsten …" Hassan wandte sich wieder dem Essen auf dem Feuer zu. „Vielleicht ist ja die Arbeit mein Lebenselixier."

„Du bist nie verreist?"

„Selten und dann war es immer nur kurz und geschäftlich. Mit wem hätte ich auch fahren sollen? Karim hatte seine ganzen Freunde hier und auch nicht den Hang, irgendwohin zu reisen. Vielleicht bringt ihn seine kleine Familie nun auf neue Gedanken."

„Würdest du mich besuchen kommen?"

„Zweifellos." Hassan servierte das Essen, stellte den Tee bereit und schob noch ein paar Holzstücke in die Glut.

Die Sonne sank schnell und tauchte die Landschaft in rotgoldene und braune Farben. Schweigend beobachteten sie, wie das Licht blasser wurde und schließlich ganz hinter dem Horizont verschwand.

„Gibt es hier wilde Tiere?", fragte Eileen.

„Die gibt es, aber sie werden nicht bis hierher kommen. Das Feuer hält sie ab. Außerdem werden uns die Kamele rechtzeitig warnen, wenn etwas Außergewöhnliches passieren sollte. Du musst keine Angst haben."

„Wenn du bei mir bist, fürchte ich mich nicht", gab Eileen mit einem Lächeln zu. „Ich bin ziemlich sicher, dass du mit allem, was es hier an ungebetenen Gästen geben könnte, fertig wirst."

„Auf die eine oder andere Weise", schmunzelte Hassan.

Eileen verstand diese Worte erst, als er in Griffweite neben den Schlafsack Dolch und Pistole legte.

„In meiner Jugendzeit waren das oft die einzigen Argumente hier draußen im Niemandsland", erklärte Hassan.

Eileen kroch zu ihm in den Schlafsack. „Ziemlich kühl hier", kommentierte sie, als sie sich zitternd anschmiegte.

„Nicht mehr lange." Hassan ließ seine heißen Hände über ihren Körper wandern. Seine Lippen folgten ihnen zu den Brüsten, die er sanft streichelte und zärtlich küsste. Eileen hielt seinen Kopf umfangen, presste ihn an sich und gab einen kleinen erschreckten Laut von sich, als er es gar zu heftig trieb. Die Kälte fühlte sie schon lange nicht mehr, nicht einmal als Hassan den Reißverschluss öffnete, um ungehindert mit der Zunge zwischen ihre Schenkel zu kommen. Im prüden Amerika wäre das ein Ding der völligen Unmöglichkeit gewesen. Die wenig ernst gemeinte Abwehrbewegung wich einer leidenschaftlichen Hingabe, besonders in jenem Augenblick, als seine Fingerspitzen tief in ihre Vagina eindrangen und ihren Körper zum Beben brachten. Und bevor die knisternde Atmosphäre an Spannung verlieren konnte, holte sich Hassan noch die Belohnung für den heißen Abend.

„Oh, mein Gott!", seufzte Eileen rundum glücklich. Hassan schloss sie fest in die Arme und beide schlummerten in wenigen Sekunden ein.

Die Kühle des nächsten Morgens vertrieben sie bei intensivem Kuschelsex.

„Ich habe gar keine Lust aufzustehen", sagte Eileen, als Hassan wieder ins Zelt kam, nachdem er sich um die drei Kamele gekümmert hatte.

Mit den Worten: „Es zwingt uns doch auch keiner dazu", schlüpfte er wieder mit in den Schlafsack, um noch eine Runde einfach nur zu kuscheln.

Die Sonne stand schon sehr hoch am Himmel, als sie sich endlich aufrafften und nach einem verspäteten Frühstück weiterritten.

„Ich habe völlig die Orientierung verloren", kicherte Eileen. „Wenn du mich hier aussetzen würdest, wüsste ich mir keinen Rat mehr."

Hassan lachte. „Glaube mir, du wärst gestern schon nach der ersten halben Stunde verloren gewesen. Wir lassen manchmal unterwegs die Safarigäste raten, wo die Oase liegt, bis auf zwei haben sich alle völlig vertan. Der Wind deckt manchmal die Spuren großer Karawanen in wenigen Minuten zu. Aber um deine Sorgen zu zerstreuen: Wir sind gerade auf der Hälfte eines Halbkreises, also, genau genommen, schon auf dem Heimweg."

„Schade!"

„Bleib ein paar Tage länger und wir reiten noch eine andere Tour oder wir fahren mit dem Jeep zu ein paar markanten Punkten."

„Ich kann nicht", antwortete Eileen leise.

Hassan fragte nicht nach dem Warum, er hatte mit dieser Antwort gerechnet. Nicht einmal die Frage, ob sie eines Tages wiederkommen würde, stellte er.

Was hast du alter Esel erwartet?, dachte er stattdessen.

„Wann ist dein genaues Abreisedatum?"

„Übermorgen."

Hassan zuckte zusammen. „Wie???"

Eileen nickte. Dabei lag ein bitterer Zug um ihre Mundwinkel. Leicht schien ihr der Abschied zumindest nicht zu fallen, wie Hassan mit einiger Freude feststellte.

„Schade, ich wollte dir noch so viel zeigen", erklärte er mit tiefem Bedauern.

Den Abend auf dem nächsten Nachtrastplatz gestaltete er deshalb zu einem Feuerwerk für alle Sinne. Wenn schon kein Funken Hoffnung bestand, dann wollte er die wenigen Stunden auskosten bis zur allersetzten Sekunde. In der Nacht wuchs er fast über sich hinaus, indem er Eileen zweimal umfassend von seiner

Manneskraft überzeugte und zwischendurch immer wieder zu Höhepunkt streichelte.
Eileen genoss die Zärtlichkeiten mit Begeisterung. „Wo nimmst du nur die Kraft her?"
„Aus der blanken Verzweifelung", gab Hassan leise zur Antwort.
Den nächsten Morgen verschliefen sie komplett, um dann den Tag mit Zärtlichkeiten zu beginnen.
„Was ist das für eine Narbe?", wollte Eileen schließlich wissen, weil ihre Fingerspitzen immer wieder an jenem Punkt zurückzuckten.
Hassan betrachtete seinen linken Oberarm. „Ein Andenken an jenen Tag, an dem wir den Tod von Karims Mutter gerächt haben."
„Ihr habt den Verursacher des Unfalls …?" Eileen sprach nicht weiter.
„Das Wort Unfall habe ich als offizielle Version ins Spiel bringen lassen, passiert ist etwas ganz anderes."
Hassan begann, von Muna zu erzählen. Auch während dem Einpacken und auf dem Weiterritt, berichtete er, was sich zugetragen hatte. Eileen hörte schweigend, aber auch staunend zu, wie zwei Menschen ihrem Schicksal getrotzt und am Ende doch verloren hatten. Hassan sparte auch nicht aus, was Nightingale seiner Nichte Katherine zugedacht hatte und wie diese am Tag der Rache in die Familie aufgenommen worden war.
„Nun weißt du, weshalb wir und unsere Freunde etwas anders sind, als alle, die du hier noch kennen gelernt hast", beendete er seinen Bericht.
„Ich habe mich in der Tat gewundert, warum bei euch alles so herrlich unkompliziert ist", gab Eileen gerne zu.
Hassan lächelte melancholisch. „Und immer wieder gibt es Tage, da möchte man einfach daran verzweifeln."
Eileen fühlte einen Stich im Herzen. Morgen würde sie ihm so ein Tag bescheren, den er sicher verfluchen würde. Aber sie konnte nicht länger bleiben. Die kleine Pension, die sie bezog,

hatte gerade gereicht, um die Pauschalreise und die wenigen Extras zu buchen, ein individueller Heimflug damit ausgeschlossen.

„Schau, da vorn kann man schon die ersten Bäume erkennen." Hassan zeigte mit dem Finger die Richtung an.

„Tatsächlich!" Eileens Stimme klang kratzig, ihr wurde flau im Magen. Eigentlich hätte sie mit Hassan noch tagelang durch die Wüste reiten, seine Nähe und die wilden Nächte mit ihm genießen wollen. Sie wischte eine Träne fort.

Hassan schaute sie fragend an.

„Ich hab ein Sandkorn ins Auge bekommen", erklärte sie.

Hassan winkte resigniert ab. „Versuche es nicht erst. Du hast selber gesagt, dass du eine schlechte Schauspielerin bist."

„Tut mir leid", murmelte Eileen.

„Ja, mir auch."

Die Bäume wurden, für Eileens Begriffe, rasend schnell größer, die Silhouetten der Häuser tauchten auf und dann ritten sie auch schon auf dem großen Platz ein, wo sich die Busunternehmen die Klinke in die Hand gaben. Nasri ließ alles stehen und liegen, um die beiden Ausflügler willkommen zu heißen, ihre Tiere zu übernehmen und Hassan davon zu unterrichten, dass alles in bester Ordnung sei, mit der Firma und auch zu Hause.

„Darf ich dich wenigstens noch auf einen Kaffee zu mir einladen?", fragte Hassan zaghaft.

Eileen nickt nur. Ihr saß ein Kloß im Hals.

Katherine erspähte die beiden schon von weitem. Kaum im Haus standen auch schon Kaffee und Gebäck auf dem Tisch.

„Wie geht es euch?" Eileen streichelte liebevoll Omars Köpfchen.

„Blendend!", rief Kathy glücklich.

Karim trat ebenfalls im Zimmer. Er sah seinem Vater sofort an, dass dieser nur ein aufgesetztes Lächeln trug, um die Frauen zu beruhigen. Hassan schloss für den Bruchteil einer Sekunde die Augen, um anzudeuten: Stell bloß keine Fragen! Also setzte er sich neben ihn und schaute Eileen an. „Wie war's?"

„Wundervoll! Aber leider viel zu kurz!"

„Dann macht ihr eben morgen noch eine kleine Tour."
Hassan schüttelte den Kopf. „Sie reist morgen ab."
„Wie???" Kathy fuhr herum.
„Es geht nicht anders", flüsterte Eileen.
„Kinder, macht Eileen den Abschied doch nicht noch schwerer", bat Hassan, dem auch eher zum Heulen als zum Trösten zumute war.

Die jungen Leute sagten ihr Lebewohl und ließen so Hassan die nötige Ruhe, um sich auch innerlich von ihr trennen zu können.

Hassan nahm Eileen noch einmal in die Arme. „Könntest du dir vorstellen, für immer hierzubleiben?"

„Ich weiß es nicht. Ich bin nicht so stark, um in wilder Ehe zu leben."

„Bleib bei mir. Ich würde dich vom Fleck weg heiraten, mit dem Schwur, dich sofort frei zu geben, wenn du es hier nicht mehr erträgst", flüsterte Hassan.

Eileen schüttelte den Kopf. „Ich will mich nicht mehr binden."

Hassan gab auf. Er brachte sie mit dem Auto zum Hotel, streichelte noch einmal ihre Wange. „Lebe wohl und pass gut auf dich auf."

Dann fuhr er nach Hause, um sich in seinem Zimmer zu vergraben und den Tränen freien Lauf zu lassen. Die anderen ahnten, was in ihm vorging und störten ihn nicht.

Karim rief im Hotel an und fragte nach der genauen Abflugzeit. Den Zettel mit den Daten legte er auf Hassans Schreibtisch.

Eileen warf im Hotelzimmer ihren Rucksack achtlos in eine Ecke, sich selbst quer über das Bett und weinte hemmungslos. Es brach ihr fast das Herz, einem Mann wie Hassan einen Korb gegeben zu haben. Was hatte sie vom Leben zu Hause noch zu erwarten? Wie konnte ihr eine gute Freundin einen wirklich liebevollen Partner ersetzen? Eine Freundin, die nicht nur bei dieser Reise plötzlich einen Rückzieher gemacht hatte. Fast mechanisch begann sie ihre beiden Koffer zu packen. Anschließend weinte sie sich in den Schlaf.

In der Hektik des Abreisemorgens kam sie nicht mehr zum Nachdenken, die trug ihr Gepäck zum Bus, welcher die kleine Reisegruppe von zehn Personen zum Flugzeug bringen sollte. Auf dem Weg zum Flugplatz wurden sie von einem großen dunklen Auto überholt, das den gleichen Weg zu haben schien. *Hassan fährt so eins*, überlegte Eileen. Aber ihm hatte sie ja nicht einmal die Abflugzeit verraten. Hassan ... Eileens Gedanken begannen wieder zu kreisen. Ein Mann, der es zu etwas gebracht hatte, der auf dem Teppich geblieben war, der charmant und zuvorkommend war ... *Großer Gott! Ich werde noch wahnsinnig! Was habe ich nur getan?!* Zu spät. Sie übernahm gerade ihre Koffer, trug sie zu dem kleinen Flugzeug hinüber und gewahrte plötzlich einen weiß gekleideten Mann am Rande des Rollfeldes, der von Ferne grüßend und verabschiedend die Hand hob. Hassan! Eileen winkte zurück, ging um das Flugzeug herum, um einzusteigen.

Die Propeller begannen sich zu drehen und Hassans Augen füllten sich mit Tränen. Stumm blieb er stehen und schaute dem langsam anrollenden Flugzeug hinterher.

Die kleine Gestalt mit den beiden Koffern auf der anderen Seite der Startbahn nahm er erst wahr, als das Flugzeug schon fast abgehoben hatte. Eileen. Hassan griff an sein Herz, das hämmerte, als wollte es zerspringen. Er rannte auf sie zu, riss sie in die Arme und schwenkte sie im Kreis. Dann schnappte er sich die Koffer und brachte sie zu seinem Auto. Mit einem glücklichen Lächeln half er Eileen beim Einsteigen.

„Woher wusstest du die Abreisezeit?", fragte Eileen, als sie es sich auf dem Beifahrersitz bequem machte.

„Von Karim. Der hat heimlich im Hotel angerufen und mir einen Zettel mitten auf den Tisch gelegt", schmunzelte Hassan.

Eileen schaute ihn mit einem fröhlichen Blinzeln von der Seite an. „Ich habe mir gerade auf deine drei Fragen neue Antworten einfallen lassen und die lauten: ja, ja und ja."

„Eileen, ich liebe dich", jubelte Hassan und startete den Motor.

„Wohin fahren wir?", fragte sie völlig überrascht, als er eine ganz andere Richtung als nach Hause einschlug."

Hassan lachte vergnügt. „Zuerst zum Juwelier Ringe kaufen und dann sofort zum Mufti. Den anderen erzählen wir heute Nachmittag ganz in Ruhe, dass wir am Vormittag geheiratet haben."

Eileen fiel in das Gelächter ein. „Einverstanden. Genau so soll es geschehen. Mit dir gehe ich überall hin."

ENDE